AF188796

Pit Mattes
– das Feuerschiff

Hein Ennak

Hamburg-Krimi

›Pit Mattes – das Feuerschiff‹ ist das dritte Buch aus der Pit-Mattes-Reihe.

Konzeption/Koordination: Hein Ennak, Hamburg
Layout und Cover: Hein Ennak, Hamburg
Lektorat und Korrektur: Daniela Höhne, Berlin

Bibliografische Information der Deutschen Nationalbücherei: Die Deutsche Nationalbücherei verzeichnet diese Publikation in der Deutschen Nationalbibliografie; detaillierte bibliografische Daten sind im Internet über www.dnb.de abrufbar.

© 2019 Hein Ennak (hein.ennak@t-online.de)

Herstellung und Verlag:
BoD – Books on Demand GmbH, Norderstedt
ISBN: 978-3-74948-275-7

Über den Wellen ist alles und nichts,
ist überall, sind Du und ich.
Wenn Dich die Zeit verlässt,
die Zeit, die es nicht gibt,
bist Du dort, über den Wellen,
über den Wellen im Licht.

(Wulf Hoffmann, 2013)

1

Kopfschmerzen! Und es stank so verbrannt, dass er husten musste. Der Rauchmelder heulte in einem durchdringenden Ton. Er öffnete seine Augen und erfasste sofort die brennende Kerze auf dem Tisch.

Sie war umgekippt.

Diesmal bekam er keine Panik, als er Flammen sah.

... das Wachs brennt auf dem Papier, es verteilt sich überall. Die Flammen erreichen den Tischrand. Der Tisch brennt. Das Feuer tropft auf den Teppich.

»Raus hier – raus hier! Alle raus – HILFE – es brennt!«, schrie er keuchend und versuchte aufzustehen, was ihm jedoch nicht gelang. Er konnte sich nicht erheben, die Beine, der Körper gehorchten nicht.

Wieder so ein Albtraum? Morgen schmeiße ich diese dusselige Kerze weg. Morgen, morgen ...

Parsifal Bär schlief wieder ein.

Eigentlich hieß er Peter Johannes Mattes. Seine Mutter nannte ihn Hannes, alle anderen Pit. Er war einen Meter dreiundachtzig groß, grau auf dem Kopf und trug nicht nur einen grauen Lippenbart, sondern auch eine moderne Hornbrille und oft einen schwarzen Stetson-Hut.

Der nicht schlanke, aber sportliche fünfundfünfzigjährige Mann hatte Betriebswirtschaft und Mathematik studiert. Nach ein paar Jahren bei einer Versicherung machte er sich als Schriftsteller selbstständig und schrieb Krimis und Romane. Er war Ghostwriter für Prominente aus Wirtschaft und Politik und fertigte ihre Biografien oder Memoiren an.

Tatsächlich war Mattes ein ruhiger, maulfauler, nachdenklicher Zeitgenosse, nicht der Schnellste, dafür aber neugierig, präzise und mit einer raschen Auffassungsgabe gesegnet.

Seit über dreißig Jahren wohnte er in einer Zweihundert-Quadratmeter-Wohnung im ersten Stock eines alten dreistöckigen Hauses an der Eppendorfer Landstraße. Verheiratet war er nicht, doch seit Oktober 2017 wohnte die hübsche Mio Takahashi bei ihm.

Er war verliebt.

Mio und Pit gingen Richtung Eppendorfer Marktplatz zur Bushaltestelle. Ihr Ziel war das Elbe-Einkaufszentrum, wo sie mit Kriminalhauptkommissarin Gabriele Sommer verabredet waren. Gabi hatte am Mittwochvormittag angerufen und in einem Kriminalfall um Unterstützung gebeten.

Die Sechsundvierzigjährige war mittelgroß, von normaler Statur, trug braune lange Haare und für gewöhnlich sportlich-legere Kleidung. Pit Mattes hatte ihr bereits bei mehreren Kriminalfällen geholfen, zuletzt im Oktober 2017, bei einem Auftragsmord- und Falschgeldfall.

An den vergangenen Tagen hatte es nur geregnet und es war kalt und ungemütlich gewesen. Aber an diesem Vormittag schien die Sonne so stark, dass man deren Wärme wahrnehmen konnte. Die ersten Krokusse steckten ihre Köpfe aus der Erde. Pit freute sich schon auf den Frühling.

»Welchen Bus müssen wir nehmen?«, fragte Mio.

»Zum EEZ kommen wir direkt mit der Linie zweiundzwanzig.«

»Worum geht es eigentlich in diesem Fall?«

»Falschgeld. Gabi wurde vor einem Jahr zur Kriminalhauptkommissarin befördert und in einem länderübergreifenden Falschgeldbekämpfungsprojekt eingebunden. Seitdem reist sie durch Europa und verfolgt internationale Gangster, die falsche Zahlungsmittel in Umlauf bringen.«

»Dann haben wir es heute mit Geldfälschern zu tun?«

»Nicht unbedingt. Unsere Aufgabe besteht darin, ein konspiratives Treffen zwecks Informationsübergabe zu beobachten. Falschgeld wird in Gangsterkreisen wie Rauschgift gehandelt. Gibst du mir eine Million in Blüten, bekommst du hunderttausend in richtigem Geld«, erklärte Pit.

»Und der Käufer trägt das Risiko, mit den falschen Banknoten erwischt zu werden.«

»Richtig, je besser die nachgemachten Scheine sind, desto teurer sind sie auch.«

»Und was sollen wir beide dabei machen?«

»Die Kriminalpolizisten vom Sonderdezernat ›Blüten‹ beobachten schon seit mehreren Wochen einen Falschgeldring. Insbesondere ist ein Mann aufgefallen, der sich jeden Donnerstag zu einem bestimmten Zeitpunkt im Elbe-Einkaufszentrum in einem Café aufhält. Gabi und ihre Kollegen vermuten, dass er dort Informationen zur Falschgeldübergabe bekommt. Schon dreimal haben sie ihn genau observiert, aber keine Anhaltspunkte gefunden. Die Polizisten dürfen aber nicht in Erscheinung treten, da die Gangster sie erkennen würden. Wir beide sollen in dieses Café gehen, ein Liebespaar spielen und den Knaben aus der Nähe beobachten.«

»Woran erkennen wir, um wen es sich handelt?«

»Gabi bringt uns Fotos mit.«

Sie erreichten gleichzeitig mit dem Bus die Haltestelle und stiegen ein.

»Okay, das schaffen wir spielend. Ich meine, das Liebespaar abgeben. Und außerdem ist heute Valentinstag.«

»Die Polizei hat dieses Mal Kameras installiert und versteckt sich mit sechs Beamten im Hinterzimmer.«

Der Bus fuhr an, die beiden fanden im hinteren Teil freie Sitzplätze. Pit erzählte Mio von den *Autoposern der Hamburger Polizei*, die am Wochenende drei Luxus-Sportwagen - zwei Lamborghini und einen Ferrari – vorübergehend aus dem Verkehr gezogen hatten.

»Pit dort drüben gibt's Stress!«, unterbrach sie ihn und nickte in die entsprechende Richtung. Er drehte sich, um den Trouble in Augenschein zu nehmen und erkannte, dass eine junge Frau von einem Mann belästigt wurde. Der Schriftsteller stand auf und ging auf die beiden zu. Die anderen Busmitfahrer schauten verlegen weg oder starrten auf ihre Mobiltelefone. Zwei Fahrgäste filmten die Situation.

Der Mann schlug der Frau ins Gesicht. Sie schrie auf.

»He, Sie da! Lassen Sie die Frau in Ruhe!«, brüllte Mattes und stellte sich zwischen die Jugendliche und den Schlägertypen.

»Das geht dir einen Scheißdreck an! Verpiss dich! Ich hau dich was in die Fresse!«, drohte er äußerst aggressiv und holte seinen Schlagring aus der Jackentasche.

»Das sollten Sie lieber nicht machen!«, kam es von Pit ruhig. Er wollte die Aggression runterfahren.

Ohne Vorwarnung schlug der Mann zu. Pit machte einen Ausfallschritt, der Schlag ging ins Leere. Er nutzte die Energie des Angreifers, griff nach seinem Arm, drehte ihn auf den Rücken und drückte den Aggressor auf den Boden. Einige Mitfahrer klatschten Beifall.

Während Pit dem Schläger den Gürtel aus seiner Hose zog, bemerkte er, dass der Bus hielt und laut hupte. Mit dem Gurt fesselte er die Hände des Mannes auf dessen Rücken. Er keuchte auf, als Mattes den Riemen festzog.

Ein Schrei von einer fremden Mitfahrerin, die ihr Handy zum Filmen vor sich hielt, dröhnte durch den Bus. Mio sprang über den noch knienden Schriftsteller. Mattes hörte hinter sich ein dumpfes Geräusch und einen Aufschrei. Als er sich umdrehte, sah er Mio, die sich über einen Jugendlichen beugte. Mit ihrem Fuß, der mit Stöckelschuhen bewaffnet war, stand sie auf seiner Hand. Zwischen den Fingern hielt er ein feststehendes Messer. »Er wollte dich hinterrücks attackieren«, erklärte sie und grinste Pit an.

Die Bustür öffnete sich und zwei Polizisten kamen ins Fahrzeug. Ein Beamter lief zu Mio und eine Polizistin beugte sich zu Mattes herunter. Sie legte dem Schläger Handschellen an und zog ihn auf seine Füße.

»Das wirst du mir büßen! Dich mach ich platt!«, schrie er Mattes ins Gesicht, als er abgeführt wurde.

Erst jetzt erkannte der Schriftsteller, dass der Bus gegenüber des Polizeikommissariats (PK) 27 in der Koppelstraße stand. Mio tänzelte auf Pit zu. Sie umarmten sich. »Der Spinner war dabei, dir das Messer in den Rücken zu rammen!«, flüsterte Mio.

Ein Sanitäter, der zufällig im Polizeirevier war, kümmerte sich um die verletzte Frau. Zwei weitere Polizisten befragten die Businsassen. Mio und Pit gingen ins Kommissariat, um ihre Aussage zu machen. Ein Schüler, der das ganze Geschehen mit seinem Smartphone gefilmt hatte und eine ältere Frau begleiteten sie.

Nach eineinhalb Stunden auf dem Polizeikommissariat fuhren Mio Takahashi und Pit Mattes wieder zurück nach Eppendorf. Das Treffen im EEZ hatten sie verpasst.

Die Polizeikommissarin, die ihre Aussagen aufnahm, rief bei Frau Gabriele Sommer im Einkaufszentrum an und berichtete über den Vorfall im Bus. Von einem Beamten, der den Tatvorgang mit aufgenommen hatte, erfuhren sie, dass der Schläger Bernd Luitpold hieß und dass der Messerschwinger ein gesuchter Gangster war, gegen den ein Haftbefehl vorlag.

Mio Takahashi war vor neunundvierzig Jahren in Hamburg geboren worden. Ihr Vater war japanischer Konsul, ihre Mutter stammte aus einer deutschen Reederfamilie. Takahashi (高橋) heißt auf Deutsch ›Hohe-Brücke‹.

Die schlanke, mittelgroße Frau trug einen Bubikopf und ihre schwarzen, mit grauen Strähnchen versetzten Haare und die tiefschwarzen Augen brachten ihr asiatisches Flair zum Ausdruck.

Germanistik und Journalismus hatte sie in Hamburg studiert und achtundzwanzig Jahre als Bibliothekarin gearbeitet. Im Oktober gründete sie mit Susanne Offner und Thomas Eberhardt ein *Bücher&Lese-Café* an der Eppendorfer Landstraße. Dabei übernahm sie den Bücher- und Lese-Teil der kleinen Gesellschaft. Außerdem lektorierte Frau Takahashi für den Schriftsteller Pit Mattes.

Schon lange befasste sie sich aktiv mit Aikido, eine Kunst der Harmonie der Kräfte und ein japanischer defensiv ausgerichteter Kampfsport.

Sie und Pit wohnten im ersten Stock des Mietshauses an der Eppendorfer Landstraße, in dem auch das Café ist, ein großes Appartement.

»Danke, Mio! Du hast mir heute das Leben gerettet«, sagte Pit.

»*Da nich für*, wie du immer sagst!«, entgegnete Mio und nahm die Post aus dem Briefkasten.

»Richtig! Du warst gut, du hast den Kerl vorbildlich festgesetzt.«

»Ja, gelernt ist gelernt! Es ist gut, dass wir beide trainieren«, sagte sie und gab Pit einen Kuss.

»Gabi hat uns eine Nachricht geschrieben. Sie kommt nachher vorbei.«

»Perfekt! Liebespaar spiele ich auch viel lieber hier mit dir alleine«, flüsterte sie und schmiegte sich an ihn.

***

»Du, Pit, wir haben heute eine Einladung zu einer Abendveranstaltung am Sonntag, 17. Februar bekommen. Sabine und Parsifal Bär? Irgendwie sagt mir der Name was«, bemerkte Mio und schaute Pit erwartungsvoll an.

»Kennst du die Bär Gewürze, die kleinen weißen Dosen mit dem roten oder grünen Deckel?«

»Ja, die findet man in fast jeder Küche!«

»Genau. Und der Hersteller dieser Gewürze und Gewürzmischungen ist die Firma Bär GmbH, hier in Hamburg. Parsifal Bär ist der Gründer dieser Handelsgesellschaft.«

»Woher kennst du ihn?«

»Wir waren mal befreundet. Vor fünfzehn Jahren starb seine Frau. Er zog sich danach zurück und wollte mit keinem mehr Kontakt haben. Die Firma überschrieb er seinem Sohn Gert. Ich hörte nur noch, dass er sich ein Haus in der Schweiz gekauft hat und dort hinzog. Im vorigen Jahr hat er mir einen Brief geschrieben.«

»Und jetzt bekommen wir beide eine Einladung?«

»Wundert mich nicht. Wir telefonierten im Oktober. Macht die Sache aber durchaus spannend!«

»Wir sollen in Abendgarderobe kommen.«

»Okay! Parsifal hat wohl doch geheiratet. Im Oktober war er sich nicht sicher! Dann werden wir seine Frau kennenlernen. Sie soll recht jung sein.«

»Na dann … Ich weiß schon, was ich anziehen werde.«

DONNERSTAG, 14.02.2019, 14:30 UHR,
EPPENDORF, MIOS UND MATTES' WOHNUNG

»Was liest du da? Die letzten Tage schleppst du schon das dicke Buch mit.«

»Pit, das müsstest du eigentlich kennen. Das hast du in der Bibliothek studiert!«

»Zeig mal.«

Mio gab ihm das schwere Buch.

»*Todesermittlung. Befundaufnahme & Spurensicherung. Ein praktischer Leitfaden für Polizei, Juristen und Ärzte*«, las er vor.

»Pit, dieses Buch von Martin Grassberger und Harald Schmid hast du oft in der Bibliothek gelesen.«

»Ja, ich erinnere mich! Das ist aber schon ein paar Jahre her. Und ich durfte mir das nicht ausleihen!«

»Ha, ha! Ich fand dich damals schon interessant und wollte, dass du öfter mal vorbeikommst.«

An der Haustür klingelte es.

»Das wird Gabi sein«, rief Mio. »Ich mache auf!«

»Gut, ich koche inzwischen Kaffee und Tee.«

Mio kam mit Gabi die Treppe hoch. Die Kommissarin stellte ihre Tasche im Flur ab und umarmte Pit zur Begrüßung. Er nahm ihr den Mantel ab. »Schön, dass du gekommen bist.«

Gabi nickte lächelnd und klatschte in die Hände. »Okay, Pit, Mio! Erzählt mal von eurem Abenteuer.«

»Komm erst einmal ins Wohnzimmer. Pit kocht uns einen Kaffee. Ich berichte dir inzwischen schon mal von unserem Erlebnis im Bus auf dem Weg zu dir ins EEZ.«

»Oh, Kaffee ist super, den kann ich gut gebrauchen«, sagte Gabi, nahm ihre Tasche und verschwand mit Mio in der guten Stube. Pit stellte Zucker, Milch und Becher aufs Tablett. Sein Friesentee war bereits fertig. Er brachte alles ins Wohnzimmer. »Kaffee kommt gleich«, erwähnte er, als Mio und Gabi ihn erwartungsvoll anschauten.

Nachdem er die Kanne Kaffee geholt und eingeschenkt hatte, verkündete Gabi, dass Mio ihr bereits alles erzählt hatte. »Ich glaube nicht, dass eure Attacke mit dem Falschgeldfall in einem Zusammenhang steht.«

»Unwahrscheinlich! Aber berichte, was ist im Café passiert?«

»Okay! Im Prinzip dasselbe wie die letzten Male. Hermann Wrong kam herein, schaute sich um, setzte sich an einen Tisch, der gerade frei wurde, las in der Zeitung und verschwand nach zehn Minuten aus dem Café. Wie die letzten Male zuvor. Immer das gleiche Schema. Nur dieses Mal haben wir alles aufgenommen – ich habe das Video dabei.«

»Gut, schauen wir es uns an!«

Mio rührte in ihrem Kaffee, während Gabi ihren Laptop aus ihrer Tasche holte und startklar machte.

Die Kommissarin kommentierte die Videoaufzeichnung: »Das ist Wrong«, erklärte sie und zeigte auf einen mittelgroßen Mann. Mio schätzte ihn auf etwas über dreißig Jahre. Er trug einen braunen Anzug und schaute sich im Café um. »Zuerst geht er an die Theke und kauft sich einen Becher Kaffee. So, jetzt sucht er einen freien Platz«, kommentierte sie das Geschehen. »Da, die Frau steht auf. Sie packt ihre Einkäufe zusammen und nimmt ihre Einkaufstüten in die Hand. Er wird gleich ihren Platz einnehmen. Wrong steht noch vor der Theke und nimmt seinen Becher in Empfang. Da! Die Frau geht und lässt ihre Zeitung liegen. Wrong geht zu ihrem Platz und setzt sich. Viel mehr passiert nicht. Er trinkt seinen Kaffee und liest in der Zeitung. Sieht etwas unbeholfen aus. Da, jetzt geht er. Er schmeißt seinen Pappbecher in den Müll und auch die Zeitung. Dann verlässt er das Café. Mehr passiert nicht.«

»Okay, noch mal zurück zum Anfang«, forderte Pit Gabi auf.

»Kein Problem, das habe ich schon zehnmal gemacht.«

»Ich glaube nicht, dass die Frau am Tisch in einem Zusammenhang zu dem Typ steht. Sie sitzt mit dem Rücken zur Tür und kann nicht erkennen, dass Wrong das Café betritt«, bemerkte Mio.

»Oh, darüber habe ich mir gar keine Gedanken gemacht. Mio, du hast aber recht«, sagte Gabi.

»Mm! Nicht ganz … hatte ich erst auch gedacht. Schau mal. Die Frau hat einen silbernen Wasserkocher gekauft und ihn ausgepackt. Das Ding befindet sich in der Mitte vom Tisch, und der Karton steht auf dem Stuhl. Sie kann von ihrem Sitzplatz fast das gesamte Café im Wasserkocher beobachten.«

»Wow! Pit!«, kam es erstaunt von Mio.

»Da, seht mal!«, unterbrach Gabi. »Die Frau fasst beim Aufstehen so komisch an die Tischkante. Ich bin davon überzeugt, dass sie einen Zettel unter den Tisch klebt«, erklärte Gabi.

»Habt ihr die Frau überprüft?«, fragte Pit.

»Zwei Leute aus meinem Team sind ihr gefolgt. Sie ging auf eine Toilette. Dort haben sie ihre Spur verloren. Aber ihre Fingerabdrücke haben wir dieses Mal sichergestellt.«

»Wie war das in der vorigen Woche? War die Frau auch im Café?«

»Nee, vorige Woche saß dort eine blonde Sexbombe. Meine Kollegen hatten sie allerdings auch verloren. Bei C&A an den Umkleidekabinen. Aber eine Zeitung hat sie ebenfalls liegen gelassen.«

»Habt ihr die Zeitung aus dem Mülleimer sichergestellt?«

»Natürlich, Pit! Wir sind Profis.«

»Dann zeigt mal her!«

Gabi holte die Zeitung aus ihrer Tasche. Sie war in einer Plastiktüte verpackt. »Die haben wir uns sehr gründlich angeschaut. Keine relevanten Informationen. An den Rändern und zwischen den Absätzen steht nichts.«

Pit nahm sie entgegen und blätterte im *Hamburger Abendblatt*. »Ist eine Ausgabe vom Vierzehnten, von heute«, stellte er fest, als er auf der vierten Seite ankam. »Ah, ich muss mir meine andere Bille holen«, sagte er, legte die Zeitung auf seinen Stuhl und verließ den Raum. Mit einer Lesebrille in der Hand kehrte er kurz darauf zurück, nahm auf einer anderen Sitzgelegenheit Platz und tauschte seine Sehhilfen. Er hob die Zeitungsblätter Seite für Seite hoch und las.

Mio wunderte sich, denn normalerweise las Pit das *Abendblatt* auf dem Tisch liegend und benutzte dabei seine normale Brille. Aber nun hielt er sie etwas unbeholfen vor sich, fast schon unhöflich.

Nach einer Weile fragte sie: »Na, Pit! Zeitung durch? Die hast du doch bereits heute Morgen gelesen.«

»Jo – also, Gabi: Es geht um eine Geldübergabe, fünf Millionen Euro, am 15. Februar, dreizehn Uhr, Reichsbahnstraße 4, blaue Tonne«, erklärte Pit und wechselte die Brille.

»Willst du mich verarschen?«, herrschte Gabi ihn an.

»Nee! Das passt schon! Nicht alle Informationen bekommt man aus dem, was man gerade sieht. Ich erkläre es dir an einem Beispiel. Ich bitte gleich Mio, mir Tee nachzugießen. Pass also ganz genau auf, was passiert und wie es abläuft.«

Pit stand auf und ging auf Mio zu. Sofort stand Gabi auf und beobachtete akribisch das Geschehen. Er umarmte Mio, gab ihr einen Kuss auf die Stirn und trommelte auffällig mit seinen Fingern dreimal kurz hintereinander auf ihren Rücken.

»Na, Gabi, welchen Wunsch habe ich, was soll Mio für mich erledigen?«

Gabi stand da überrascht und guckte zuerst zu Pit und dann zu Mio. »Was soll das denn jetzt? Du hast ihr mit deinem Finger auf ihrem Rücken ein Zeichen gegeben.«

Mio war ein wenig verdutzt. Sie verstand das alles nicht.

»Mio! Welchen Wunsch habe ich?«

Jetzt begriff Mio. »Ach ja, du wolltest Tee! Ich soll dir Tee nachgießen!«, flüsterte sie und musste grinsen.

»Was ist das? Habt ihr ein geheimes Zeichen? Dreimal auf dem Rücken klopfen, heißt, ich möchte Tee?«

»Nein – ganz bestimmt nicht!«

»Gabi, woher weiß Mio denn, was ich möchte?«

»Weiß ich doch nicht? Woher denn?«

»Gabi! Das war aber jetzt einfach. Das hatte Pit gerade vorhin gesagt!«, grinste Mio Gabi an.

»Wollt ihr mich verarschen?«

»Nein, das war ein Beispiel. Du hast genau beobachtet, was du sehen wolltest und nicht das Ganze betrachtet.«

»Und woher weißt du jetzt von den fünf Millionen?«

»Okay! Schauen wir uns den Film noch einmal an«, begann Pit. »Da, Wrong kommt in den Laden. Die Frau reagierte sofort. Sie erkannte ihren Kontaktmann und packte den Kocher ein. Wrong geht zur Theke und kauft sich einen Kaffee. In diesem Augenblick bezahlt er. Die Frau am Tisch hatte noch einen Moment Zeit, ihre Sachen zu verstauen. Guck – jetzt ist sie fertig, steht auf.«

»Da – genau! Sie klebt einen Zettel unter den Tisch.«

»Nein, sie ist unsicher auf ihren Beinen und musste sich festhalten. Deine sogenannte Frau ist keine Frau. Sie ist ein Mann, der nicht im Tragen von Frauenschuhen geübt ist. Er musste sich stützen. Sie oder er schmeißt den Müll weg und geht. Eure Leute sind genauso auf ihn reingefallen. Er marschierte als Frau aufs Klo und kommt als Mann wieder raus.«

Es entstand eine Pause, sowohl Mio als auch Gabi waren überrascht.

»Machen wir weiter. Wrong setzte sich an den Tisch. Er nahm die Zeitung und las sie. Das, was etwas unbeholfen aussieht, machte mich stutzig und so kam ich darauf. Er las die Information, die für ihn bereitgestellt wurde. Dazu musste er die Seiten gegen das Licht halten. Anschließend trank er den Kaffee und verschwand. Vorher schmiss er noch den Pappbecher und die Zeitung in den Müll. Er brauchte beides nicht mehr, denn die Mitteilung, die er wollte, bekam er aus dem *Abendblatt*.«

»Ich habe sie nicht gefunden und dabei die Zeitung etliche Male durchsucht«, kreischte Gabi.

»Weil du nicht an der richtigen Stelle gesucht hast. Wrong legte das *Hamburger Abendblatt* auf den Tisch. Die zweite Seite hob er hoch und hielt sie gegen das Licht. Nur so konnte man die feinen Nadelstiche unter den relevanten Buchstaben erkennen. Wenn du die Lettern mit den Minilöchern darunter zusammensetzt, erhältst du die Nachricht, die du haben wolltest. Ich habe so etwas Ähnliches schon mal gesehen.«

Die beiden Frauen waren sprachlos. Mio goss Pit Tee ein. Gabi griff nach der Zeitung, steckte sie wieder in die Plastiktüte, packte den Laptop ein und stürmte mit rotem Kopf und einem kurzen »Tschüss« aus der Wohnung.

Mio musste lachen. »Hey, Pit, da hast du sie aber ganz schön schockiert. Ich bin gespannt, was morgen um dreizehn Uhr in der Reichsbahnstraße passiert.«

»Das wird sie uns hoffentlich mitteilen!«

»Oder wir lesen es in der Zeitung«, lachte sie.

»Jo, im *Abendblatt*!«

2

Mio wollte sich den venezianischen Maskenzauber an der Alster ansehen. Da das Wetter hervorragend war, fuhren die beiden mit dem Bus in die Innenstadt und bewunderten die bezaubernden Masken und beeindruckenden Kostüme. Der Maskenzauber war eine Hommage an den Karneval in Venedig. Die Parade zwischen den Alsterarkaden und den Colonnaden hatte sich in den vergangenen Jahren zu einem festlichen Event im Hamburger Straßenkulturleben entwickelt. Mio und Pit waren beeindruckt von dem fantasievollen Straßenkarneval im venezianischen Stil. Sie beschlossen, in nächsten Jahr wiederzukommen.

Mio entdeckte Niels und Gabi zuerst. Sie winkte zu ihnen hinüber und man verabredete sich für Sonntag, zehn Uhr im *Bücher&Lese-Café.*

SONNABEND, 16.02.2019, 19:00 UHR,
WINTERHUDER FÄHRHAUS

Kurz vor neunzehn Uhr verließen Mio und Pit die Wohnung. Sie gingen ins *Winterhuder Fährhaus*, für das Mio vor ein paar Tagen Karten gekauft hatte. Die Geschichte *Die Tanzstunde (Dancing Lessons)* hatte sie als englischen Text gelesen.

Der Geowissenschaftler Professor Ever Montgomery leidet unter dem Asperger-Syndrom. Für eine Preisverleihung muss er Tanzen lernen und wendet sich an seine Nachbarin, die Tänzerin Senga Quinn. Sie kann nach einer Beinverletzung ihren Beruf nicht mehr ausüben. Zuerst lehnt sie Evers Angebot, der ihr für eine Tanzstunde einen hohen Geldbetrag bietet als unmoralisch ab. Dann siegt aber die Neugier und sie unterrichtete ihn. Dabei entstehen absurde Situationen, denn der Professor nimmt alles wörtlich, was die Tänzerin sagt und gerät in Panik, als es um Berührungen geht, die beim Tanzen unvermeidlich sind. Die beiden nähern sich mühsam, werden aber mutig und kommen sich erstaunlich nahe.

Die Schauspieler Oliver Mommsen und Tanja Wedhorn setzten die Komödie *Die Tanzstunde*, von Mark St. Germain, exzellent und unterhaltsam um.

Im Anschluss der Vorstellung tranken Mio und Pit ein Glas Wein und schlenderten darauf nach Hause.

3

Mio und Pit verließen ihre Wohnung und gingen ein Stockwerk tiefer ins Café. Susanne und Thomas warteten bereits auf sie. Überraschenderweise war Renate, Pits Cousine, dort. Nach einer kurzen Begrüßung setzten sie sich an den großen Tisch und frühstückten gemeinsam.

Susanne Offner war ein flippiges blondes Mädchen und dreiundzwanzig Jahre alt. Sie hatte eine Ausbildung zur Bäckerin und Konditorin erfolgreich abgeschlossen. Schon 2012 war sie in eine zwanzig Quadratmeter große Studentenbude im oberen Stockwerk des Cafés eingezogen. Zusammen mit Mio Takahashi und Thomas Eberhardt hatte sie im Oktober das *Bücher&Lese-Café* im Erdgeschoss gegründet.

Thomas Eberhardt war ihr Freund. Der junge und dynamische Jungbäcker hatte sich in den bunt gekleideten Wirbelwind Susanne verliebt. Schon am dritten Tag war er in ihre kleine Mansardenwohnung eingezogen. Im November hatten sie die Wohnung mit Renate Maier getauscht. Beide betrieben die Bäckerei im *Bücher&Lese-Café.*

Renate Maier war die Cousine von Pit Mattes. Ihre Väter waren Zwillinge gewesen und hatten in Hamburg-Altona gearbeitet und gewohnt. Als sie Kinder waren, spielten Renate und Pit oft zusammen, zumal sie im selben Haus wohnten. Pits Vater war Hafenlotse und Renates Vater fuhr als Kapitän zur See. Er war so gut wie nie zu Hause. Deshalb wuchsen die beiden zusammen auf.

Renate hatte mit dreißig einen Gottfried Maier aus Bayern geheiratet und war mit ihm nach München gezogen. Sie bekamen zwei Kinder. Ihren Beruf als Deutschlehrerin hatte sie aufgegeben, nachdem ihre erste Tochter geboren worden war. Seitdem schrieb sie bayrische Kriminalgeschichten. Die Ehe hielt zwanzig Jahre. Renate zog zurück nach Hamburg in eine kleine Wohnung im gleichen Haus wie Pit, Mio, Susanne und Thomas.

Ihre jüngere Tochter lebte in Bielefeld und hatte zwei Kinder. Renate war die meiste Zeit dort, um ihre berufstätige alleinerziehende Tochter bei der Betreuung der Kinder zu unterstützen.

Ihre kleine Wohnung in Pits Haus hatte sie nie aufgegeben, obwohl sie so gut wie nie dort anwesend war. Pit Mattes sorgte für ihre ›kleine Residenz in Hamburg‹, für die Topfpflanzen, und kümmerte sich um ihre Post, die dort ankam.

»Renate, wie bist du nach Hamburg gekommen?«, wollte Pit wissen.

»Mit dem Zug! Ich bin heute Morgen um sieben Uhr fünfzig am Hauptbahnhof angekommen. Dann mit dem

Taxi hierher. Susanne erzählte mir, dass ihr um neun hier frühstückt, und sie hat mich gleich eingeladen.«

»Dann bist du ganz schön früh aufgestanden«, bemerkte Mio.

»Ja – halb drei. Meine Tochter hat mich zum Bahnhof in Bielefeld gebracht. Die Zugfahrt dauert dreieinhalb Stunden. Und die Bahn war ausnahmsweise mal pünktlich, wenn man über die sieben Minuten Verspätung hinwegsieht.«

»Verstehe! Und was treibt dich hier in den kalten Norden?«

»Pit, ich habe dir am Montag, als wir telefonierten, erzählt, dass ich den Verleger wechseln möchte. Mein neues Verlagshaus ist nun hier in Hamburg. Den Verleger treffe ich um elf auf der *Rickmer Rickmers*. Und heute Mittag bin ich von Ludwig Becktor zum Essen eingeladen.«

»Unser alter Klassenkamerad?«

»Richtig, wir trafen uns zufällig auf einer Barkasse.«

»Das ist ja wunderbar. Dann bleibst du bestimmt noch ein paar Tage hier und wir können noch was gemeinsam unternehmen?«, fragte Mio.

»Nee! Tut mir leid. Ich fahre heute Nacht wieder zurück. Mein ICE fährt um zwanzig Uhr eins.«

»Schade, ich hätte gerne etwas mit dir unternommen«, sagte Mio.

An der Eingangstür zum Café klopfte es. Gabi befand sich vor der Glastür. Thomas stand auf und öffnete.

»Hallo, Gabi, komm rein. Wo hast du Niels gelassen?«

»Ich bin zu früh da. Und Niels, du weißt doch, immer eine Viertelstunde zu spät.«

Gabi und Niels hatten sich zu zehn Uhr mit Mio und Pit im Café verabredet. Gabi kam zwanzig Minuten zu früh.

»Ich wollte eigentlich auf Niels warten, aber es ist mir zu frisch draußen.«

»Gib mir deinen Mantel und geh durch. Susanne, Renate, Mio und Pit sitzen am großen Tisch.«

Nach einer herzlichen Begrüßung setzte sich Gabi neben Pit.

»Gabi, berichte mal, was habt ihr in der Reichsbahnstraße erreichen können?«, fragte Mio.

»Wir haben uns sechs Stunden vorher auf die Lauer gelegt. Dazu benutzten wir einen Lieferwagen, der speziell für solche Aktionen hergerichtet wurde. Allerdings hatte er keine Heizung. Um zwölf Uhr dreißig hielt ein Auto vor dem Haus. Ein weißer PKW, der Marke Audi A8. Es stieg ein dunkelhäutiger Mann aus und schob eine blaue Mülltonne an die Straße. Aus dem Kofferraum des PKWs holte er anschließend ein Bündel Zeitungen, das mit einem Bindfaden zusammengebunden war. Der Stapel wurde in die Tonne gepackt. Ein Kollege in Zivil befestigte heimlich einen GPS-Sender am parkenden Fahrzeug. Nur vier Minuten dauerte diese Aktion. Der Knabe stieg wieder ein und das Auto fuhr weiter. Am Steuer saß eine blonde Frau. Wir hatten mit einer solchen Situation gerechnet. Ein Team in Zivil verfolgte den Audi.«

»Klar.«

»Was passierte dann?«

»Erst einmal gar nichts. Zehn Minuten vor eins hielt ein VW-Transporter vor der Mülltonne. Er versperrte uns die direkte Sicht. Wir hatten sicherheitshalber aber einige Kameras installiert. Der Lieferwagen stoppte, der Beifahrer, in einen blauen Overall gekleidet, stieg aus, hob den Deckel der blauen Tonne und holte den Stapel Zeitungen heraus. Das Bündel Zeitungspapier landete im Fahrzeug. Der Mann im Blaumann öffnete wieder die Beifahrertür und bekam vom Fahrer eine braune Aldi-Papiertüte. Diese wurde in die Tonne geworfen. Der Knabe stieg ein und der Transporter fuhr weg«, berichtete Gabi. Thomas hatte ihr einen Kaffee eingegossen und ein Croissant gereicht. Gabi bedankte sich und biss einmal kräftig ab.

»Okay, den Rest kann ich mir schon denken«, begann Mio. »Der A8 kam wieder und holte sich die Papiertüte mit dem Geld.«

»Nicht ganz«, erwiderte Gabi noch kauend. »Ein Smart hielt fünfzehn Meter hinter der Tonne. Die dunkelhaarige Frau am Steuer trug eine Sonnenbrille. Nach einer Pause von zehn Minuten stieg sie aus und ging zur blauen Mülltonne. In dem Augenblick, als sie die Tüte aus der Tonne holte, griffen wir zu.«

»Okay! Was ging daneben?«

»Die Frau konnte sich losreißen, die Tüte mit dem Geld platzte und die Frau war auf einmal spurlos verschwunden. Der Smart war zehn Minuten vorher als gestohlen gemeldet worden. Also auch kein Anhaltspunkt.«

»Aber die zwei Personen im Audi habt ihr festnehmen können?«

»Richtig, die und die beiden Männer im VW-Transporter.«

»Und der Zeitungsstapel?«, wollte Pit wissen.

»Ja, den haben wir auch. Darin wurden fünf Millionen Euro Falschgeld verpackt. In der Papiertüte waren übrigens fünfhunderttausend Euro. Echtes Geld!«

»Ein Kurs von eins zu zehn«, kommentierte Pit.

Mio schaute Pit fragend an. »Was?«

»Ein Euro richtiges Geld gegen zehn Euro Falschgeld.«

»Ach so, stimmt!«

Damit war Gabis Bericht zum Thema Geldübergabe abgehandelt.

»Mio, wie hältst du das mit Pit bloß aus? Wenn er so wie jetzt dasitzt und in die Gegend starrt, werde ich immer nervöser und kriege eine Krise. Alles vergeudete Zeit!«

»Das sehe ich nicht so. Pit braucht die Zeit, um alle Fakten zu begutachten, zu bewerten und daraus Rückschlüsse zu ziehen. Er grübelt.«

»Vielleicht hast du recht. Mich würde das verrückt machen.«

»Mit ihm arbeiten, heißt von ihm lernen. Und das jeden Tag«, entgegnete Mio.

Pit schaute auf: »Damals war die Botschaft in einem Buch versteckt. So ab der zwanzigsten Seite startete die Information. Und dann befand sich auf jeder zweiten oder dritten Seite ein kleiner Bleistiftpunkt unter einem Buchstaben.«

Der Schriftsteller überlegte einen Augenblick: »Das war im März 2008, und es ging damals um den ›Drei Silberlöffel‹-Fall.«

»Hat das mit den drei Teelöffeln an der Wand in deinem Büro zu tun?«, fragte Mio.

»Jo, richtig! Die habe ich damals von den drei Betroffenen geschenkt bekommen. Viktor Kruse hieß der Graveur, der die Geldplatten herstellte.«

Viktor Kruse war ein Geldfälscher, der im März 2008 mithilfe von Pit Mattes gefasst worden war. Er bezeichnete sich selbst als Künstler und fertigte sehr gute Druckplatten für einen Hunderteuroschein an. Das Falschgeld wurde in Itzehoe gedruckt und regelmäßig im Hamburger Hauptbahnhof in Umlauf gebracht.

»Viktor Kruse, der Geldfälscher! Er schickte damals die Löffel mit den Gravuren als Hinweis an die Polizei.«

»Ich habe davon gehört«, sagte Gabi. »Auch davon, dass keiner den Fingerzeig verstand.«

»Richtig, deshalb schickte er der Polizei das Buch mit der geheimen Information.«

»Auch damit konnten sie nichts anfangen und wollten es schon wegschmeißen. Heinrich Biestmann, der Vater vom Kriminalrat Biestmann hat dir damals das Buch in die Hand gedrückt und du hast die Botschaft entschlüsselt.«

»Richtig, du hast dich informiert.«

»Nee, Biestmann hat mir das am Freitagnachmittag erzählt. Und ich musste mir den ganzen Quatsch von anno Tobak anhören. Aber – das bringt mich nicht zum Ziel«, rief Gabi.

»Warum nicht? Es gibt doch einen Zusammenhang.«

Plötzlich klopfte es an der Tür: Niels. Er war eine Viertelstunde zu spät. Wie immer.

***

Um Viertel nach zehn trennte Renate sich von der gemütlichen Gesellschaft, aber die anderen saßen bis Mittag zusammen. Gegen dreizehn Uhr brachen Niels und Gabi auf. Pit und Mio verließen das *Bücher&Lese-Café* anschließend und machten einen langen Spaziergang durch das schöne Eppendorf.

SONNTAG, 17.02.2019, 17:30 UHR,
EPPENDORF, MIOS UND MATTES' WOHNUNG

Mio wusste, was sie für das Fest im Hafen anziehen wollte, also verschwand sie in ihrem Zimmer und kramte in ihrem Kleiderschrank herum. Mattes holte seinen schwarzen Anzug heraus, zog ein weißes Hemd an, band eine festliche Fliege um und war in fünfzehn Minuten fertig. Er wartete im Wohnzimmer auf Mio.

Sie erschien in einem eng anliegenden, schwarzen Abendkleid. Sie sah fantastisch aus. Um den Hals trug sie eine goldene Kette, die mit Diamanten bestückt war.

»Wow!«

Mio drehte sich ein paarmal und Pit staunte sprachlos.

Er ging auf Mio zu und nahm sie in den Arm. »Du siehst toll und sexy aus. Bist du sicher, dass wir zum Fest gehen wollen?«

»Pit – jetzt habe ich mich in dieses Ding hineingezwängt und nun spazieren wir dahin.«

»Weder dieses Kleid, noch die kostbare Kette habe ich jemals an dir gesehen.«

»Stimmt! Das Kleid habe ich vor fünf Jahren das letzte Mal getragen. Und das Collier noch nie. Es gehörte meiner Mutter und bisher war es mir immer zu kostbar, um es anzulegen. Dir zu Ehren tue ich es heute. Gefällt es dir?«

»Fast so schön wie du selbst und genauso schön wie dein Kleid.«

»He, du alter Schmeichler. Gib mir einen Kuss und dann können wir los.«

An der Wohnungstür klingelte es. Renate stand davor. »Oh! Mio, klasse siehst du aus! Pit, ich hätte nie damit gerechnet, dass du jemals eine so fantastische Frau finden würdest.«

»Ah, ich schon. Aber Mio hat mich gefunden!«

Mio knuffte Pit: »Es war schon ein wenig anders und es hat etwas länger gedauert. Aber im Großen und Ganzen haben wir uns gefunden.« Sie hakte sich bei Pit ein und schickte ein Lächeln zu Renate.

»Also – weshalb ich gekommen bin. Mio ich möchte dir etwas geben. Etwas, was Pits Mutter gehört hat. Ich wurde von ihr beauftragt, dir diesen Ring zu überreichen. Steck ihn mal auf.«

Sie händigte Mio einen goldenen Brillantring aus. Mios Augen strahlten, nachdem sie das Schmuckstück auf den Finger gezogen hatte. »Passt! Der sieht aber schön aus – und wie der funkelt!«

»Mio, Pit, ich wünsche euch einen schönen Abend. Amüsiert euch!«, rief Renate und war auch schon verschwunden.

»Pit, wie komme ich dazu? Darf ich den anbehalten?«

»Natürlich, er gehört dir!«

»Er ist von deiner Mutter. Was würde die sagen?«

»Oh, das ist eine längere Geschichte! Aber wir sollten gehen, das Taxi wartet unten auf uns. Und Mama würde jetzt sagen: ›Das passt schon!‹ Dabei würde sie dir lächelnd in die Augen schauen und dir einen Kuss verpassen.«

SONNTAG, 17.02.2019, 19:00 UHR,
HAFENCITY

Mio und Pit erreichten die Lokalitäten in der HafenCity pünktlich um neunzehn Uhr. Am Eingang wurden sie von Parsifal Bär begrüßt.

»Hallo, Pit! Schön, dich zu sehen. Ist lange her! Und du hast dich nicht verändert. Ich möchte euch meine Frau Sabine vorstellen.«

Pit Mattes begrüßte seine Frau mit Handschlag und umfasste dann seinen alten Freund.

»Parsifal, das ist meine Frau, Mio Takahashi.«

Mio nahm Sabine bei ihrer Begrüßung gleich in den Arm. Nach einem Austausch von weiteren Höflichkeitsfloskeln geleitete sie der Gastgeber in einen Empfangs-raum. Es waren ungefähr dreißig andere Personen im Saal. Ein Kellner verteilte Getränke. Parsifal führte Mio und Pit herum und stellten ihnen seine Gäste vor.

»Was möchten Sie trinken?«, fragte ein Kellner. Mio nahm ein Glas Sekt vom Tablett.

»Für meinen Mann bringen Sie bitte einen friesischen Tee. Er trinkt nur Tee oder Bier«, bestellte sie. Pit grinste sie an und flüsterte: »Danke!«

»Das hört sich ungewohnt an ›meine Frau‹ oder ›mein Mann‹. Komm jetzt bloß nicht auf die Idee und mach mir einen Heiratsantrag«, ergänzte sie leise.

»Schade! Ich habe schon seit Langem mit dem Gedanken gespielt!«

Sie grinste und hakte sich bei ihm ein.

Das hat noch eine Weile Zeit. Aber grundsätzlich ..., überlegte Mio. Pit registrierte ihr Zögern.

Sabine verabschiedete sich von ihnen mit einem kurzen Nicken, da sie von einem Gast gerufen wurde. Mio, die Bibliothekarin, schaute ihr nach. Pit bemerkte, dass seine Lebensgefährtin sie mochte.

Parsifal führte sie weiter in den Räumlichkeiten herum.

»So, das dort drüben sind meine Schwester Heidrun und ihr Sohn Manfred, der steht rechts neben ihr. Er arbeitet in der Firma und ist für den gesamten Einkauf verantwortlich. Pit, du kennst Heidrun bestimmt noch von früher. Ihr Mann ist vor zwei Jahren tragisch ums Leben gekommen.«

Eine gut aussehende, blonde, in schwarz gekleidete Frau kam auf sie zu. Ihr Sohn folgte ihr. Pit überlegte einen Augenblick: *Sie sieht genauso aus wie vor fünfzehn Jahren. Keinen Tag älter.*

»Hallo, Heidrun, lange nicht mehr gesehen. Darf ich dir Mio Takahashi vorstellen?«

Wie immer hatte Heidrun ein weißes, besticktes Taschentuch in ihrer linken Hand, das sie jetzt drückte.

»Pit, schön dich zu sehen. Du siehst gut aus!«, schmeichelte sie, während sie ihn anlächelte. Dann wandte sie sich Mio zu. Die beiden Frauen begrüßten sich mit Handschlag. Es sah kühl und steif aus. Heidruns Sohn, Manfred Herta, ein schlanker Mann von ungefähr fünfunddreißig Jahren, trug dunkelbraune, krause Haare und einen schwarz gefärbten Oberlippenbart. Sein Händedruck war weich und feucht. Pit nahm das Zucken in Mios Augen wahr; auch auf ihn machte Manfred Herta einen schleimigen Eindruck. Nachdem Herta ihr die Hand gereicht hatte, drehte er sich um und verschwand. Pit schenkte er keine Beachtung.

»Eigentlich ist er nicht so. Er ist der Einzige aus meiner Familie, mit dem ich einigermaßen klarkomme und der etwas vom Geschäft versteht.«

Sie gingen weiter.

»Mio, Pit – ich möchte euch meine Tochter Doris vorstellen! Doris, bitte komm kurz mal hier rüber!«

Eine rundliche, älter aussehende Frau mit grauen kurzen Haaren drehte sich um und kam auf die drei zu.

»Doris, das sind Mio und Pit.«

»Die Schwarze Witwe ist ja doch gekommen. Musste das sein?«

»Ja, Doris! Meine Schwester Heidrun gehört zur Familie!«

Parsifals Tochter sah verbraucht aus und roch unangenehm nach Zigarettenrauch. Sie merkte, dass Mio ihr nicht die Hand geben mochte, und drehte mit einem »Pah« ab.

»Der Schönling dahinten ist mein Sohn Gert mit seiner Frau Annette. – Wir haben zurzeit ein etwas angespanntes Verhältnis, da ich ihm nachgewiesen habe, dass er die Firma vorsätzlich ruiniert hat. Und seine Frau Annette ist anstrengend! Die redet von morgens bis abends, ununterbrochen.«

»Pit und ich werden die beiden dann später begrüßen«, nuschelte Mio, die sich unwohl fühlte.

»Danke. Jetzt fehlt nur noch Ferdi«, sagte Parsifal und drehte sich suchend um.

»Da ist er, gehen wir mal in die Bar. Er sitzt wie immer an der Theke.«

Sie marschierten zur Stirnseite des Raums, wo ein Mann in einem teuren grauen Anzug am Tresen saß. Mattes schätzte ihn auf einen Meter achtzig. Er trug schwarz gefärbte, lange Haare und einen aschfahlen Backenbart.

»Natürlich immer an der Quelle! Hallo, Ferdi! Ich möchte dir zwei gute Freunde vorstellen, das sind Mio Takahashi und Pit Mattes.«

Der Mann wandte sich ihnen zu.

»Und das ist Doktor Ferdinand Rosenfeld; er ist Prokurist und Geschäftsführer in der Firma.«

Die Begrüßung lief freundlich und höflich ab. Herr Rosenfeld verriet, dass er sich auf die Zusammenarbeit mit seinem alten und neuen Chef freute. Pit stutzte einen Augenblick.

Mio machte Herrn Bär darauf aufmerksam, dass er von seiner Frau gerufen wurde. Er entschuldigte sich und verschwand.

Doktor Rosenfeld wollte für Mio und Pit Cocktails bestellen. Sie lehnte ab und der Schriftsteller hielt nur seine Tasse Tee hoch. Darauf widmete sich der Geschäftsführer seinem Whisky.

***

»Wir wurden noch nicht vorgestellt. Mein Name ist Bär, Doktor Gert Bär. Ich bin der, der diese Party bezahlt. Und das ist meine Frau Annette.«

»Angenehm – das ist Mio Takahashi und mein Name ist Pit Mattes.«

Der mittelgroße Mann, mit graubraunen Haaren und einem Dreitagebart, stellte sich neben Mio und machte ihr Komplimente. Pit begrüßte Annette Bär mit einem Händedruck. Als er die Hand ihrem Mann reichen wollte, übersah dieser sie bewusst. Herr Rosenfeld zog darauf seine Schultern hoch, nahm sein Glas von der Theke und verschwand.

»Ist Ihnen nicht gut, oder warum trinken Sie Tee?«, fragte Annette Bär. Ihr Mann hakte sich währenddessen bei Mio ein und zog sie in Richtung Festsaal. Sie grinste Pit nur an.

Ohne auf eine Antwort von Mattes zu warten, redete Frau Bär einfach weiter: »Haben Sie keine Angst, dass Ihre attraktive Freundin was mit dem Kerl da anfängt? – Ich an Ihrer Stelle währe vorsichtig. Ich kenne meinen Mann. Wie gut kennen Sie eigentlich Ihre Freundin? Mein Mann rennt hinter jedem Rockzipfel her. Dabei hat er selbst nur einen ganz Kleinen. – Was machen sie eigentlich beruflich? Ach ja – Schwiegerpapa erzählte, Sie sind Schriftsteller. Kann man damit eigentlich genug Geld verdienen? – Kommen Sie, lassen Sie uns auch in den Festsaal gehen. Dort können Sie besser auf Ihre Frau aufpassen! – Sieht er nicht gut aus? Ja, ich rede von meinem Mann! Sieht er nicht sexy aus? Aber das ist alles nur äußerlich. Eigentlich ist er ein Schuft. Wir sind jetzt fünf Jahre verheiratet. Hatten allerdings in der letzten Zeit wenig Sex. Er ist immer so beschäftigt. Ich muss sehr aufpassen, dass er sich nicht überanstrengt. – Wir wohnen im alten Kaufmannshaus in Blankenese, Parsifal erwähnte, dass Sie das Haus kennen und für ein paar Tage auch dort wohnen werden. Na, wenn Parsifal dorthin zurückkommt, wird er hoffentlich die Heizung reparieren. – Er fährt, also mein Mann, jeden Tag schon um neun Uhr mit dem Auto in die Firma und kommt abends manchmal spät wieder. – Ja, diese Autos. Er ist einfach vernarrt in diese Dinger. Hauptsache sie fallen auf und machen Krach! Jetzt will er auch Golf spielen. Noch ist es viel zu kalt draußen, deshalb übt er in einer Halle. Ich bin neulich mal mitgefahren, das war total aufregend. Aber nach einer halben Stunde bin ich dann doch wieder gefahren. Ich hatte einen Termin im Hanseviertel, beim

Friseur und ich brauchte noch eine Handtasche, die zu meinem neuen Kleid passt. Tja, man hat so seine Verpflichtungen. Und, wie gefällt sie Ihnen? Hier meine Handtasche. – Ich glaube, wir sollten jetzt besser zu den beiden gehen, damit ich Ihre hübsche Freundin rette. – Hallo, Bärchen! Ich habe mich mit Herrn Mattes ganz toll unterhalten. Er ist ein fantastischer Mann und hat ganz außergewöhnlich Ansichten. – Ich glaube, Parsifal möchte was sagen. Der steht dort drüben und winkt so anstrengend.«

SONNTAG, 17.02.2019, 19:45 UHR,
HAFENCITY

»Liebe Gäste, meine Frau Sabine und ich freuen uns, dass ihr gekommen seid.«

»Und, war es anstrengend?«, fragte Mio leise.

»Nee, ich brauchte nichts machen und kein bisschen was sagen. Das übernahm alles sie. Selbst die Fragen, die sie stellte, hat sie selbst beantwortet. Wie ist es bei dir gelaufen?«, flüsterte Pit.

»Der Typ ist ein arrogantes Arschloch! Noch fünf Minuten und er hätte mich befummelt. Ich habe schon überlegt, wie ich ihn am besten ausschalte«, tuschelte sie und kuschelte sich an Pit.

***

»Komm, Mio, Parsifal hat das Buffet eröffnet.«

Die beiden folgten den anderen in den Speiseraum, wo die Tafel festlich geschmückt war. In der Mitte stand ein ausladendes Blumenarrangement, Leuchter und Kerzen waren allerdings nicht auf dem Tisch zu sehen. Pit und Mio mussten fast einmal komplett um den Tisch gehen, um ihre Plätze, die mit Tischkarten gekennzeichnet waren, zu finden.

Pit nutzte diese Zeit, sich Parsifals Frau in Ruhe anzuschauen. *Sie ist eine schlanke, gut aussehende Frau und bestimmt zwanzig Jahre jünger als Parsifal. Die Lady hat lange braune Haare und eine leise, weibliche und liebliche Stimme. Sabine ist eine sympathische Dame.*

»Pit, ich fühle mich hier nicht so recht wohl. Außer Parsifal und seiner Frau sind die meisten Leute sehr merkwürdig. Ich mag sie nicht!«, unterbrach Mio Pits Gedanken.

»Jo – Mio, das kann ich nachvollziehen. Nach dem Essen setzen wir uns ab!«

Beim Essen saßen Mio und Pit an der Längsseite des festlich gedeckten Tischs. An Pits rechter Seite saß Mio, an seiner linken Heidrun Herta, die Schwester des Gastgebers. Rechts von Mio saß Doktor Ferdinand Rosenfeld, der Geschäftsführer der Firma Bär. Gegenüber hatten Doris Bär und Manfred Herta Platz genommen. Parsifal und Sabine saßen an der Stirnseite vom Tisch, genau gegenüber von Annette Bär mit ihrem Mann Gert.

Die Gespräche während des Essens waren der Kategorie Small Talk zuzuordnen. Pit hatte allerdings den Eindruck, als wolle Frau Herta ihn anbaggern. Nach dem Hauptgericht übernahm sie die Gesprächsführung, hauptsächlich ging es dabei um Gifte, ihre Wirkung und Effizienz.

Mattes bestellte ein Taxi. Während die beiden sich bei Parsifal und seiner Frau Sabine verabschiedeten, lud der Kaufmann sie für den Montagvormittag zu einem Treffen in seiner Penthouse-Wohnung in der HafenCity ein.

Mio und Pit schlenderten auf die Straße, um auf ihr Taxi zu warten. Das Taxi brachte die zwei nach Eppendorf.

4

Mio schrie laut auf. Pit erschrak und umfasste sie.

»Mio! Mio! Aufwachen! Es ist alles gut, ich bin bei dir!«

»Hallo, Pit! – Ich habe geträumt, ich hatte wieder diesen Albtraum! Diesen fürchterlichen Albtraum, dass du angeschossen wirst und vor mir auf der Straße liegst. Und ich konnte dir nicht helfen.«

Pit nahm Mio in den Arm: »Mio, das war nur ein Albtraum. Komm, wir stehen auf und werden gemütlich Frühstücken.«

Mio gab Pit einen Kuss und hüpfte aus dem Bett. Pit setzte Kaffee und Tee auf und deckte den Küchentisch. Als Mio aus dem Badezimmer kann, fiel sie Pit um den Hals: »Ich sah dich und freute mich, dass ich gleich einen Kuss bekommen werde. Dann knallte es. Das war ein Schuss. Du kipptest nach vorne um. Ich schrie! Du reagiertest nicht! Immer wieder dieser Traum. Ich habe Angst um dich!«

Er hielt sie im Arm und wischte ihre Tränen ab.

Beim Frühstück vermieden es beide, Mios Albtraum anzusprechen. Im NDR-Radio erzählten sie, dass am

Freitag ein Falschgeldring aufgeflogen sei. Es waren sechs Personen in der Reichsbahnstraße festgenommen worden. Sie hatten fünf Millionen Euro Falschgeld bei sich. Die Tatverdächtigen waren der Staatsanwaltschaft übergeben worden.

MONTAG, 18.02.2019, 8:00 UHR,
EPPENDORF, BÜCHER&LESE-CAFÉ

Mio und Pit trödelten ins *Bücher&Lese-Café*, Thomas und Susanne begrüßten die beiden nur kurz, da eine lange Schlange vor dem Tresen stand. Sie empfingen Maren und Max, und Mio öffnete ihren Bücherverleih. Pit ging zu seinem Lieblingsplatz und las zuerst das *Abendblatt*. Er fand einen kleinen Polizeibericht mit der Überschrift *Überfall im Bus* zu dem Vorfall vom Donnerstag. Der Falschgeldfall wurde nicht erwähnt. Dann holte er den Laptop aus seiner Umhängetasche und bearbeitete seine Mails.

Mio brachte ihm einen Becher Friesentee, nachdem sie die ersten Kunden an der Buchausgabe abgearbeitet hatte. Für einen kurzen Moment konnte sie sich an Pit lehnen, dann kam ihr nächster Kunde durch die Eingangstür.

Um zehn Uhr fünfzehn übernahm Maren ihre Aufgaben. Mio und Pit stiegen in den Bus Richtung HafenCity.

»Moin, Mio und moin, Pit«, begrüßte sie Parsifal in seiner Wohnung. »Schön, dass es geklappt hat. Leider ist Sabine heute Morgen ganz früh nach Genf geflogen. Ihre Freundin ist krank geworden und braucht Unterstützung. Kommt erst einmal herein.«

»Schade, ich hatte mich so auf sie gefreut«, sagte Mio.

»Die Gelegenheit wird sich nachholen lassen.«

»Parsifal, du hast dir hier ein schönes Domizil ausgesucht«, kam es von Pit.

»Stimmt, aber Sabine möchte nach Blankenese in den alten Familienstammsitz ziehen. Ich weiß aber nicht, ob ich dort klarkomme«, raunte er und nahm die Wintermäntel entgegen. »Ich werde euch erst einmal dieses Appartement zeigen.«

Die Penthouse-Wohnung war einfach klasse. Man konnte aus dem Wohnzimmer und der Küche gut den Hamburger Hafen überblicken. Rund um die Wohnung war ein breiter Balkon angelegt worden. In den Räumlichkeiten hingen moderne Ölgemälde, mit denen Pit nichts anfangen konnte. »Die hat Sabine ausgesucht und sie sollen in die Blankeneser Wohnung.« Pit bewunderte ein großes Foto in einem Aluminiumrahmen von einem Feuerschiff, das im Wohnzimmer zwischen den Fenstern zum Hafen hing.

»Erzähl, was ist passiert, dass du wieder nach Hamburg kommst?«, wollte der Schriftsteller nach der Besichtigungstour wissen.

»Oh, das ist nicht schwierig zu beantworten. Ich habe Sabine im Januar geheiratet und wir haben uns während der Hochzeitsreise Hamburg angeschaut. Es gefiel uns, und nun sind wir da oder hier …«

»Und was noch?«, stocherte Pit weiter. Er merkte, dass Parsifal herumdruckste.

»Du hast recht. Das ist aber eine längere Geschichte.«

»Parsifal, wir haben Zeit.«

»Okay, darf ich euch etwas zu trinken anbieten? Kaffee, Tee oder auch irgendetwas anderes?«

»Danke, gerne. Pit trinkt bestimmt einen Tee und ich hätte möglichst ein Glas Wasser«, antwortete Mio und Pit nickte.

»Kein Problem!«, sagte er, stand auf und hantierte in der Küche herum.

Nach fünf Minuten kam er mit einer Flasche Wasser, einem Glas, zwei Tassen und einer Kanne Tee wieder.

»Der Tee braucht noch einen Augenblick.«

Mio bedanke sich und lächelte Parsifal an.

»Die Geschichte begann vor fünfzehn Jahren. Damals starb Gudrun, meine erste Frau, bei einem Autounfall. Ich hatte sehr schwer damit zu kämpfen und zog mich ganz zurück. Pit wird das gemerkt haben, denn seitdem hatten wir keinen Kontakt mehr. Pit, du hast es immer mal wieder probiert, ein Anruf, eine Nachricht oder eine Mail. Ich ging nicht darauf ein. Aber darüber sprachen wir am Telefon«, sagte er und stand auf, um den Tee einzugießen. »Die Firma überschrieb ich damals meinem Sohn Gert, er bekam einundfünfzig Prozent. Dann verabschiedete ich mich aus Hamburg und kaufte mir in Genf ein kleines Haus. Das Unternehmen Bär Gewürze war eine gut gehende Gesellschaft. Das Firmenvermögen wurde damals auf einhundertfünfzig Millionen Euro bewertet. Ich entnahm keinen Geldbetrag aus der Firma und startete in Genf mit meinem privaten Vermögen, das war eine knappe Million Euro, neu. An der Börse habe ich gehandelt und im Laufe der letzten zehn Jahre eine ansehnliche Barschaft angesammelt.«

Parsifal hielt immer noch die Teekanne in der Hand. Dann goss er ein. Er stellte die Kanne anschließend auf einen Zeitungsstapel ab, der sich auf dem Beistelltisch befand.

»Heute geht es der Gewürzgesellschaft nicht gut. Sie war kurz vor der Insolvenz, also bin ich dort wieder als Gesellschafter eingestiegen und habe zwanzig Millionen investiert. Das wird aber nicht reichen. Ich gehe davon aus, dass ich noch einmal fünfundzwanzig Millionen Euro dort hineinstecken muss, um das erforderliche Anlagekapital zu sichern. In den letzten zehn Jahren ist dort nichts passiert. Mein Herr Sohn hat die Firma heruntergewirtschaftet. Der einzige Bereich, der profitabel arbeitet, ist der Einkauf. Mein Neffe Manfred kauft die drei- oder vierfachen Mengen der Rohgewürze, die er braucht, ein. Damit bekommt er einen guten Einkaufspreis und die Zusatzkosten für den Transport fallen nicht ins Gewicht. Die Mehrmengen verkauft er an die Lebensmittelindustrie oder an die Konkurrenz. So erwirtschaftet er einiges. Er hat dafür eine kleine, selbstständige Handelsgesellschaft gegründet. Mit einem perfekt entwickelten Zwanzigfußcontainer, in dem man in mehreren Kammern unterschiedliche Klimabedingungen bis zu sechzig

Tage halten kann, holt er Gewürze aus Südamerika oder aus Asien.«

Er machte eine Pause und reichte Pit den Zucker. »Aber Bär Gewürze ist kein Gewürzgroßhandel. Das Firmenziel ist die Herstellung von Gewürzmischungen für den Endverbraucher mit hoher, gleichbleibender Qualität! Dabei ist es egal, ob es sich um eine Großküche, eine Gaststätte oder um einen einfachen Haushalt handelt.«

»Verstehe«, bemerkte Mattes.

»Wenn ich dich richtig verstanden habe, wollt ihr euren Lebensmittelpunkt von Genf nach Hamburg verlagern?«, fragte Mio.

»Ja, Sabine möchte hierher. Sie wünscht sich, dass wir in die Blankeneser Villa, in unsere alte Familienresidenz, ziehen. – Ich war im vorigen Jahr, im August, mit ihr dort. Sie baut mein früheres Appartement so um, dass ich mit ihr da einziehen kann, ohne an Gudrun denken zu müssen. Eigentlich ist sie fertig, ich traue mich aber noch nicht. Vielleicht nächste Woche, dann ist Sabine wieder hier, im Anschluss daran ziehen wir um.«

Mio schaute etwas verdutzt. Pit erkannte das und erklärte: »Das Haus ist ein altes herrschaftliches Kaufmannshaus. Es befindet sich an der Elbchaussee zwischen Teufelsbrück und dem Ortskern von Blankenese auf der rechten Seite. Im Erdgeschoß gibt es einen traditionellen Bereich mit einem Empfangs- und einem Speiseraum. Auch die Küche und weitere Wirtschaftsräume sind im Parterre, und, was mich immer beeindruckt hat, die alte Bibliothek.«

»Das ist immer noch so. In den beiden Stockwerken darüber sind komplette Appartements eingerichtet worden. So kann jede Familie für sich allein wohnen, ohne dass sie den anderen auf den Geist geht«, ergänzte der Kaufmann.

»Ich kann mich an den Butler Johann erinnern. Der war die Seele des Hauses! Ich sehe ihn vor mir, wie er mir bei meinem ersten Besuch die Räumlichkeiten zeigte.«

»Richtig, das ist auch noch immer so. Er ist inzwischen zweiundsiebzig Jahre alt, aber topfit und sorgt für Ordnung. Er ist übrigens die einzige Person in dem Haus, der ich voll und ganz trauen kann.«

»Oh!«

»Pit, du siehst, es hat sich in den vergangenen fünfzehn Jahren nichts geändert. Lediglich das Haus sieht etwas heruntergekommen aus. Es bedarf einer gründlichen Sanierung. Sowohl innen als auch außen. Das habe ich angestoßen. Und unsere zukünftige Wohneinheit hat Sabine neu gestaltet. Ich bin gespannt, wie es aussehen wird.«

»Das heißt, deine gesamte Verwandtschaft wohnt dort?«, wollte Mio wissen.

»Ja«, begann Parsifal. »Ihr habt sie ja kennengelernt. Einer ist schlimmer als der andere. Das sind alles Piraten. Die sind sich nur einig, wenn es um mein Geld geht. Ich gewinne immer mehr den Eindruck, dass sie gemeinsam auf Kaperfahrt gehen und das Opfer, das bin ich!«

»Haha, Verwandtschaft kann man sich nicht aussuchen.«

»Richtig! Anfang Januar waren wir hier und haben diese Wohnung gekauft. Vor vier Wochen sind wir dann endgültig in die Hansestadt gezogen. Und ich glaube, wir fühlen uns wohl hier.«

»Hamburg ist eine schöne Stadt!«

»Stimmt, übermorgen habe ich einen Termin beim Notar und werde mein Testament ändern. Den Entwurf habe ich am Sonnabend mit Sabine geschrieben.«

»Verstehe – das erinnert mich daran, dass ich das auch noch machen muss!«

»Pit, ich habe eine ganz große Bitte an dich. Und ich hoffe, Mio, du wirst ihn dabei unterstützen«, begann Parsifal. »Ich werde nächstes Jahr siebzig. Meine Frau ist dreißig Jahre jünger. Ich werde …«, er stockte und überlegte einen Moment. »Nein, ich fange anders an: Ihr habt meine Verwandtschaft kennengelernt. Und der Bruder von Sabine ist ebenfalls ein ganz spezieller Fall. Leider hat er auf sie einen großen Einfluss. Ich habe schon einiges versucht. Sie hält an ihm fest.«

»Der war nicht auf deiner Fete?«

»Nein – Pit und Mio, wenn ich irgendwann nicht mehr da bin, habe ich Angst, dass Sabine unter die Räder kommt. Ich habe eine Bitte an euch. Kümmert euch um sie, wenn ich nicht mehr in der Lage dazu bin.«

Schweigen.

»Ist dir etwas, dass du befürchten musst …«

»Nein, Pit, nicht was du denkst. Ich bin relativ gesund. Nur meiner Verwandtschaft traue ich nicht über den Weg. Und ich möchte Sabine in Sicherheit wissen.«

»Was ist mit deiner Schwester?«, fragte Mio.

»Das ist eine besondere Geschichte. Nach dem Tod von Gustav, ihrem Mann, hat sie sich verändert. Das kann ich noch nachvollziehen. Aber ihr Sohn bekam die Oberhand und unterdrückt sie. Ich weiß nicht, was alles vorgefallen ist. Sie hat sich geändert, ist nicht mehr die heitere, freundliche und hilfsbereite Heidrun von früher.«

»Versprochen! Ich werde mich um Sabine kümmern!«, sagte Pit und Mio nickte zustimmend.

»Danke – und jetzt lasst uns über was Erfreulicheres reden«, bedankte er sich und goss Tee und Wasser nach.

Mio erzählte wie das *Bücher&Lese-Café* entstanden war und wie sie Pit kennengelernt hatte. Parsifal berichtete, wie er Sabine begegnet war und wie er sich verliebt hatte.

»Wie ich sehe, hast du deine Pyrophobie überwunden«, kam es von dem Schriftsteller, als er neben der Teekanne auf einem Stapel Zeitungen eine angebrannte Kerze entdeckte.

»Nein, nicht wirklich! Du sprichst das an, weil du die Gewürzkerze auf dem Couchtisch gesehen hast.« Da Mio etwas verdutzt schaute, erklärte er weiter: »Wenn eine brennende Kerze auf den Tisch steht, dann muss ich sie ausmachen, egal wo das ist. Ich habe Angst, dass ein Feuer ausbricht. Ich bekomme bei jeder offenen Flamme Panikausbrüche. Wenn damals die Feuerwehrsirene in unserem Stadtteil losging, bekam ich Angstzustände. Ich schwitze und kann einen ganzen Tag nicht klar denken. Silvester ist ein Horrortag für mich. Am liebsten verbringe ich ihn auf einem Schiff, weit weg von aller Zivilisation.«

»Entschuldige, Parsifal. Pit hat mir davon nichts erzählt.«

»Ist schon in Ordnung. Die Gewürzkerze ist eine Idee meiner Kinder. Sie haben sie mir zum Einzug geschenkt. Sie besteht aus Wachs, vermischt mit unterschiedlichen Gewürzen und Aromen. Wenn man sie anzündet, riecht es wie früher auf dem Gewürzboden. Die Gewürzkerze soll ein neues Produkt werden, um den Absatz zu fördern.«

»Oh, ich merke, du bist nicht so begeistert.«

»Ich bekam eine Panikattacke, als sie mir das vorführten.«

Parsifal berichtete, wie sich der Geschmack der Menschen in den letzten zwanzig Jahren verändert hatte und wie die entsprechenden Rezepturen für die Aromen und Gewürzmischungen sich wandelten.

»Dazu kommt, dass immer mehr Fertigmischungen gefragt sind«, betonte er und erklärte, dass die Lebensmittelindustrie heute natürliche Gewürze verwendet, um die Haltbarkeit ihrer Produkte zu verlängern.

»Aber jetzt lasst uns endlich von etwas Erfreulichem reden. Was haltet ihr von einem kleinen Spaziergang? Ich lade euch zum Essen ein.«

MONTAG, 18.02.2019, 13:00 UHR,
HAMBURGER-HAFEN, GROßE ELBSTRAßE 143

Gegen dreizehn Uhr machten sie einen Spaziergang zum *Fischereihafen Restaurant* in der Großen Elbstraße. Parsifal wurde von Herrn Kowalke Junior begrüßt. Er hatte für sie einen Tisch reserviert.

Pits Freund suchte die Gerichte aus. Es gab zur Vorspeise Räucheraalfilets auf Kräuterrührei mit gebratenem Schwarzbrot. Das Hauptgericht bestand aus Nordsee-Seezunge *Müllerin Art* in Butter gebraten mit Petersilienkartoffeln und Gurkensalat. Und zum Nachtisch gab es Rote Grütze mit Rahm-Eis und Himbeergeist-Vanille-sauce. Die drei genossen das vorzügliche Mittagessen.

»Mio, Pit, würdet ihr mir den Gefallen erweisen und für ein oder zwei Wochen mit uns in die Villa ziehen? Und zwar dann, wenn Sabine und ich dort einrücken? Nur so zum Eingewöhnen. Das Gästeappartement habe ich schon für euch herrichten lassen.«

Mio und Pit schauten sich erst fragend an, und stimmten zu, obwohl sie keine große Lust hatten, mit Parsifals Verwandtschaft zusammenzuwohnen. Gegen vierzehn Uhr dreißig verabschiedeten sie sich im Restaurant. Gemeinsam schlenderten sie bis zur U-Bahnstation *Baumwall*. Dort trennten sie sich und Pit und Mio fuhren zurück nach Eppendorf.

5

Pit kam um neun vom Sport zurück. Da er wusste, dass Mio in der Bücherei war, marschierte er direkt dorthin.

»Schön, dass du da bist«, begrüßte Mio ihn. »Ich habe dir einen Friesentee gekocht. Der ist gleich fertig, muss nur noch zwei Minuten ziehen«, sagte sie, während sie auf ihre Armbanduhr schaute. Sein Mobiltelefon klingelte. Pit nahm das Gespräch entgegen. Sein Gesicht verfinsterte sich.

»Wer hat denn angerufen?«, fragte Mio, während sie den Büchertisch aufräumte.

»Parsifal Bär. Er möchte sich mit uns treffen.«

»Wann?«

»Möglichst bald. Ich hatte das Gefühl, er hat irgendein Problem. Hörte sich zumindest am Telefon so an.«

»Du, Pit, ich muss hierbleiben, Maren hat heute frei. Ich kann nicht weg. Du musst allein zu ihm fahren.«

»Okay. Ich schicke ihm eine Nachricht«, antwortete Pit enttäuscht.

»Wenn da nicht mal mehr dahintersteckt!«

»Mio, wir werden sehen«, sagte Pit und trank den Tee. Zwanzig Minuten später zog er sich seinen Wintermantel an.

Pit Mattes kam aus der U-Bahn-Station *Baumwall*. Er überquerte die Straße *Vorsetzen* und schlenderte auf dem Kaiweg in Richtung Landungsbrücke. Hier war er mit Parsifal verabredet, Höhe Feuerschiff, hatte sein Freund am Telefon gesagt. Der Weg und der Hochwasserschutz waren im letzten Jahr neu geschaffen worden.

Pit war fünf Minuten zu früh am Treffpunkt. Er hatte Zeit, einmal tief durchzuatmen. Obwohl es kalt war und der eisige Ostwind über den Hafen pfiff, empfand er die kühle Luft als angenehm.

Parsifal berührte ihn an der Schulter. Beide schauten eine Weile aufs Wasser und auf den Sporthafen.

»Schau dir das Feuerschiff an. *Light Vessel 13* oder *LV 13* wurde 1952 auf der Werft *Philips&Sons* in Dartmouth gebaut. Einst ein starkes Schiff, extra stabil gebaut. Es hat vielen als Seezeichen den Weg vor der englischen Küste gezeigt. Im März 1989 wurde es durch eine automatische Tonne ersetzt. Kapitän Wulf Hoffmann kaufte das Schiff 1991. Ein Jahr haben die Restaurierungs- und Umbauarbeiten zum Restaurantschiff gedauert. Das passierte auf der Jöhnk Schiffswerft. Seit November 1993 liegt es hier im City Sporthafen. Im vorigen Jahr wurde es überholt«, erklärte Parsifal. »Der Kapitän ist am 11.

Januar 2016 gestorben, an meinem Geburtstag. Ich kannte ihn.«

»Ist dies das Schiff auf dem Foto in deinem Wohnzimmer?«

»Pit, ich erinnere mich, ich habe das Bild vom Kapitän zu meinem Geburtstag 1993 bekommen«, begann er. »Ich fühle mich wie das Feuerschiff. Und dabei hatte es eigentlich noch Glück, es kam hierher als Attraktion. Man band es zwar an und die Lampe wurde durch eine Funzel ersetzt, aber irgendwann wird auch dieses stolze Schiff verschrottet. Nur bei mir ist es bald soweit.«

»Warum erzählst du mir das?«

»Ich habe heute erfahren, dass ich verschrottet werde.«

Pit schaute ihn ungläubig an.

»Außer Dienst gestellt«, hängte Parsifal an.

Pit spürte den Ärger seines Freundes, aber auch wie er langsam abnahm. Beide starrten einige Minuten aufs Wasser.

»Komm, du Außer-Dienst-Gestellter, ich lade dich zum Tee oder Kaffee ein«, lästerte Pit und zog seinen Freund in Richtung des kleinen Cafés *Balzac Coffee*. »Im Warmen kannst du mir dein ganzes Elend klagen.«

DIENSTAG, 19.03.2019, 11:15 UHR,
IM HAMBURGER HAFEN, BALZAC COFFEE

»Was ist los? Wer hat dich so geärgert, dass du über Feuerschiffe philosophierst?«, fragte Pit.

»Heute Morgen war ich in der Firma. Eigentlich wollte ich nur dorthin und Gert und Manfred mitteilen, dass ich einige Millionen in die Firma stecken will.«

»Was ist passiert?«

»Rausgeschmissen haben sie mich! Ich wäre zu alt für das Geschäft. Und ich hätte keine Ahnung, was heute alles so abgeht!«

»Und du? Was hast du gesagt?«

»Nichts! Ich bin gegangen. Wahrscheinlich mit einem lebensgefährlichen Blutdruck!«

»Hatten wohl ein wenig Stress die beiden! Parsifal, das kommt immer mal vor. Pass auf, morgen kommen sie an und entschuldigen sich. Und sag mal ehrlich, würdest du nicht liebend gerne deinen alten Schreibtisch wieder einnehmen?«

»Hm, na ja. Nein, Pit, ich nicht mehr«, druckste er rum. Pit musste lachen.

»Die kennen dich besser als du dich selbst!«

»Na ja! Ich hatte schon gehofft …«

»Siehste! Nun lachste wieder.«

»Okay – Okay! Ich hab's begriffen. Ich hatte eigentlich was anderes vor. Aber die Zeit ist noch nicht reif dafür. Dennoch war es gut, dich zu sehen. Danke, Pit.«

»Da nich für!«

»Aber trotzdem, wenn irgendetwas passieren sollte, kümmere dich um Sabine. Versprich mir das!«

»Ja, Parsifal! Das haben wir schon versprochen und ich verspreche es dir noch einmal.«

»Danke! Du musst wissen, Sabine ist ein wunderbares Wesen. So offen, so hübsch, so herzlich. Ich liebe sie!«

»Verstehe. Parsifal, mach dir keine Sorgen. Außerdem wirst du noch viele Jahre auf sie aufpassen können.«

»Und du? Du siehst abgespannt aus. Hast du viel um die Ohren?«

Pit berichtete von dem Geldfälscher und Parsifal erwähnte, dass man seinem Neffen Manfred einen Container geklaut hatte, er ihn aber nach drei Tagen unversehrt und inklusive Inhalt zurückbekommen hatte.

Nach einer halben Stunde tranken sie den Tee aus und bezahlten.

»Ich hab's eilig, um halb zwei kommt mein Notar. Ich werde mein Testament ändern. Mit Sabine habe ich gestern Abend noch einmal darüber gesprochen. Ihr ist das alles egal.«

»Ich dachte, sie ist in Genf?«

»Ist sie auch, aber wir skypen abends. Heute Morgen rief mich der Notar an und hat den Termin von morgen auf heute dreizehn Uhr dreißig verschoben, da ein Klient kurzfristig abgesagt hat.«

»Da hast du aber Glück!«

»Stimmt. Pit, und danke fürs Zuhören, bitte grüß Mio von mir«, sagte er, bevor er sich verabschiedete und ging. Pit machte sich auf den Weg zum *Baumwall*.

6

Pit war im Badezimmer. Mio kam kreidebleich rein.

»Pit, Parsifal wohnt doch in der Speicherstadt. Am Kaiserkai war das doch?«

»Ja, warum?«

»Da hat es heute Nacht gebrannt! Im Radio berichteten sie eben, dass es in einer Wohnung gebrannt hat und eine Person dort zu Schaden gekommen ist.«

Pit stockte der Atem. Ein großer Kloß bildete sich in seiner Magengegend. Er legte den Rasierer zur Seite und lief ins Arbeitszimmer. Die Festnetznummer von Parsifal fand er sofort.

»Dieser Anschluss ist nicht erreichbar«, war die Ansage, als er dort anrief.

Ohne Frühstück fuhren Mio und Pit mit dem Mercedes zum Hafen. Sie erreichten die Wohnung um halb sieben.

Ein Feuerwehrauto stand vor dem Gebäude. Mio und Pit rannten in Richtung Hauseingang.

»Hier hat es gebrannt, hier können Sie jetzt nicht rein«, rief ein Feuerwehrmann.

»Was ist passiert?«

»In der Penthouse-Wohnung hat es gebrannt.«

Damit hatte sich der Verdacht bestätigt. Pit zeigte kurz seinen Polizeiausweis und sie gingen aufs Haus zu. Eine Polizistin hielt sie auf. Pit reichte ihr den Ausweis.

»Warten Sie bitte, bis die Spurensicherung hier fertig ist. Wir haben die Leiche eines älteren Herrn gefunden. Er ist vom Feuer erfasst worden. Kein schöner Anblick.«

»Gut«, sagte Mio.

Pit schwieg.

»Was passiert als Nächstes in diesem Fall?«

»Die Kripo war schon da, die Leiche ist in die Rechtsmedizin nach Eppendorf gebracht worden. Die Brandursache wird ermittelt und so weiter. Kannten Sie den Besitzer der Wohnung? Sie wissen doch, dass sie als Angehöriger nicht ermitteln dürfen?«

Pit erklärte den Zusammenhang und hinterließ seine Anschrift und Telefonnummer.

Sie gingen zum Auto. Bevor sie einstiegen, nahm Mio Pit in den Arm.

»Gerade wiedergefunden und schon wieder verloren! Für immer verloren. Das ist ungerecht, das ist grausam!«

MITTWOCH, 20.02.2019, 7:30 UHR,
EPPENDORF, BÜCHER&LESE-CAFÉ

Sie fuhren nach Hause. Gemeinsam trotteten sie ins *Bücher&Lese-Café*. Susanne und Thomas bereiteten das

Frühstück zu. Pit mochte nichts essen. Er trank lediglich einen Becher Tee. Um neun kam Maren, die dann mit Mio den Bücherverleih öffnete.

Pit fuhr kurz vor zehn Uhr zum Polizeikommissariat 14 in der Caffamacherreihe. Dort erfuhr er, dass Parsifals Sohn Gert, seine Schwester Heidrun Herta und seine Ehefrau Sabine Bär benachrichtigt worden waren. Die Beamtin erzählte, dass sie Frau Bär in der Schweiz erreicht hatte. »Frau Bär bricht ihren Aufenthalt dort ab und ist auf dem Weg nach Hamburg.«

Pit bedankte sich bei der Polizistin und hinterließ seine Visitenkarte. Sie versprach, die Karte an den zuständigen Ermittler, der den Fall bearbeitet, weiterzugeben.

Pit setzte sich ins Auto und fuhr zu Parsifals Wohnung, er durfte allerdings nicht in die Räumlichkeiten. Die Spurensicherung war immer noch dort und untersuchte das Appartement. Von einem Beamten erfuhr Mattes, dass der Brandsachverständige erwartet wurde.

Da er vor Ort nichts ausrichten konnte, ging er zum Auto zurück. Mio rief an: »Ich habe Sabine erreicht. Sie ist auf dem Weg nach Hamburg. Ihr Flieger landet um fünfzehn Uhr dreißig. Ihr Fahrzeug steht noch am Flugplatz. Wir brauchen sie also nicht abzuholen. Und Pit, sie möchte in die Wohnung.«

»Verstehe!«

»Sie fragt, ob wir sie begleiten könnten.«

»Das ist okay. Ich komme jetzt nach Hause.«

Mio und Pit brauchten nicht lange auf Sabine warten. Sie fuhr in ihrem blauen BMW um Viertel nach vier vor.

Die Begrüßung war schwer. Tränen flossen. Sabine gab Pit den Wohnungsschlüssel. Sie fuhren mit dem Lift nach oben. Schon beim Betreten des Hauses konnte man den verbrannten Geruch wahrnehmen. Als sie aus dem Fahrstuhl traten, war es fast unerträglich. Der Gestank brannte in den Augen. Mio hakte sich bei Sabine ein. Die Tür stand offen. Sie betraten die Wohnung, Pit voran. Er bewegte sich durch die Zimmer. Mio und Sabine nahmen Taschentücher zum Schutz vor den Gestank aus ihren Handtaschen. Der Rauch brannte in den Augen.

Mattes durchquerte das Wohnzimmer und schaute sich genau um. Dabei versuchte er, alle Einzelheiten mit seinem fotografischen Gedächtnis zu erfassen.

»Was machen Sie hier? Sie haben hier nichts zu suchen!«

Pit erschrak, er hatte nicht mit einer weiteren Person in der Wohnung gerechnet und dann auch noch einer so großen. Er drehte sich zu der fremden Person um.

»Sie hier?«, fragte der fünfunddreißigjährige Kriminalhauptkommissar Engelmann. Sie kannten sich aus dem ›WERE‹-Fall.

Mattes ging zu dem schwarzhaarigen, lässig gekleideten Mann hin und reichte ihm die Hand. »Moin, Herr Engelmann. Mit Ihnen habe ich hier nicht gerechnet.«

»Herr Mattes, was machen Sie denn hier? Und wer sind die anderen beiden Personen da hinten?«

»Parsifal Bär war mein Freund. Und rechts das ist Mio Takahashi und links Sabine Bär, die Ehefrau.«

»Okay«, kam es von ihm. Er ging auf die Frauen zu, stellte sich vor und sprach Sabine sein Beileid aus.

Mattes stellte sich vor das Bild mit dem Feuerschiff. Das Frontglas war zersprungen. Das Foto und der Metallrahmen hatten das Feuer überlebt. *Ahoi und allzeit gute Fahrt. Kapitän Wulf Hoffmann*, stand handgeschrieben auf der Fotografie. Pit kamen die Tränen.

»Das muss etwas ganz Besonderes für ihn gewesen sein. Das Bild und der Rahmen passten so gar nicht zu dieser Einrichtung«, flüsterte Mio hinter ihm. Pit erschrak und drehte sich um. Er hatte nicht mitbekommen, dass Mio hinter ihn getreten war. Sie gab ihm einen flüchtigen Kuss und wischte seine Tränen ab.

Sabine rief nach Mio.

Die Bibliothekarin streichelte noch einmal Pit über seine Wange und marschierte zu Sabine ins Schlafzimmer. Der Hobbykriminalist wandte sich wieder der Fotografie zu.

Fünf Minuten später nahm Engelmann ihn an der Schulter und schob ihn auf die Terrasse. »Ich wollte mir nur ein Bild von der Situation hier machen. Nachher fahre ich ins Polizeikommissariat 14 und hole mir die Unterlagen zum Hergang ab.«

»Was ist hier passiert?«

»Ich habe bisher nur mündliche Informationen erhalten. Herr Bär saß dort drüben im Sessel. Auf dem Tisch vor ihm muss eine brennende Kerze gestanden haben. Der Brandsachverständige sagte, dass die Kerze die Ursache des Brandes war. Wahrscheinlich kippte die Kerze um. Er versicherte mir ausdrücklich, dass es sich hier um einen Unfall handelte. Näheres erfahre ich in seinem schriftlichen Bericht. Ich kann momentan nur noch nicht verstehen, warum Herr Bär nicht gemerkt hat, dass Feuer ausbrach. Er saß direkt davor. Alle Rauchmelder im Appartement gaben Alarm. – Warten wir den Bericht der Rechtsmedizin ab.«

Pit schaute Herrn Engelmann durchdringend an. »Das war kein Unfall!«

»Meines Erachtens war Parsifal alleine in der Wohnung. Das bestätigte mir auch die Spurensicherung«, begann der Kommissar.

»Er würde nie eine Kerze anzünden. Er litt unter Pyrophobie. Er hasste offenes Feuer. Ich weiß genau, er würde nie eine Kerze anstecken«, unterbrach ihn Mattes.

»Herr Mattes! Definitiv, das Feuer hier war ein Unfall. Interpretieren Sie da nichts anderes hinein.«

»Ich schätze Sie sehr und möchte mich nicht mit Ihnen streiten. Trotzdem bin ich davon überzeugt, dass hier ein Fremdverschulden vorliegt, denn Parsifal würde nie und nimmer eine Kerze anstecken. – Aber erzählen Sie mal, wie Sie zur Mordkommission gekommen sind«, wechselte Pit abrupt das Thema, denn er kannte den

Kommissar und wusste, dass Walter Engelmann seinem Einwand nachgehen würde. Außerdem hatte Pit beschlossen, den Todesfall seines Freundes selbst zu untersuchen.

»Nachdem Gabriele Sommer zum Falschgeld-Dezernat gegangen ist, wurde ich zum LKA 41 versetzt. Es war nicht mein Wunsch. Aber ich mache auch hier meinen Job, so gut ich es kann.«

»In Ortung, Herr Engelmann, binden Sie mich bei Ihren Ermittlungen ein.«

Der Kriminalpolizist wurde nachdenklich. »Warten wir den Obduktionsbericht ab. Herr Mattes, ich werde mich bei Ihnen melden.«

Hauptkommissar Engelmann sprach noch fünfzehn Minuten unter vier Augen mit Sabine. Dann verließen sie die schreckliche Wohnung und das Gebäude. Kurz bevor Pit aufbrach, griff er nach dem Schlüsselbund, der auf der Garderobe lag. Es waren Parsifals Schlüssel. Mio lud Sabine ein, die kommende Nacht in Eppendorf zu verbringen. Sie sagte zu.

MITTWOCH, 20.02.2019, 20:00 UHR,
EPPENDORF, MIOS UND MATTES' WOHNUNG

Gegen zwanzig Uhr erreichten sie die Wohnung in Eppendorf. Mio und Sabine richteten das Gästezimmer her und Pit bereitete das Abendbrot zu. Nach dem Essen unterhielten sich die beiden Frauen im Wohnzimmer. Pit setzte sich an seinen Schreibtisch und war in schwermütige Gedanken verfallen, als ihn Mio gegen elf an der Schulter berührte.

»Sabine schläft jetzt. Ich habe ihr einen starken Beruhigungstee gekocht. Es war gut, dass wir sie mitgenommen haben. Wir haben bis eben gequatscht, fast drei Stunden. Sie hat mir einiges von Parsifal erzählt. Pit, sie tut mir so leid.«

Er stand von seinem Schreibtisch auf, umarmte Mio und gab ihr einen flüchtigen Kuss auf die Wange.

»Pit, willst du noch lange arbeiten?«

»Jo! Ein bisschen.«

»Im Radio haben sie berichtet, dass gestern Karl Lagerfeld gestorben ist.«

»Oh!«

Um Mitternacht kam Mio erneut ins Arbeitszimmer. Pit saß noch immer auf seinem Schreibtischstuhl und grübelte in den inzwischen dunklen Bildschirm.

»Pit, komm endlich ins Bett. Du kannst meinetwegen dort weitergrübeln. Aber ich brauche dich zum Kuscheln.«

Pit grinste sie an und begleitete sie. Er spürte, wie sie einschlief – und viel später schlummerte auch er ein.

7

Pit schlief unruhig. Es war immer etwas anders, wenn sich Besuch in der Wohnung aufhielt. Dazu kam, dass er von Parsifal geträumt hatte. Mio bemerkte seine Anspannung und versuchte ihn zu beruhigen. Gegen vier Uhr hielt er es im Bett nicht mehr aus. Er stand auf und ging in sein Büro und nahm an den Schreibtisch Platz. Um sieben kam Mio zu ihm. Sie umarmte Pit, setzte sich auf seinen Schoß. »Der Wecker hat geklingelt.«

»Dann müssen wir aufstehen«, flüsterte er und erwiderte ihren Kuss.

Ihre Sportübungen ließen sie ausfallen, dafür frühstückten sie länger.

»Sabine schläft. Ich wecke sie auch nicht. – Pit, ich werde mich heute um sie kümmern. Ihre Sachen, die in ihrer Wohnung sind, kann sie nicht so ohne Weiteres benutzen. Ich werde mit ihr einkaufen gehen.«

»Verständlich«, antwortete er. »Wenn du meine Hilfe brauchst, ruf mich bitte an.«

»Was hast du vor?«

»Ich glaube, mit dem Tod von Parsifal stimmt was nicht. Fast die ganze Nacht habe ich darüber nachgedacht. Und je länger ich mich damit beschäftige, desto mehr komme ich zu der Überzeugung, dass Parsifal keines natürlichen Todes gestorben ist.«

Mio schaute Pit lange an. »Du meinst wirklich, Parsifal wurde …?«

»Ja. Mio – die ganze Nacht hat mich das schon beschäftigt. Ich bin fest davon überzeugt, dass das kein Unfall war.«

»Aber die Polizei, Herr Engelmann, sprach doch gestern von einem tragischen Unfall.«

»Stimmt, jedoch ich glaube nicht an einen Unglücksfall.«

»Das heißt, du wirst jetzt selbst ermitteln?«

»Ich will Klarheit haben, ich will wissen, was da los ist.«

»Pit, verrenne dich nicht in den Gedanken …«, flüsterte Mio und nahm ihn in den Arm. Tränen flossen über ihre Wangen. »Und, Pit, bitte äußere deinen Verdacht nicht gegenüber Sabine oder deren Familie. Ich glaube nicht, dass sie das jetzt gut verkraften könnte.«

»Verstanden und versprochen!«, versicherte Pit. Sie gab ihm einen dicken Kuss, nachdem er ihre Tränen abgewischt hatte.

»Pit – ich möchte dich unterstützen, wo immer ich es kann.«

»Einverstanden, das machen wir.«

»Wir haben Parsifal ein Versprechen gegeben. Ich kümmere mich erst einmal um Sabine. Frauen können das sowieso besser.«

Pit verließ gegen zehn Uhr die Wohnung und fuhr mit der Hochbahn zum Polizeistern. Er hatte sich mit Herrn Engelmann verabredet.

Mattes war kurz vor elf in Hamburg-Alsterdorf. Durch die Besucherschleuse musste er sich nicht quälen. Er benutzte seinen Polizeiberaterausweis.

Kriminalhauptkommissar Engelmann begrüßte ihn in seinem Büro und stellte ihm gleich seine Kolleginnen vor, mit denen er sich einen Raum teilte. »Das ist meine Kollegin Kriminalkommissarin Ilkay Aslan und das Kriminalkommissarin Dimitra Raptis.«

Pit Mattes begrüßte Frau Aslan mit Handschlag. Frau Raptis saß im Rollstuhl. Mattes ging zu ihr hinüber. Mühsam drückte sie sich aus dem Rolli und stand wackelig auf den Beinen. Dann machte sie einen Schritt auf Mattes zu und fiel in seine Arme. Er packte sie. Sie umfasste ihn am Hals und hielt sich dort fest. »Danke, geht schon. In einem halben Jahr kann ich wieder laufen.« Dann gab sie ihm einen Kuss auf die Wange. »Geschafft!«

Der Schriftsteller war überrascht. Sie ließ sich von ihm auf den Arm nehmen und er setzte sie wieder in den Rollstuhl. Sie lachte, was Mattes befremdlich und albern fand. KHK Engelmann schüttelte den Kopf und winkte ab. Er ging mit dem Hobbykriminalisten in einen Besprechungsraum.

»Frau Raptis sitzt im Rollstuhl. Sie wurde beim G20 angegriffen und verletzt. Zurzeit arbeitet sie nur im Innendienst. Sie hat eine schwere Zeit hinter sich. Dazu kommt, dass ihr Freund sie verlassen hat. Sie ist eine gute Polizistin.«

»Verstehe.«

»Ich habe heute Morgen noch einmal mit dem Brandsachverständigen gesprochen und Ihre Argumente einfließen lassen. Er war etwas ungehalten und zog sich auf seine Expertise zum Brandgutachten zurück. Ich lese mal vor, was er mir geschrieben hat: ›Auftrag: Im Auftrag der Firma ABC-Versicherung war die Höhe des Brandschadens zu ermitteln. Durch den …‹, das brauchen wir jetzt nicht. Na, wo ist es? Da: ›Ursache: Der Brand wurde durch eine Wachskerze ausgelöst …‹, jetzt kommt die Beschreibung der Kerze und so weiter, ›… wurde entfacht und auf einen wackeligen Zeitungsstapel positioniert.‹ Der Sachverständige möchte explizit darauf hinweisen, dass die Kerze nicht auf einem feuerfesten Untergrund stand. ›Die Kerze fiel gegen zweiundzwanzig Uhr um, das Wachs lief aus und die Zeitungen fingen Feuer. Um zweiundzwanzig Uhr achtunddreißig löste der Rauchmelder im Wohnzimmer Alarm aus. Um zweiundzwanzig Uhr fünfzig folgten die Rauchmelder im Schlafzimmer und im Flur. Die Feuerwehr traf um dreiundzwanzig Uhr achtzehn ein. Das Feuer wurde mit Wasser- und Schaumfeuerlöschern gelöscht. Schadensermittlung – Vorgehensweise und Ergebnis: Der Schadensbetrag, also entstandener Schaden durch die Brandeinwirkung und Verschmutzungen durch die Raucheinwirkung, sowie der durch die Feuerlöschung entstandene Wasserschaden, wurde bewertet und zum Gesamtschaden berechnet. Es wurde der jeweilige Verkehrswert zugrunde gelegt. Im Ergebnis beläuft sich der Schaden auf 130.000 EUR.‹ Das war so das Wesentliche. Am Telefon sagte er mir noch: ›Die Person, die die Kerze ansteckte, hat damit indirekt das Feuer verursacht.‹ Er geht jedenfalls von einem Unfall aus. Ja, Herr Mattes, damit geht die Staatsanwaltschaft auch von einem Unfall aus.«

»Ich verstehe.«

»Mit der Gerichtsmedizin habe ich telefoniert. Todeszeitpunkt ist dreiundzwanzig Uhr. Passt zum Brandgutachten. Todesursache ist Rauchvergiftung. Keine Fremdeinwirkung.«

Pit Mattes nickte nur. Äußerlich wirkte er ganz ruhig, aber innerlich kochte es in ihm.

»Ich habe heute Morgen die SpuSi noch mal in das Appartement geschickt. Sie sollen feststellen, ob eine fremde Person zu dem Zeitpunkt oder vorher in der Wohnung war. Das Ergebnis liegt allerdings nicht vor.«

»Danke.«

»Herr Mattes, ich möchte Sie nicht beleidigen. Kann es sein, dass Sie den Unfalltot Ihres Freundes nicht akzeptieren wollen?«

»Nein! Meine Sichtweise kennen Sie. Ich habe Ihnen gestern meine Argumente erläutert. Bisher konnten Sie sie nicht widerlegen oder entkräften.«

»Richtig, aber meine Mittel und Möglichkeiten sind jetzt erschöpft. Ich kann nicht -«

»Verstehe. Aber ich kann!«

»Ich würde gerne noch mal in die Wohnung gehen. Wann wird sie freigegeben?«

»Sobald die Spurensicherung dort raus ist. Ich rechne jede Minute mit einem Anruf vom LKA 31.«

»Danke!«

»Herr Mattes, wir bleiben in Verbindung. Ich wünsche Ihnen für Ihre Untersuchung viel Erfolg.«

»Danke, Herr Engelmann!«

DONNERSTAG, 21.02.2019, 12:15 UHR,
POLIZEIPRÄSIDIUM, BRUNO-GEORGES-PLATZ

Mattes verließ den Besprechungsraum. Auf dem Flur traf er Kriminalrat Jürgen Biestmann. Der Schriftsteller hatte diesen während einer Ermittlung kennengelernt, bei der es um einen Serienmörder und falsche Fünfziger gegangen war. Die beiden setzten sich in die Polizeikantine, aßen Grünkohl und Mettwurst und unterhielten sich. Natürlich sprachen sie über den Tod von Parsifal. Biestmann hörte sich Pits Argumente sehr genau und interessiert an.

»Ich kann Ihre Beweggründe nachvollziehen. Ich möchte mich im Moment nicht in die laufenden Ermittlungen von Kriminalhauptkommissar Engelmann einmischen. Herr Mattes, ich hoffe, Sie verstehen das.«

»Natürlich!«, grummelte der Schriftsteller und zog sich innerlich zurück.

»Ich habe eine Bitte an Sie«, begann Biestermann und machte eine Pause, um festzustellen, ob er Mattes erreichen konnte.

»Es geht um einen Falschgeldfall. Kriminalhauptkommissarin Sommer war gestern bei mir. Obwohl sie nicht mehr in meinem Zuständigkeitsbereich arbeitet, will ich ihr helfen. Ich glaube, sie hat sich verfahren, zumindest kommt sie nicht weiter. Herr Mattes, ich möchte Sie bitten, soweit es Ihre Zeit erübrigt, sie zu unterstützen.«

»Ah – okay, ich kann allerdings nicht abschätzen, wie ich im Mordfall vorankomme. Aber ich treffe mich mit Frau Sommer um halb zwei.«

Nach einer guten Stunde verabschiedete sich Pit vom Kriminalrat und marschierte zur U-Bahnstation Alsterdorf.

DONNERSTAG, 21.02.2019, 13:30 UHR,
POLIZEIPRÄSIDIUM, BRUNO-GEORGES-PLATZ

Pit telefonierte auf dem Weg zur Haltestelle mit Mio. Sie war mit Sabine seit halb elf Uhr unterwegs.

»Sie hat ausgezeichnet geschlafen und ist erstaunlich gut gefasst. Wir waren gerade eben noch im Appartement. Dort haben wir Polizisten von der Spurensicherung getroffen.«

»Durftet ihr in das Appartement?«

»Ja, die waren so gut wie fertig und räumten ihre Geräte zusammen. Wir mussten nur fünf Minuten warten.«

»Und was habt ihr in der Wohnung gemacht?«

»Ein paar Anziehsachen aus dem Kleiderschrank und ihren Schmuck haben wir mitgenommen. Dann haben wir die Fenster auf Kipp gestellt, damit der Gestank entweichen kann.«

»Logisch, und wo seid ihr jetzt?«

»Ich sitze hier im Warteraum im Polizeipräsidium. Sabine ist bei Herrn Engelmann und muss einige Dokumente abgeben, Angelegenheiten klären und unterschreiben. Das Sekretariat von der Kriminalpolizei rief vorhin an. Und was machst du? Hast du was erreicht?«

»Ja und nein! Nee, eigentlich nein. Und ich war bis eben im Präsidium. Bin gerade auf dem Weg zur ›U1‹. Gabi rief auf meinem Weg zum Polizeipräsidium an, weil sie mich unbedingt sehen will. Wir treffen uns im Hafen. Ich werde dir heute Nachmittag alles erzählen und berichten.«

»Okay, Schatz. Ich sehe, Sabine kommt zurück, lass uns Schluss machen. Dicken Kuss!«

»Danke, ich liebe dich auch. Tschüss, und grüß Sabine.«

DONNERSTAG, 21.02.2019, 14:30 UHR,
IM HAFEN HAMBURGS

Gabi wartete an der U-Bahnstation *Baumwall* auf Pit. Nach einer kurzen Begrüßung schleuste sie ihn auf die Elbpromenade. Fünf Minuten später erreichten sie *Balzac Coffee*. Pit schaute auf das Feuerschiff und musste einen dicken Kloß hinunterschlucken.

»Pit, was ist los? Du wirkst so abwesend«, wollte sie wissen. Er erzählte ihr von Parsifals Tod.

Gabi ging nicht darauf ein, stand auf und holte Tee und Kaffee.

»Pit, am Sonntag sprachen wir über den Geldfälscher Viktor Kruse und dem damaligen ›Drei Silberlöffel‹-Fall.«

»Stimmt, ich erinnere mich.«

»Es gibt keine Akten mehr zu diesem Fall. Ich brauche deine Hilfe: Was ist im März 2008 geschehen?«

Mattes setzte sich in seinen Sessel zurück. Es fiel ihm schwer, seine Gedanken von Parsifal abzuwenden. Er trank einen Schluck Tee und verbrannte sich die Lippen.

»Viktor Kruse war Juwelier in Itzehoe. Sein Geschäft lief nicht sonderlich erfolgreich. So gravierte er, mehr oder weniger aus Spaß, einen Hunderteuroschein. Damit druckte er, nicht professionell, alle vierzehn Tage drei Scheine, fuhr mit der Bahn nach Hamburg und tauschte sie im Hauptbahnhof um, indem er Kleinigkeiten kaufte.«

»Das hat mir Biestmann auch schon erzählt. Weiter!«

»Kruse gab das Falschgeld jedes Mal woanders aus, so konnte man sich nicht an ihn erinnern. Das ging drei, vier Jahre gut. Bis er einen Schein im Bahnhofskiosk einlöste. Das funktionierte wie immer. Der Ladenbesitzer nahm das Falschgeld entgegen, verstaute ihn in der Kasse und gab Wechselgeld zurück. In diesem Augenblick betraten drei maskierte Gangster den Kiosk. Einer war mit einem Revolver bewaffnet. Sie raubten den Kasseninhalt und damit auch den falschen Hunderter. Der Kioskbesitzer hatte einen Alarmknopf unterm Tresen, den er betätigte. Die Gangster nahmen Kruse als Geisel und verschwanden.«

»Wie gehören die Silberlöffel dazu?«

»Kommt gleich! Die drei Ganoven bekamen schnell heraus, dass Kruse die Blüten herstellte, zumal er noch zwei dabei hatte. Sie hielten ihn gefangen, besetzten seine Werkstatt und produzierten dort Falschgeld. Viktor Kruse musste in den Laden, wenn Kundschaft kam. Die Übernahme durch die Gauner sollte nicht auffallen. Da Kruse nicht mehr weiterwusste, gravierte er drei silberne Teelöffel mit den Anfangsbuchstaben der Gangster und schickte diese mit der Post zum Polizeipräsidenten.«

»Oh! Und Kruse konnten so den entscheidenden Hinweis an die Polizei geben.«

»Nicht so ganz, denn der Polizeipräsident freute sich über die Löffel, konnte sie aber nicht mit einem Fall in Verbindung bringen. So lagen die Löffel in seinem Büro.«

»Und wie ging es weiter?«, fragte Gabi und wurde hektisch.

»Vier Wochen später bekam der Polizeichef wieder ein Paket von Kruse. Dieses Mal war ein Buch in der Postsendung mit einem Zettel: *Danke für die Leihgabe! Dein Schulfreund Viktor*. Der Polizeipräsident kannte keinen Viktor Kruse und sein Schulfreund war er auch nicht. Also landete das Buch bei den Löffeln.«

»Und!«

»Ich löste einen Fall für Doktor Harald Rechtler und wurde deshalb vom Polizeipräsidenten eingeladen. Dabei sah ich das Buch *Brehms schönste Tiergeschichten*, das auf dem Besuchertisch lag. Es war eine seltene Ausgabe von 1960. Er erzählte mir die Umstände zu dem Buch und den Löffeln. Auch, dass er damit nichts anfangen könne.«

»Und da hast du das Buch in die Hand genommen und das Rätsel gelöst«, warf sie dazwischen.

»Nein, Heinrich Biestmann, der Vater vom Kriminalrat Biestmann drückte mir damals den Wälzer und die Löffel in die Hand, als ich das Präsidium verließ.«

»Das hat Biestmann mir erzählt. Weiter!«

»Das Buch las ich und entdeckte ab Seite einhundert kleine Bleistiftpunkte unter einigen Buchstaben. Zwei höchstens drei Punkte je Doppelseite. Ich schrieb die Buchstaben auf ein Blatt Papier und gab die Botschaft von Kruse an die Polizei. Und den Rest hat dir Biestmann bestimmt auch erzählt.«

»Ja, anhand der Hinweise konnte die Kripo Kiel den Falschgeldfall lösen.«

»Kruse bekam drei Jahre Haft, schrieb im Gefängnis seine Geschichte nieder und starb ein Jahr nach seiner Entlassung. Sein Laden und seine Werkstatt brannten während seiner Haftzeit ab. Vermutlich Brandstiftung. Man hatte seine Tochter in Verdacht, konnte ihr aber nichts nachweisen.«

»Dann hat jemand Kruses Buch gelesen und übernahm die Technik zur Verschlüsselung. Nur dass er die Buchstaben mit einer Nadel markierte.«

»Das Buch wurde nie veröffentlicht. Ich würde an deiner Stelle mal mit der Tochter von Kruse reden. Sie hieß damals Annemarie Andorf und lebte in Buchholz.«

»Danke!«

»Da nich für.«

Gabi verabschiedete sich und ging aus der Gaststätte. Pit musste grinsen, als er aus dem Café kam. Ihr Dienstwagen, den sie im Parkverbot abgestellt hatte, wurde gerade abgeschleppt und eine überrumpelte Gabi stand daneben und schaute ihrem Fahrzeug nach.

Pit blieb an der Reling zum Sporthafen stehen und guckte aufs Feuerschiff. Seine Gedanken waren wieder bei Parsifal. Ein Tourist sprach ihn an: »Geht es Ihnen nicht gut? Kann ich Ihnen helfen?«

»Danke – alles okay. Ich war in Gedanken. Danke«, erwiderte er. Er war überrascht, dass ihn jemand ansprach. Der Tourist ging weiter und Pit folgte ihm Richtung *Baumwall*. Pit stieg in die U-Bahn und fuhr nach Eppendorf.

DONNERSTAG, 21.02.2019, 16:00 UHR,
HAFENCITY, AM KAISERKAI

Pit erreichte um sechzehn Uhr das Appartement. Er schlich durch die verbrannten Räume, in denen sein Freund gestorben war.

Den Haustürschlüssel hatte er noch in seiner Tasche. Es roch verkohlt. Der beißende Gestank, den er am Mittwoch hier wahrgenommen hatte, war nicht mehr vorhanden; die Fenster waren alle auf Kipp gestellt. Aber es war kalt und feucht in der Behausung.

Zuerst öffnete Pit Mattes die beiden Schiebetüren zur Terrasse. Eiskalte Luft strömte in die Wohnung. Das Bild mit dem Feuerschiff hing nicht mehr an der Wand. Er schritt zum Schreibtisch. Überall lagen Ascheflocken, aber bis hier war das Feuer nicht gekommen. Die Schublade war abgeschlossen. Den Schlüssel fand er unter der Skulptur, eine kleine, aber schwere Bronzefigur, die auf dem Schreibtisch stand. Sie stellte Nehalennia, die germanische Göttin der Seefahrt dar.

Mattes schloss die Schublade auf. Die Visitenkarte des Rechtsanwalts fotografierte er sofort. Dann lagen dort Rechnungen. Er schaute sie durch, lediglich ein Rezept über ein Schlafmittel erweckte seine Neugier. *Zwanzig Tropfen eine Stunde vor dem Schlafengehen*, stand handschriftlich auf dem Computerausdruck. Auch das knipste Pit mit seinem iPhone.

Die Schublade schloss er wieder und den Schlüssel legte er zurück. Bis ins Schlafzimmer war das Feuer nicht vorgedrungen, aber der Rauch und die Asche hatten diesen Raum unbewohnbar gemacht. Pit untersuchte die Schubladen der Nachttische. Er sah nichts, was sein Interesse erweckte und schritt weiter ins Badezimmer. Außer einer Reihe Kosmetika, die Sabine gehörten, fand er nichts Auffälliges. Er machte trotzdem eine Aufnahme davon. Auch ein Foto vom Medizinschrank, der in der Garderobe hing, konnte er sich nicht verkneifen. Pit musste grinsen, als er den Schrank öffnete. Drinnen befanden sich ein Erste-Hilfe-Kasten, so einer der ins Auto gehört, Pflanzendünger, eine Buddel Spiritus, Felgenreiniger und eine halb volle Phiole Eau de Toilette. Mattes roch daran. *Oh!*, es war tatsächlich Parfüm. Das Besondere war wohl die ausgefallene Flasche.

Anschießend schloss er die beiden Terrassentüren und verriegelte sie. Er hatte genug gesehen. Die Tür zum Flur musste während des Feuers geschlossen gewesen sein. Hier waren keine Ascheflocken, sondern nur feiner Staub zu sehen. Gegenüber der Garderobe befand sich ein Bücherregal. Mattes entdeckte das Buch, dass er Parsifal vor fünfzehn Jahren zum Geburtstag geschenkt hatte. Es war sein erster Krimi. Den Roman musste jemand vor Kurzem in der Hand gehabt haben, denn auf dem Taschenbuch befand sich weniger Staub. Pit nahm es in die Hand. Es fiel ein Zettel aus dem Buch. Er hob ihn auf, schaute auf das Schriftstück und steckte es in seine Manteltasche. Er las die Widmung, die er damals auf die erste Seite geschrieben hatte. Ihm lief eine Träne die Wange hinunter. Das Buch kam an den ursprünglichen Platz. Der Hobbykriminalist verließ das Appartement. Er schloss das Wohnungstürschloss zweimal um und entfernte sich vom Gebäude.

Als er wieder im Freien war, atmete er einmal kräftig durch. Die Luft war frisch, aber nicht mehr so kalt wie in den vergangenen Tagen. Was blieb, war das beklemmende Gefühl in der Magengegend.

DONNERSTAG, 21.02.2019, 18:00 UHR,
EPPENDORF, MIOS UND MATTES' WOHNUNG

Gegen achtzehn Uhr kam Pit wieder in Eppendorf an. Mio erwartete ihn. »Wo warst du so lange?«

»Ich war in Parsifals Wohnung. Wie geht es Sabine?«

»Gut, wir waren im Hanseviertel und haben im Schlussverkauf ein paar Winterklamotten gekauft. Anschließend haben wir in der Marktapotheke noch ein Schlafmittel für Sabine besorgt.«

»Und wo ist sie jetzt?«

»Sie hat sich hingelegt und möchte sich ein wenig ausruhen. Sie will nicht mit zu Susanne und Thomas ins Café.«

»Okay, ich bin gleich fertig, ich ziehe mir nur was anderes an.«

»Perfekt, dann können wir ja sofort runtergehen. Ich habe bereits großen Hunger.«

DONNERSTAG, 21.02.2019, 18:30 UHR,
EPPENDORF, BÜCHER&LESE-CAFÉ

Das Treffen am Donnerstagabend im Café war eine Idee von Susanne und fand in regelmäßigen Abständen statt.

Um achtzehn Uhr schloss das *Bücher&Lese-Café*, Thomas hatte schon im Vorwege das Abendessen vorbereitet. Als Mio und Pit eintrafen, waren Thomas' Eltern da. Seine Mutter deckte den Tisch und sein Vater saß im Sessel und las Zeitung. Er stand auf und begrüßte die Ankömmlinge.

»Harald und Gertrud kommen noch«, rief Susanne in den Raum. Sie hatte gerade ihren Satz ausgesprochen, da kamen die beiden Hand in Hand durch die Eingangstür.

Mit »Läufer ›C3‹ auf ›E5‹ und Schach!«, begrüßte Harald seinen Freund Pit.

»Klar – damit habe ich gerechnet«, entgegnete Pit.

Traditionell gab es *Hamburger Rundstück Warm*, dazu ein frisch gezapftes Bier.

In der Unterhaltung am Tisch ging es um Politik, Kunst und Literatur. Pit sprach absichtlich nicht über den Tod seines Freundes. Die anderen akzeptierten das nur zu gerne. Lediglich Harald nahm am Ende des Abends Pit zur Seite: »Willst du darüber reden? Oder soll ich dich morgen anrufen?«

»Danke. Nein, heute nicht. Mir geht so viel durch den Kopf, ich muss das erst sortieren. Lass uns morgen sprechen.«

Sein Freund nickte nur und half Gertrud in den Mantel. Mio und Pit verabschiedeten sich und brachten Harald und Gertrud bis zur Bushaltestelle. Sie gingen, kurz bevor der Bus kam. »Turm auf ›C6‹ und schachmatt«, gab Pit seinem Freund noch mit.

Auf dem Rückweg von der Haltestelle hakte sich Mio bei Pit ein: »Das war mal wieder ein schöner Abend. Thomas' Eltern haben wir lange nicht gesehen.«

»Stimmt, das muss vor Weihnachten gewesen sein«, überlegte Pit laut.

»Korrekt. Das war bei unserer Weihnachtslesung im Café.«

»Es ist seitdem viel passiert.«

»Definitiv – ist doch komisch, jetzt wohnen wir in einer so großen Wohnung und trotzdem ist es anders, wenn ein Gast da ist.«

»Da hast du recht«, bestätigte Pit.

»Auch wenn Sabine eine ganz Liebe ist …«

»Aber?«

»Irgendwie … Ich habe Lust auf Sex und möchte keine Zuschauer! So, jetzt ist es raus.«

»Ist doch ganz einfach. Ich hole nachher eine Tür aus dem Keller und hänge sie am Schlafzimmer ein. Und außerdem, ich habe auch Lust.«

»Das kannst du nicht tun! Wie sieht das aus? Das nächste Mal, wenn wieder ein Gast kommt, baust du die Tür ein, bevor er da ist.«

»Einverstanden! Aber was machen wir heute? Wollen wir ins Hotel gehen?«

»Quatsch. Da müssen wir jetzt durch. Außerdem gehe ich davon aus, dass Sabine morgen in die Blankeneser Villa ziehen wird.«

Als die beiden zu Hause ankamen, zeigte Mio auf einen Caravan. »Schau, die machen's direkt vor unserer Haustür«, flüsterte sie und zeigte auf das Fahrzeug. Bei dem Wohnmobil waren die Vorhänge zugezogen. Innen brannte Licht. Man konnte Silhouetten von zwei Personen sehen, die sich eng umschlungen liebten. Pit musste grinsen. »Wenn die Heizung stimmt, klappt das. Und wenn Sabine länger bleibt, miete ich auch einen.«

Mio knuffte ihn. Als sie ihre Wohnung betraten, sahen sie, dass auf dem Küchentisch ein Zettel lag.

»Habe mich mit Gert Bär verabredet, wir treffen uns in Blankenese. Ich bin gegen Mitternacht zurück xD«, las Mio vor.

»Was ist denn *xD*?«, wollte Pit wissen.

»Das steht im Netzjargon für ein lachendes Gesicht. Kennst du den Smiley?«

»Ja.«

»Der ist gemeint.«

»Dann hat Gert Bär sie abgeholt«, stellte Pit fest.

»Warum?«

»Ihr Mantel hängt dort.«

»Er wird sie hoffentlich auch zurückbringen!«

»Und wir haben doch noch etwas Zeit für uns«, grinste Pit sie an.

»Daran habe ich gerade gedacht!«

Er nahm sie in den Arm, hob sie hoch und legte sie sich auf die Schulter. Sie verschwanden im Schlafzimmer.

Pit schaute auf die Uhr, als er die Haustür hörte. Es war vier Uhr.

8

Mio weckte Pit. »Pit es ist schon sieben Uhr. Los du Faulenzer. Auf, auf! Wir haben verschlafen.«

Pit schaute nach draußen. Das Thermometer zeigte null Grad und Schneeregen kam vom Himmel. »Bei dem Wetter scheuchst du mich aus dem warmen Bett?«, lästerte er. Mio schmiss ein Kissen nach ihm.

Sabine war bereits auf und wartete im Wohnzimmer auf die Beiden. Gemeinsam gingen sie ins *Bücher&Lese-Café*, um das Frühstück einzunehmen. Danach marschierte Pit in die Wohnung seiner Cousine Renate im oberen Stockwerk. Mio blieb unten im Café und katalogisierte die neusten Bestseller, bevor sie sie in die Regale einsortierte.

Nach einer halben Stunde kam er runter, setzte sich auf seinen Lieblingsplatz, holte den Laptop heraus und schrieb am neuen Skript. Er wurde von Mio mit Tee versorgt. Sabine saß in einem Sessel und las in einem Buch. Um halb neun kam Maren und löste Mio ab.

Sabine fuhr mit Mio zum Appartement in die Hafen-City. Sie war mit dem beauftragten Wohnungssanierer verabredet.

Zehn Minuten später verabschiedete sich Pit von Susanne und Thomas und spazierte zum Parkhaus, in dem sein Mercedes stand.

Mattes fuhr zum Rechtsmedizinischen Institut ins *UKE (Universitätsklinikum Hamburg-Eppendorf)*. Bereits am Morgen hatte er bei Doktor Ortwin Schietzler angerufen, um sich zu einem Gespräch anzumelden. Mattes erreichte gegen neun Uhr das Institut, UKE Haus 81, Buntfeld 34. Sein Freund hatte ihm einen Parkplatz reserviert.

Die Hamburger Rechtsmedizin: Professor Doktor Klaus Püschel war seit 1991 Direktor des Instituts für Rechtsmedizin am Universitätsklinikum Hamburg-Eppendorf.

Sowohl in Deutschland als auch international war die Hamburger Rechtsmedizin auf dem Gebiet der Forensik gefragt. Fünfzehn Ärzte arbeiteten in sieben Teams im Institut und die Dienststelle war rund um die Uhr besetzt.

Bei einem Unfall, Suizid, Fremdverschulden oder bei einer Einwirkung von außen wurde im Totenschein eine unklare Todesursache oder ein nichtnatürlicher Tod angegeben. Es wurde ebenfalls ein Todesermittlungsverfahren eingeleitet. Das zuständige polizeiliche Fachkommissariat LKA 41 (die Mordkommission) im Polizeipräsidium Hamburg wurde eingeschaltet.

Mit dem Todesermittlungsverfahren wurde geklärt, ob der Tod vorsätzlich, fahrlässig oder durch fremdes Verschulden verursacht wurde. Für die Dauer der Ermittlungen war der Leichnam des Verstorbenen beschlagnahmt. Er wurde für gewöhnlich von einem Bestattungsunternehmen im Auftrag der Polizei in das Institut für Rechtsmedizin gebracht und dort von zwei Rechtsmedizinern eine äußere Besichtigung, die Leichenschau, durchgeführt.

In einem Eilverfahren entschied die Staatsanwaltschaft, ob weitere Untersuchungen erforderlich waren. Bei Hinweisen auf ein Fremdverschulden wurde immer eine Obduktion veranlasst, die von mindestens zwei Ärzten durchgeführt wurde. Oft war die Spurensicherung dabei anwesend. Es kam vor, dass jemand vom LKA 41 (Mordkommission) oder eine Person aus der Staatsanwaltschaft anwesend war.

Der Leichnam des Toten wurde bis zur schriftlichen Freigabe der Staatsanwaltschaft Hamburg im Institut aufbewahrt.

Ortwin Schietzler, ein Mitarbeiter der Rechtsmedizin erwartete Pit. Er hatte einen Tee für ihn und einen Becher Kaffee für sich auf dem kleinen Besuchertisch bereitgestellt. Überall lagen Bücher, Akten und Fachzeitschriften herum.

Doktor Ortwin Schietzler: Der große Mediziner war Teamleiter im Institut für Rechtsmedizin im Universitätsklinikum Hamburg-Eppendorf. Nach seinem Medizinstudium hatte er als Internist im UKE gearbeitet und war vertretungsweise zu einer medizinischen Tagung nach Köln geschickt worden. Dort hörte er einen interessanten Vortrag über Rechtsmedizin. Das Referat hatte ihn so stark gefesselt, dass er sich in Hamburg auf einen Posten in der Rechtsmedizin beworben hatte. Seit 2001 arbeitete er in diesem Hamburger Institut. Seine Ausbildung zum Rechtsmediziner dauerte dann noch mal drei Jahre.

Pit Mattes hatte den jetzt Fünfundfünfzigjährigen auf einer Kreuzfahrt um Südamerika herum kennengelernt. Bei einem Landgang in São Paulo war er von drei einheimischen Typen überfallen worden. Mattes griff ein, legte zwei flach, der Dritte entkam. Seitdem war eine Freundschaft entstanden. Ortwin Schietzler war seit sechs Jahren verheiratet und hatte einen fünfjährigen Sohn.

»Dein Chaos hier ist schlimmer geworden.«

»Stimmt, darum treffen wir uns normalerweise nicht hier, sondern im Blockbräu. Pit, ich habe gehört, du arbeitest mal wieder für die Polizei?«

»Nein, nicht so direkt. Ich untersuche eigenständig einen Todesfall.«

»Interessant, ich habe nur gehört, dass du für die Mordkommission, dem LKA 41, arbeitest.«

Pit blickte verdutzt.

»Engelmann war hier und erklärte, dass du dabei bist!«, lachte Ortwin.

»Ich bin gekommen, um mit dir über den Tod von Parsifal Bär zu sprechen«, entgegnete Pit, der noch etwas verwirrt war.

»Oh ja, das hat mir die Kripo schon berichtet. Du wurdest angekündigt. Hauptkommissar Engelmann war gestern Abend hier und fragte nach der Todesursache von Bär. Aber von einem Verdacht auf Fremdverschulden sprach er nicht.«

Pit vertraute dem Pathologen die ganze Geschichte an. Von seinem Freund, von dessen Pyrophobie und der Angst vor brennenden Kerzen, vor Feuer und so weiter.

»Engelmann erzählte, dass der Brandsachverständige von einem Unfall ausgeht. Warum hat denn Parsifal Bär eine Kerze angemacht, wenn er doch Angst davor hatte?«

»Das ist der Punkt, weswegen ich hier bin. Der Kriminalkommissar versprach mir, sich den Vorfall genau anzuschauen. Er wollte allerdings auf euer medizinisches Gutachten warten.«

»Ah, jetzt verstehe ich den Zusammenhang. Deshalb war er auch persönlich hier. Hatte mich schon gewundert.«

Doktor Schietzler stand auf und schaute Pit erwartungsvoll an.

»Okay, Pit, komm, gucken wir uns den Toten an«, forderte er den Hobbykriminalisten auf. Nur unfreiwillig stand Pit auf und folgte dem Doktor.

»Du brauchst keine Angst zu haben, dein Freund ist nicht verbrannt. Er ist an einer Kohlenmonoxidvergiftung gestorben. So eine Rauchvergiftung wird meistens durch einen Zimmer- oder Gebäudebrand verursacht. Nicht der Rauch an sich führt zu einer Vergiftung, sondern die im Qualm enthaltenen Atemgifte, wie zum Beispiel in diesem Fall Kohlenmonoxid.«

Im Aufbewahrungsraum war es merklich kälter. Und als er eine Kühlkammer aufschob und die Leiche herauszog, kam ihm ein prägnanter Kälteschwall entgegen. Der Pathologe öffnete den Reißverschluss des Leichensacks und zeigte auf Parsifal. Er lag so friedlich da, als würde er schlafen.

»Morgen früh wird er vom Beerdigungsunternehmer abgeholt. Die Leiche wurde freigegeben.«

Der Schriftsteller musste schlucken. »Verstehe.«

»Komm Pit, wir trinken noch einen Kaffee – oder einen Tee für dich«, kam es vom Doktor, als er merkte, dass der Anblick des Toten Pit berührt hatte. Er zog den Reißverschluss wieder zu und schob die Leiche in die Kühlkammer.

Pit wischte sich die Träne mit dem Handrücken aus dem Gesicht.

»Du kanntest ihn gut?«

»Ja, er war schon immer da. Er hat auf uns aufgepasst, wenn unsere Eltern ausgegangen waren, er war wie ein großer Bruder. Vor fünfzehn Jahren starb seine Frau. Er brach alle Verbindungen in Hamburg ab und ging in die Schweiz. Dort traf er Sabine, seine jetzige Frau. Sie heirateten im Januar und sind vor ein paar Wochen nach Hamburg zurückgekommen. Und jetzt ist er tot.«

»Hatte er Depressionen, oder war er …?«

»Du meinst Suizid? Nein, das ganz bestimmt nicht. Er war fröhlich, neugierig und er war verliebt.«

»Ich meine nur, die Kerze, warum steckt er denn eine Kerze an?«

»Das ist auch die Frage, die ich mir seit Mittwoch stelle. Warum?«

»Du gehst von einem Fremdverschulden aus?«

»Ich glaub schon! Wir haben uns zwar fünfzehn Jahre nicht gesehen, ich kann mir aber nicht vorstellen, dass er freiwillig eine Kerze ansteckt. Und ich kann mir überhaupt nicht vorstellen, dass er sich selbst …«

»Okay, Pit. Schauen wir uns das Ergebnis unserer Untersuchung an«, antwortete der Doktor und klappte die Akte auf. »Ah! Das ist interessant. Er hatte ein starkes Schlafmittel genommen.«

»Stimmt, ich weiß. Ich habe ein Rezept in seiner Schreibtischschublade gesehen.«

»Und was stand darauf?«

Pit zeigte ihm das Bild, das er gemacht hatte.

»Das ist eine Schweizer Medikamentenverschreibung. Herr Bär war privat versichert, deshalb bewahrte er das Rezept auf, um es mit der Krankenkasse abzurechnen. Das Präparat wurde in Genf am 24. Januar gekauft. Er sollte zwanzig Tropfen eine Stunde vor dem Schlafengehen einnehmen, steht hier. Die Dosierung ist normal. Er hatte, Moment …«, grummelte der Pathologe und holte seinen Taschenrechner vom Schreibtisch. »Körpergröße, Gewicht, Zeitfaktor …«, redete er vor sich hin. »Ja, mindestens die dreifache Menge im Körper. Der hat damit geschlafen wie …«

»Kein Wunder, dass er vom Feuer nichts mitbekommen hat«, ergänzte Pit. »Wurde er mit dem Schlafmittel vergiftet?«

»Nein, Pit, heute werden Arzneimittel immer sicherer. Ein modernes Hypnotikum enthält keine Barbitursäure mehr. Früher, ja, in vergangenen Generationen von Schlafmitteln waren Barbiturate vorhanden. In unserer Zeit sind Schlafmittel ungiftig.«

Pit schaute ihn fragend an.

»Barbitursäure ist eine Verbindung, die als Ausgangssubstanz zur Herstellung von Barbiturat Verwendung findet. Barbiturate sind Salze und Derivate dieser Barbitursäure und besitzen eine hypnotische Wirkung.«

»Ah, entschuldige Ortwin, aber ich bin kein Toxikologe«, unterbrach Pit. »Das Schlafmittel hat ihn nicht vergiftet.«

»Genau, richtig! Er ist an einer Kohlenmonoxidvergiftung gestorben. Ich werde meinen Kollegen, der die Untersuchung gemacht hat, auf die hohe Dosis Schlafmittel hinweisen. Auch Engelmann rufe ich an.«

»Danke Ortwin!«

»Das bedeute nicht, dass hier ein Fremdverschulden vorliegt«, gab er zu bedenken.

»Verstehe. Aber ausschließen kann man es auch nicht.«

»Das ist jetzt deine Interpretation. Ich bin gespannt, wie Engelmann reagiert. – Noch was. Dein Freund war nicht gesund. Er hatte Krebs.«

»In welchem Stadium?«

»Na ja, so fünf bis zehn Jahre hätte er gehabt.«

»So«, Pit war überrascht. »Ortwin, davon hat er mir nichts gesagt.«

Es entstand eine Pause. Pit war in Gedanken versunken.

»Pit, sei mir nicht böse, ich muss dich jetzt rausschmeißen, ich will um zehn Uhr dreißig meine Frau von der Schule abholen. Sie kommt von einer Klassenreise mit ihrer 6a wieder.«

»Kein Problem. Du hast mir weitergeholfen.«

FREITAG, 22.02.2019, 10:30 UHR,
FIRMA BÄR GEWÜRZE

Pit Mattes erreichte die Firma Bär Gewürze um kurz vor halb elf. Frau Schmidt schaute auf, als er das Vorzimmer von Gert Bär betrat. Sie lächelte ihn an: »Hallo, Herr Mattes. Tut mir leid, Herr Bär ist leider nicht im Haus.«

»Ich habe es vermutet und möchte auch mit Ihnen sprechen.«

»Was kann ich denn für Sie tun? Sie trinken Tee – stimmt's? Darf ich Ihnen einen zubereiten?«

Mattes lehnte nicht ab. Sie verließ das Büro und er setzte sich an den Besuchertisch.

»Danke, Frau Schmidt. Wo ist Gert Bär?«, fragte Pit, nachdem sie mit dem Tee zurückgekommen war.

»Ich weiß nicht, ob ich Ihnen das erzählen darf. Sagen wir mal so, er ist privat unterwegs und wird voraussichtlich heute nicht wiederkommen.«

»Danke! Ich möchte auch nicht zu Herrn Bär, sondern zu Ihnen.«

Frau Schmidt schaute ihn erstaunt an.

»Ja, Frau Schmidt – ich möchte mich mit Ihnen über Parsifal Bär unterhalten. In welchem Verhältnis stehen oder standen Sie zu ihm?«

»Wie kommen Sie darauf, dass ich mit Herrn Bär Senior eine Verbindung habe beziehungsweise hatte?«

»Bitte erwidern Sie meine Frage nicht mit einer Gegenfrage. Ich verspreche Ihnen, ich werde Ihre Punkte beantworten.«

»In Ordnung, einverstanden. Das wird aber eine lange Geschichte.«

»Kein Problem, Frau Schmidt. Ich habe Zeit mitgebracht und Gert Bär wird uns nicht stören.«

»Bestimmt«, flüsterte sie.

»Ich habe vor einem Jahr Ihre Halskette mit dem kleinen goldenen Bären gesehen. Damals war ich hier, um in einem Rauschgiftfall zu ermitteln. Ihre Kette hat mal Gudrun Bär gehört.«

»Das ist richtig. Ich studierte Betriebswirtschaftslehre hier in Hamburg und lernte im Studium Martin Bär kennen. Wir verliebten uns und sind seit vier Jahren ein Paar. Im letzten Jahr haben wir uns in Genf verlobt. Die Kette bekam ich von Parsifal zur Verlobung.«

»So was Ähnliches habe ich mir schon gedacht.«

»Nach dem Studium habe ich mich hier beworben. Leider bekam ich nur einen Job als Sekretärin.«

»Und sie schlossen die Verbindung zwischen der Firma und Parsifal.«

»Stimmt, ich habe fast täglich mit ihm telefoniert. Er war neugierig und wollte so viel wie möglich wissen und er wünschte immer mal wieder Kopien.«

»Das sah ihm ähnlich. Das ist Parsifal. Genau so habe ich mir das vorgestellt.«

»Er wollte die Firma im nächsten Jahr an Martin über-geben.«

»Das hatte er angedeutet. Wo ist Martin jetzt?«

»Er macht ein Praxisjahr an der amerikanischen West-küste in einer Gewürzfirma. Parsifal hat das vermittelt.«

»Dann haben Sie Ihren Verlobten ja schon eine Weile nicht gesehen.«

»Zwischen Weihnachten und Neujahr war ich in Ame-rika. Parsifal hatte uns meinen Flug zu Weihnachten ge-schenkt. Zu seiner Hochzeit konnte Martin leider nicht kommen«, flüsterte sie und es liefen ihr Tränen über die Wangen. Mattes reichte ihr ein Papiertaschentuch. Sie stand auf und lief zu ihrem Schreibtisch. Es war ihr pein-lich, dass sie weinen musste. Pit stand auf und nahm sie in den Arm, womit er eine neue Tränenwelle auslöste. Mattes hielt sie fest, bis sie sich wieder beruhigt hatte.

»Danke, Herr Mattes.«

»Da nich für! Ich heiße übrigens Pit.«

»Danke, mein Vorname ist Anna.« Sie lächelte Pit an. »Darf ich dir noch einen Tee eingießen?«

»Sehr gerne!«

»Hast du noch weitere Fragen?«

»Ja. Welche Rolle spielt Manfred Herta?«

»Er ist für den Einkauf zuständig. Parallel leitet er die Firma *Gewürzimport Herta GmbH*.«

»Hast du viel mit ihm zu tun?«

»Nein, Gott sei Dank nicht.«

»Du magst ihn nicht?«

»Nein, er hat ständig seine Hände, wo sie nicht hinge-hören.«

»Verstehe«, äußerte Pit. Er trank einen Schluck Tee, um nachzudenken. »Was ist am Dienstagmorgen passiert?«

»Parsifal kam gegen acht Uhr. Er hatte sich angemeldet und wollte mit seinem Sohn und Herrn Herta sprechen. Ich glaube, er wollte wieder ins Geschäft einsteigen. Er begrüßte mich ganz kurz und ging gleich durch ins Büro von Bär Junior.«

»Also doch. Hatte ich mir gedacht. Entschuldige, Anna. Erzähl bitte weiter.«

»Er hatte das Recht dazu. Im vorigen Monat hat er viel Geld in die Firma gesteckt, um alle Außenstände zu begleichen. Damit wuchs sein Firmenanteil von neunundvierzig auf fünfundfünfzig Prozent. Er rettete damit das Unternehmen vor einer Insolvenz. Mit dieser Mehrheit konnte er über das Firmengeschehen bestimmen.«

»Klar. Berichte weiter.«

»Es wurde laut im Büro. Parsifal setzte Gert als Firmenchef ab. Manfred Herta verteidigte Bär Junior. Obwohl es ihn nichts anging, mischte er sich ein. Dann rannte Parsifal raus, an mir vorbei. Er war aufgeregt. Sein Hut und sein Mantel hängen noch im Schrank.«

»Ach!«

»Und was ich total unfair fand. Herr Herta zeigte ihm den Mittelfinger, als er rauslief.«

»Ich hatte mir schon gedacht, dass Parsifal die Führung übernehmen wollte.«

»Parsifal wollte hier nur ein Jahr bleiben und dann Martin als Chef einsetzen.«

»Verstehe. Das sieht ihm ähnlich – dieser Fuchs.«

»Dann waren ja sowohl Gert Bär als auch Manfred Herta etwas ungehalten und sauer auf Bär Senior.«

»Herr Herta ja, er war aufgewühlt und schrie herum. Bär Junior war eher gelassen. Er verabschiedete sich bei mir und ging. Seitdem habe ich ihn nicht mehr gesehen.«

»Wann war Herr Herta denn das letzte Mal hier?«

»Oh, das muss am Mittwoch früh gewesen sein. Ich dachte schon, jetzt geht es mir an den Kragen. Aber er schickte mich ins Archiv. Ich sollte ihm eine drei Jahre alte Rechnung von *Tin Tan Gels* holen. Das ist ein Lieferant aus Korea.«

»Was passierte weiter?«

»Natürlich fand ich die Rechnung. Als ich zurückkam, saß er dort, wo Sie jetzt sitzen, äh, wo du jetzt sitzt. Er schaute kurz auf das Dokument und verschwand wieder. Ich atmete auf.«

»Anna, eine letzte Frage. Hat Herr Bär dich sexuell belästigt?«

»Nein, bestimmt nicht. Bei ihm fangen Frauen erst ab Körbchengröße D an. Schau mal, da kann ich nicht mitreden«, schmunzelte sie und fasste an ihren Busen.

Pit musste grinsen. Er trank den Tee aus, bedanke sich bei Anna und verabschiedete sich.

FREITAG, 22.02.2019, 12:30 UHR,
EPPENDORF, MIOS UND MATTES' WOHNUNG

Auf dem Weg zurück nach Eppendorf telefonierte Pit mit Mio. Sie war noch mit Sabine in der City, wo sie im Hanseviertel einen Kaffee tranken.

»Wir waren pünktlich um halb zehn im Appartement und haben den Chef von dem Sanierungsunternehmen getroffen. Der Typ machte einen kompetenten Eindruck. Außerdem kümmert er sich auch um die Versicherung. Das Unternehmen will den Schutt wegräumen, die Feuchtigkeit vom Löschwasser mit Lufttrocknern auf unter vierzig Prozent senken. Nachdem er das erledigt hat, will er die Entfernung von niedergeschlagenem Ruß angehen. Laut dem Experten muss das gründlich vonstattengehen, da der Ruß korrosiv wirkt. – Pit die expressionistischen Bilder, die dort hingen, sind ein Vermögen wert. Wir haben sie mitgenommen und eben zu einem Restaurator gebracht. Der wird sie nebst Rahmen reinigen.«

»Verstehe.«

»Ja, und mit dem Hausmeister habe ich gesprochen. Er hatte die Feuerwehr gerufen, als er die Rauchmelder hörte. Und dann war ich im Keller. Da gab es aber nichts Besonderes zu sehen. Ein Regal mit gutem Wein und eins, auf dem Utensilien fürs Auto standen, Schneeketten, Waschzeug für die Autowäsche und so weiter. Eine leere Transportholzkiste und drei Koffer.«

»Gut. Wie geht es Sabine?«

»Ich weiß nicht. Ich habe den Eindruck, sie verdrängt es noch. Sie redet viel über Parsifal und was sie alles vorhatten. Ich glaube, sie hat noch nicht begriffen oder verarbeitet, dass er tot ist.«

»Mhm. Dann kommt ihr ja bald nach Hause.«

»Nee, wir wollen noch nach Blankenese zur Villa. Sabine möchte mir das Haus zeigen.«

»Okay, dann wünsche ich euch Erfolg. Bis nachher!«

Pit schaute nur kurz beim *Bücher&Lese-Café* vorbei und stieg in den ersten Stock. Er setzte sich an seinen Schreibtisch und suchte die Telefonnummer von Jessika heraus. Sie ging nicht ans Handy. Dafür meldet sich Svenja.

»Moin, Pit, Jessika hat Urlaub und Petra ist mit Torben irgendwo im Hafen. Sie checken einen Frachter nach Rauschgift. Was kann ich für dich tun? Kommst du zurück? Wir haben viel zu tun.«

»Nein, Svenja, ich untersuche den Todesfall meines Freundes.«

»Oh, Pit – herzliches Beileid. Kenne ich deinen Freund?«

»Ich glaube nicht. Er hieß Parsifal Bär.«

»Nein, nie gehört. Soll ich Petra einen Zettel hinlegen, oder darf ich was für dich -«

»Definitiv! Parsifal hat mir beiläufig am Montag erzählt, dass seinem Neffen, Manfred Herta, schon mal ein Container geklaut wurde. Das erinnert mich so an unseren Fall vor einem Jahr. Versuch bitte mal, was über den *Gewürzimport Herta GmbH* herauszubekommen.«

»Kein Problem, ich schau mir das an und bespreche das mit Petra. Pit, ich melde mich bei dir, sobald ich was herausgefunden habe.«

»Danke, Svenja. Vielen Dank!«

Gerade hatte Mattes das Gespräch beendet, da klingelte sein Telefon. Er nahm ab. »Moin, Herr Engelmann, was kann ich für Sie tun?«

»Im Moment nichts. Ich hatte Ihnen versprochen, mich bei Ihnen zu melden, wenn ich was Aktuelles zum Fall Bär habe.«

»Richtig, da bin ich jetzt gespannt.«

»Erst einmal: Das Appartement und die Tiefgarage sind polizeilich freigegeben. Aber das wissen Sie bestimmt schon, da Frau Bär mit Ihrer Frau dort war. – Die Spurensicherung hat in der Wohnung keine weiteren Anhaltspunkte gefunden, die auf eine oder mehrere Personen kurz vor dem Tod von Herrn Bär hinweisen.«

»Verstehe – und was gibt es Neues?«

»In der Tiefgarage hatte Herr Bär zwei Stellplätze für PKWs. Ein Platz war leer und auf dem anderen stand ein KFZ, das in der Schweiz auf Parsifal Bär zugelassen wurde. Es handelt sich um einen blauen Jaguar XJ 4dr Sedan aus dem Jahre 2006.«

»Und was ist mit dem?«

»Unsere Spurensicherung hat unter dem PKW eine Autobombe gefunden. Die Deponierung eines Sprengsatzes in einem Fahrzeug des Opfers ist eine Tötungsart, die vor allem im Bereich der Organisierten Kriminalität verbreitet ist. Die Zündung des Sprengstoffes sollte mittels eines Drucksensors im Fahrersitz erfolgen. Die

Bombe wurde entschärft und das Fahrzeug steht bei der Polizeitechnik zur Untersuchung.«

»Mhm! Mit so einer Wende habe ich nicht gerechnet!«

»Damit bekommt der Fall einen anderen Status. Die Staatsanwaltschaft ist benachrichtigt worden. Wir ermitteln jetzt wieder.«

»Mein Chef, Kriminalrat Biestmann, bietet Ihnen einen Beratervertrag zu den herkömmlichen Konditionen an. Ich habe von ihm den Auftrag bekommen, Sie zu fragen, ob Sie damit einverstanden sind«, wollte der Kriminalhauptkommissar wissen.

»Akzeptiert!«

»Sehr gut, dann auf gute Zusammenarbeit, Herr Mattes!«

»Danke gleichfalls!«

»Wenn Sie Informationen brauchen, können Sie unseren Innendienst nutzen. Frau Raptis ist für Sie da.«

Nachdem er aufgelegt hatte, ging er in die Küche und kochte sich einen Tee. Mit diesem setzte er sich in sein Büro und überdachte die neue Situation.

FREITAG, 22.02.2019, 15:00 UHR,
EPPENDORF, MIOS UND MATTES' WOHNUNG

An der Wohnungstür klingelte es und Pit öffnete.

»Oh, Petra! Gerade heute Mittag habe ich mit Svenja über dich gesprochen. Komm erst einmal herein.«

Petra Burgstaller: Die hübsche, mittelgroße Beamtin beim Zoll im gehobenen Dienst mit den grünen Augen und den brünetten Haaren war achtundvierzig Jahre alt. Seit einem Jahr war sie in einer Spezialabteilung des Zolls und der Kriminalpolizei Hamburg beschäftigt. Das Team bekämpfte den Rauschgiftimport im Hamburger Hafen. Vorher hatte Petra eine Abteilung in der Zollfahndung im Hamburger Hafen geleitet.

Petra und Pit hatten schon etliche Kriminalfälle zusammen gelöst. Sie waren ein perfektes Team, sowohl privat als auch beruflich. Das war so lange gelaufen, bis Mattes ihr einen Heiratsantrag gemacht hatte. Sie trennten sich. Pit hatte damit eine ganze Weile zu kämpfen gehabt und sie bereute später ihren Fehler. Das lag bereits neun Jahre zurück. Im Oktober 2017, während des Falschgeldfalls, hatten sie sich das erste Mal wiedergesehen.

»Hallo, Pit, wir haben uns lange nicht gesehen. Nach dem Kaperfahrtfall nur zu deinem Geburtstag und zur Weihnachtsfeier. Geht es dir gut?«

»Danke, Petra, mir geht es gut. Erzähl mal, was führt dich zu mir? Darf ich dir was zu Trinken anbieten?«

»Nein, danke. Ist Mio nicht da? Unten im Café habe ich sie auch nicht gesehen.«

»Nein, sie ist unterwegs.«

»Du hattest Svenja angerufen und dich nach Manfred Herta erkundigt. Was hast du mit ihm zu tun?«

»Kannst du dich erinnern, wir beide waren im vorigen Jahr bei der Firma Bär Gewürze und haben uns nach dem Verbleib von Kokain in einem Container erkundigt. Dort haben wir den Knaben befragt«, sagte Pit ruhig.

»Stimmt, richtig! Damals wurden wir mehr oder weniger rausgeschmissen. Wir konnten ihm nichts nachweisen. Aber jetzt haben wir eine neue Situation. Wir vermuten, dass er Rauschgift und Medikamente aus Asien illegal nach Europa einführt.«

»Wundert mich nicht.«

Pit erzählte ihr die Geschichte von Parsifal und seinen Verdacht auf Fremdverschulden.

»Und du willst jetzt jeden Verwandten durchleuchten?«

»Wenn es sein muss, mache ich das.«

»Okay, zur Firma *Gewürzimport Herta GmbH* kann ich dir einiges bieten. Ich habe dir ein paar Kopien von Dokumenten und Protokollen mitgebracht. Das umfasst alle Untersuchungen, die wir durchgeführt haben. Die Container, die er für den Gewürztransport nutzte, sind moderne Spezialkisten. Sie halten ein vorgegebenes Raumklima, Temperatur, Luftfeuchtigkeit und so weiter, bis zu sechs Wochen lang, und das alles batteriebetrieben.«

»Verstehe!«

»Die Gewürzimportfirma besitzt vier dieser Container. Sie stehen bei uns auf der roten Liste. Vor zwei Monaten wollten wir einen untersuchen. Der war plötzlich verschwunden. Herta meldete einen Diebstahl bei der Polizei. Ein paar Tage später wurde die Box im Hafen gefunden. Die Polizeitechnik und unsere Zolltechnik untersuchten die Kiste. Es blieb lediglich ein Verdacht, dass zwischen den Batterien in einem Hohlraumfach Medikamente transportiert wurden.«

»Wieso Verdacht?«, fragte Pit interessiert.

»Die Techniker fanden ein verstecktes Fach. Sie konnten feststellen, dass die Zugangsklappe innerhalb der letzten drei Tage bewegt wurde.«

»Also könnt ihr ihm nichts beweisen.«

»Ja, leider. Er steht auf unserer Liste. Wenn wieder ein Container von ihm ankommt, nehmen wir ihn auseinander.«

»Falls Herta schlau ist, wird er sich das denken und sich einen anderen Weg suchen.«

»Vielleicht hast du recht. Nachschauen werden wir auf jeden Fall.«

»Verständlich.«

»Pit, ich muss jetzt gehen. Bin verabredet«, sagte Petra und erhob sich. Pit begleitete sie bis zur Wohnungstür. Sie umfasste und drückte ihn. Dann drehte sie sich um und verließ die Wohnung. Er ging mit bis zu ihrem Auto. Sie startete ihr Fahrzeug und reihte sich in den Verkehr ein. Eine Weile stand er auf dem Bürgersteig und schaute ihr nach.

FREITAG, 22.02.2019, 16:15 UHR,
EPPENDORF, MIOS UND MATTES' WOHNUNG

Pit schlenderte nach Hause. Der kalte Ostwind war unangenehm. Er merkte nicht, dass er langsam durchfror, mit seinen Gedanken war er bei Parsifal.

Mio war nicht im Café und nicht in der Wohnung. Als Pit sie anrufen wollte, erkannte er, dass sie versucht hatte, ihn zu erreichen.

»Hallo, Mio. Was gibt es?«

»Oh Schatz, gut, dass du dich meldest. Hier ist was passiert, jemand hat versucht, Sabine umzubringen. Das war ganz knapp.«

»Erzähl, was ist geschehen?«

»Als wir heute Nachmittag in Blankenese im Kaufmannshaus ankamen, gab es einen Knall und dann stürzte der große Kronleuchter, der normalerweise im Flur hängt, herunter. Er verfehlte Sabine nur knapp. Außer ein paar Schrammen und natürlich einen Schock hat sie nichts abbekommen.«

»Gott sei Dank! Was ist dann passiert!«

»Ich hätte sicherheitshalber den Krankenwagen gerufen. Das wollten die anderen aber nicht. Da ich dich nicht erreichen konnte, rief ich bei Herrn Engelmann an. Der war dann auch hier und hat sich die Aufhängung des Leuchters angeschaut. Er meinte, dass daran manipuliert wurde. Er verständigte die Spurensicherung, die kamen zwanzig Minuten später hier an. Inzwischen befragt er alle, die hier sind.«

»Was soll jetzt passieren?«

»Warte mal, ich gehe mal nach draußen. Hier sind alle neugierig und haben spitze Ohren.«

Pit hörte, wie sie durch die Haustür lief. Im Freien konnte er Windgeräusche wahrnehmen.

»So, hier ist es besser. Sabine bat mich, ein paar Tage hierzubleiben. Ich habe ihr gesagt, dass ich mit dir darüber reden möchte.«

»Und willst du das auch?«

»Natürlich, Sabine ist eine gute Freundin. Wir kommen miteinander aus. Und wenn sie den Wunsch hat – dann möchte ich das schon.«

»Verstehe! Einverstanden, aber nur unter der Bedingung, dass ich auch dort übernachte. Mio, wenn du in der Villa für ein paar Tage bleiben willst, komme ich mit. Ich traue denen nicht, und ich möchte nicht hier sitzen und Angst um dich haben.«

»Pit, das ist lieb, aber lächerlich! – Ich glaube nicht, dass es für mich gefährlich wird, hier zu wohnen! Aber okay. Dann ziehen wir beide hierhin und passen gegenseitig auf uns auf! Das dürfte kein Problem sein. Platz ist hier reichlich vorhanden. Wir können in einem Gästeappartement wohnen. Das hatte mir Sabine angeboten«, flüsterte sie.

»Gut! Ich muss dir auch was erzählen.«

»Oh, nachher bitte. Erst einmal möchte Herr Engelmann mit dir sprechen. Er will nach Eppendorf kommen. Da fällt mir ein, dann könnte ich doch … Ja, so machen wir das. Ich fahre mit Herrn Engelmann nach Eppendorf, wir packen unsere Sachen und ziehen für ein oder zwei Tage hier ein. Unterwegs erzählst du mir deine Neuigkeiten.«

»Okay, Mio. Du hast das sowieso schon so beschlossen. Ich koche dann mal den Kaffee und einen Tee.«

»Sehr gut. Bis gleich, Schatz. Ich vermisse dich!«

Kapitel 8   *103*

»Tschüss!«

Und schon hatte sie aufgelegt.

Der Schriftsteller nahm an seinem Schreibtisch Platz und durchdachte die neue Situation. Um siebzehn Uhr fünfzehn ging er in die Küche und setzte Wasser auf. Der Tee war noch nicht fertig, als er die Haustür hörte. Mio und KHK Engelmann kamen. Mio stürmte gleich auf Pit zu, umschlang ihn und gab ihm einen Kuss. Der Beamte beobachtete das und musste grinsen. Pit führte ihn ins Wohnzimmer, servierte die Getränke und Mio stellte ein paar Kekse auf den Tisch.

»Herzlichen Glückwunsch, Herr Mattes, zu so einer tapferen und klugen Frau. Sie hat heute Nachmittag mehr herausbekommen als ich den ganzen Tag«, sagte Engelmann und deutete auf Mio.

»Danke! Nicht ohne Grund habe ich mich in sie verliebt. Und eine gute Lektorin ist sie obendrein.«

»Ich lerne alles aus den Büchern, und die von Pit sind besonders gut.«

»Herr Engelmann, was ist in Blankenese passiert?«

»Der Deckenleuchter im Foyer fiel herunter. Er traf Frau Bär knapp am rechten Oberarm. Die Aufhängung ist vielleicht manipuliert worden. Unsere Spurensicherung untersucht das. Einzelheiten erfahren Sie von Ihrer Frau.«

»Okay«, kam es stolz von Pit.

»Herr Mattes, weshalb ich mit Ihnen sprechen möchte, ist der Fall Bär. Es gibt da ein paar Ungereimtheiten und eine neue Entwicklung.«

Mio lächelte den beiden Männern zu.

»Doktor Ortwin Schietzler hat mich angerufen und mich auf die hohe Dosis Schlafmittel hingewiesen, die Parsifal Bär im Körper hatte. Das reicht aber nicht für einen Verdacht auf Fremdverschulden. Die erhebliche Menge Schlafmitteltropfen kann er selbst genommen haben. Ich telefonierte mit der Staatsanwaltschaft. Im Moment können wir nur von einem Unfall ausgehen oder von …« Kriminalhauptkommissar Engelmann rutschte unruhig hin und her. Das Wort *Suizid* sprach er nicht aus. »Wir behalten aber die Weiterentwicklung im Auge. Und da bin ich gleich schon bei dem Punkt, mit dem ich mich mit Ihnen kurzschließen möchte. Sie erwähnten, dass Herr Bär unter einer Pyrophobie litt. Ich habe gestern die Spurensicherung noch einmal in die Wohnung geschickt, um besonders unter diesem Gesichtspunkt das Appartement zu untersuchen. Wir sprachen heute Morgen schon darüber.«

»Der Parkplatz, das Auto!«

»Das auch. Ich bekam vorhin das Protokoll von der SpuSi. Sie haben im Appartement weder Streichhölzer noch ein Feuerzeug gefunden.«

Es entstand eine Pause.

»Wie soll Parsifal dann die Kerze angesteckt haben?«, flüsterte Pit und spannte seine Muskeln an. »Ich weiß nicht warum, aber ich glaube nicht an einen Unfall und schon gar nicht an Suizid.«

»Das Problem ist, wir können es nicht beweisen. Und wir haben nicht einmal einen Verdächtigen. Die Staatsanwaltschaft geht übrigens immer noch von einem Unfall aus.«

»Aber – die Bombe im Jaguar, damit ändert sich doch die gesamte Situation?«

»Definitiv. Der Sprengkörper wurde entschärft und das Auto von den Technikern abgeholt. Wir nehmen das Fahrzeug auseinander, um weitere Anhaltspunkte zu finden.«

»Wenn Sie beim Feuer nicht von einem Mord ausgehen, gehen Sie jetzt von einem Mord*versuch* aus?«, fragte Pit und schaute den Kriminalisten an.

»Richtig, wir stufen das als versuchten Anschlag auf sein Leben ein. Das ist aber unabhängig von dem Unfall zu sehen.«

»Verstehe!«

»Das LKA 31 hat auch den Keller und den Fahrstuhl untersucht, der direkt zur Penthouse-Wohnung führt. Keine neuen Erkenntnisse. Ah – halt! Es wurde ein Fußabdruck von einem Herrenschuh unmittelbar am Jaguar sichergestellt. Der Abdruck stammt nicht von Herrn Bär. Den Bericht habe ich Ihnen an Ihren Polizeiaccount geschickt. Den können Sie sich in Ruhe anschauen.«

Pit überlegte einen Augenblick. Mio stand auf und verschwand aus dem Raum, um ihre Sachen zu packen.

»Ich möchte doch noch mal auf den Anschlag auf Sabine Bär zurückkommen. Sehen Sie einen Zusammenhang?«

»Na ja, das ist für mich nicht geklärt. Die Polizeitechniker untersuchten den Kronleuchter und die Aufhängung. Fakt ist, dass das Ding nicht von alleine herunter-fiel. Ob und wie weit die zwei Fälle zusammengehören, müssen wir beide klären.«

»Klar. Mio sprach von einem Knall.«

»Ich weiß, die Experten untersuchen die Aufhängung. Vielleicht hat eine Explosion den Fall ausgelöst. Das wird untersucht.«

»Ich habe gehört, dass Sie die Familienmitglieder be-fragt haben.«

»Frau Takahashi hat mich dabei unterstützt. Sie hat eine Liste der anwesenden Personen erstellt und schrieb auf, wer sich wo befand. Ich bleibe am Ball. Wenn ich von der Technik ein Ergebnis bekommen habe, werde ich Sie informieren«, sagte der Kriminalpolizist. Er trank seinen Kaffee aus, stand auf und wollte sich verabschie-den. Im Flur kam Mio dazu.

»Herr Mattes und Sie, Frau Takahashi, wollen in die Villa ziehen. Sie haben es mir auf dem Weg hierher er-zählt. Bitte, passen Sie auf sich auf. Bisher wurden die meisten Mordopfer von Personen aus dem nahen Umfeld der Familie umgebracht.«

Damit ging der Kriminalhauptkommissar. Pit schaute ihm nach und überlegte, was er gerade gehört hatte.

»Ich habe unsere Sachen gepackt. Wir können gleich losfahren. Und wir haben dort eine Wohnung für uns ganz allein!«, flüsterte Mio und nahm Pit in den Arm.

Unterwegs brachte Pit Mio auf den letzten Stand der Ermittlungen.

Mio berichte danach über die Einzelheiten in der Blankeneser Villa.

Pits Mobiltelefon meldete sich. »Gabi!«, las Mio vom Display vor. Sie nahm das Gespräch entgegen und stellte auf Laut.

»Hey, Pit! Das war wohl nichts. Diese Annemarie Andorf wohnt nicht in Buchholz. Es kann sich auch keiner an sie erinnern. Selbst das Haus, in dem sie gewohnt haben soll, gibt es nicht mehr.«

»Ist sie in Buchholz gemeldet?«

»Nein, wir reden doch von demselben Buchholz? Buchholz in der Nordheide, oder?«

»Jo, das ist richtig!«, bestätigte Pit.

»Ich habe die umliegenden Ortschaften abgeklappert, Arbeitgeber und so weiter. Nichts, immer nur nichts!«

»Also eine Sackgasse!«

»Hast du es mal mit ihrem Ehemann versucht? Ah – Moment – Sebastian Andorf. Der war, zumindest damals, Druckermeister bei einer Zeitung. Ich weiß aber nicht mehr, bei welcher.«

»Der Name taucht in keinem Protokoll auf. Woher sollte ich wissen, dass diese Annemarie verheiratet ist oder war?«

»Na, doch vom Nachnamen her«, steuerte Mio bei. »Sonst würde sie doch Kruse heißen, Mädchenname.«

»Ah – ja – okay!«, hörten sie von der anderen Seite. Dann legte sie auf.

»Wie ist die denn drauf?«, wollte Mio wissen.

»Oh, du kennst doch Gabi. Ich glaube, das war nicht erst seit gestern so.«

»Der arme Niels! Er tut mir jetzt schon leid.«

FREITAG, 22.02.2019, 19:30 UHR,
BLANKENESE, BÄR-VILLA

Mio und Pit erreichten die Bär-Kaufmannsvilla in Blankenese um halb acht. Johann, der alte Butler, begrüßte die beiden an der Haustür. »Gnädige Frau, schön, dass Sie da sind. Ich freue mich, Sie wiederzusehen, Herr Mattes. Allerdings wünschte ich mir einen besseren Anlass. Würden die Herrschaften bitte die Gästewohnung ›Pfeffer‹ beziehen? Das Appartement befindet sich im ersten Stock, hier bitte geradeaus und dann auf der linken Seite. Ich möchte noch kurz darauf hinweisen, dass das Abendessen heute um zwanzig Uhr dreißig bereitgestellt wird.«

»Danke, Johann, schön Sie wiederzusehen. Sie haben sich in den vergangenen Jahren nicht verändert. Dankeschön. Den Weg finden wir. Ich kann mich an die Räumlichkeiten erinnern.«

»Es hat sich hier kaum etwas geändert.«

»Genauso habe ich mir immer einen Butler vorgestellt, allerdings vor mindestens fünfzig Jahren«, schmunzelte Mio, als die beiden die Gästewohnung betraten.

»Johann ist bestimmt schon sechzig Jahre hier! Er wohnt sogar hier in einer kleinen Einliegerwohnung im Erdgeschoss. Er war mit der Köchin verheiratet. Die starb vor über zwanzig Jahren.«

Mio und Pit stellten ihre Sachen ab und gingen gleich wieder ins Foyer, wo Pit den abgestürzten Kronleuchter betrachtete. Kurz darauf schritt Sabine die Treppe herunter und Pit begrüßte sie.

Johann kam aus der Küche und übergab Mio und Pit ein Schlüsselbund. »Dieses ist Ihr Wohnungsschlüssel und das quadratische Ding ist auch ein Schlüssel. Er funktioniert automatisch am Gartentor, am Haupttor zur Einfahrt zu unserem Grundstück, hier zur Haustür und zur Garage Nummer vier. Ich wünsche Ihnen einen angenehmen Aufenthalt.«

»Danke, Johann«, antwortete Mio.

»Gnädige Frau, ich habe Ihre Medizin und Medikamente im Esszimmer, im Sideboard in der oberen rechten Schublade untergebracht«, zelebrierte er mit einer herrschaftlichen Gestik zu Sabine.

»Danke, Johann, danke!«, antwortete sie und ging in den Speisesaal.

»Normalerweise essen wir um neunzehn Uhr. Durch den Anschlag auf die gnädige Frau und resultierend daraus, auf die Befragungen durch die Polizei und der Untersuchung der Spurensicherung, hat sich das für heute verzögert«, erklärte der Butler.

»In Zukunft dann um neunzehn Uhr! Sollte für uns kein Problem sein.«

»Frühstück zwischen sieben und neun an Werktagen, Sonnabend, Sonntag oder Feiertagen zwischen acht und zehn. Mittagessen gibt es an Werktagen hier nicht. Abendessen immer um neunzehn Uhr.«

»Danke, Johann.«

Gemeinsam betraten sie den Saal. Annette Bär, ihr Mann Gert, Heidrun Herta und ihr Sohn Manfred, sowie Doris Bär waren anwesend. Die Begrüßung war nüchtern und zurückhaltend, lediglich Annette redete ununterbrochen. Sie trug ein tief ausgeschnittenes, mindesten drei Nummer zu kleines, schwarzes Cocktailkleid. Mio musste grinsen, drehte sich aber aus Höflichkeit um. Dann flüsterte sie Pit ins Ohr: »Wenn die Luft holt, flutscht ihre Oberweite aus dem Ausschnitt.« Pit grinste und streichelte ihre Hand.

»Und davon hat sie reichlich!«, fügte Mio noch hinzu.

Johann kam und erklärte die Platzordnung: »Am Kopfende sitzt der Hausherr mit seiner Frau. Rechts und links daneben sitzen jeweils die Gästepaare. Ich bitte, Platz zu nehmen. Heute wurde ein Buffet zur Verfügung gestellt, bitte bedienen Sie sich selbst! Als Vorspeise wird eine Waldpilzsuppe gereicht. Wohl bekomms!«

»Hier gibt es doch immer Buffet!«, kam es von Annette Bär.

»Er war wahrscheinlich der Meinung, dass du das vergessen hast«, entgegnete ihr Mann.

»Sei nicht so frech. – Herr Mattes, was machen Sie beruflich, ich meine, wenn Sie mal nicht auf Sabine aufpassen? Nun erzählen Sie schon! Und Sie, Frau Takasonstwas. Entschuldigen Sie, ich kann mir Ihren Namen nicht merken. Darf ich Mio sagen?«

Mio schluckte den Löffel Suppe hinunter und wollte gerade antworten.

»Ja, danke, ich heiße Annette. Anstoßen können wir ja nachher – nach dem Essen. Und du bist Bibliothekarin? Das habe ich gehört. – Manfred, würdest du mir bitte das Salz reichen? Danke – wollen wir nach dem Essen eine Runde Doppelkopf spielen? Herr Mattes, können Sie auch Rommé oder Bridge?«

Pit antwortete nicht, stand auf und marschierte zum Sideboard, auf dem das Buffet aufgebaut war. Mio folgte ihm. »Daran kann ich mich aber nicht gewöhnen! Die redet ohne Luft zu holen.«

»Ich vermag das gar nicht so schnell erfassen, um das fürs Skript zum neuen Buch aufzunehmen.«

»Na, schon nach der ersten halben Stunde genervt. Die kann den ganzen Tag so quatschen, ohne Punkt und Komma«, hörte Pit eine Stimme hinter sich. Es war Doris Bär. »Irgendwann hat man sich daran gewöhnt, bei mir hat das allerdings ein Jahr gedauert. Ich wollte euch jetzt keinen Schreck einjagen oder Angst machen«, setzte sie ihre Ausführung fort, lachte mit ihrer rauchigen Stimme laut auf, drehte sich um und ging.

»Das muss ich Ihnen aber noch erzählen, Herr Mattes«, begann Annette, als Pit und Mio wieder ihren Platz am Tisch einnahmen.

»Am Mittwoch, also am Todestag von Parsifal, waren wir alle hier. Um sieben haben wir gegessen und anschließend ferngesehen.«

»Das stimmt doch gar nicht«, unterbrach Doris Bär den Redeschwall. »Ich bin um zweiundzwanzig Uhr gegangen.«

»Was du machst, interessiert sowieso keinen. Und dein komischer Bums-Laden ist das Letzte. Da geht kein vernünftiger Mensch hin.«

»Na ja! Ob meine Gäste vernünftig sind oder nicht, ist mir egal. Hauptsache sie kommen und lassen Kohle da!«, antwortete sie mit ihrer kratzigen Stimme. »Frag doch mal deinen Gert!«, lachte sie.

Annette Bär wurde rot im Gesicht. Der Busen hob sich. Die Gefahr, dass gleich etwas aus dem Kleid hüpfte oder rutschte, war enorm.

»Mein Bärchen hat es nicht nötig, der bekommt alles das, was er braucht, mindestens zweimal am Tag.«

»Jetzt ist es aber gut«, griff Gert Bär ein.

»Was willst du denn. Wirst du nicht ausreichend bedient?«

»Wenn du nicht schon vorher einschläfst. Aber dann bist du wenigstens ruhig!«

Annette sprang auf. Dabei musste sie ihren Busen, der sich entschieden hatte, an die frische Luft zu kommen, verdecken. Sie lief mit Trippelschritten aus dem Zimmer.

Manfred Herta klatschte langsam in die Hände: »Dann können wir ja jetzt in Ruhe weiteressen!«

»Darf ich Sie auch duzen?«, fragte Doris Bär. »Ihren Nachnamen kann ich mir nicht merken.«

»Okay, meinetwegen. Mio heiße ich«, antwortete sie zögerlich.

»Mio, das kann ich behalten. Mio, hast du ebenfalls Erfahrung mit der Polizeiarbeit?«

»Ich lerne von Pit.«

»Hast du schon mal eine gefährliche Situation erlebt?«

»Natürlich, vor Kurzen, im HVV-Bus.«

Mio erzählte, was sie und Pit am Donnerstag vor einer Woche im Bus erlebt hatten.

»Ihr seid mir schon ein Paar!«, kommentierte sie Mios Bericht mit ihrer rauchigen Stimme. Und das klang eher negativ. Jedenfalls empfand Mio es so.

»Nana – Doris! Was soll das?«, konterte Pit.

»Doris, das stimmt, das habe ich im *Abendblatt* gelesen«, bestätigte Manfred Herta.

»Pit, ich gehe in unsere Wohnung und packe den Koffer aus«, flüsterte Mio ihm ins Ohr, gab ihm einen flüchtigen Kuss und verschwand.

»Ich muss telefonieren«, sagte Manfred, während er sein Mobiltelefon aus der Gesäßtasche zog und Richtung Flur lief. Die anderen Familienmitglieder verließen auch den Raum. Pit drehte eine Runde im Speisesaal. Er betrachtete die Ölbilder an den Wänden, die Glasvitrinen und die Blumen auf den Fensterbänken. Es sah aus wie immer, so wie er es aus der Vergangenheit kannte. Alles war hier gut in Schuss, sauber und gepflegt.

»Es wird jedes Jahr schwieriger, jemanden zu finden, der in diesem Haushalt arbeiten möchte.«

Pit drehte sich um, Johann stand hinter ihm.

»Herr Bär, der Senior, wünschte keine Veränderungen an den Ausstattungen im Haus. Wir bräuchten dringend neue Gardinen und der Parkettboden müsste aufgearbeitet werden.«

»Sind alle Wohnungen belegt?«

»Nein, Herr Mattes, wir haben noch vier freie Gästezimmer. Ich hoffe, Sie bleiben eine Weile. Ich habe Ihre Heizung etwas höher gestellt.«

Pit schaute ihn verblüfft an.

»Herr Mattes, seitdem der Senior nicht mehr im Haus ist, zahlen einige Wohnungsinhaber nicht ihren erforderlichen Beitrag. Daher müssen wir sparen. Ich habe bei denen die Heizung heruntergedreht. Sie sehen, das Haus ist von außen renovierungsbedürftig und der Garten ist nicht mehr ordentlich gepflegt worden. Es fehlte an den nötigen Haushaltsmitteln.«

»Verstehe.«

»Deshalb werden auch alle gleich wieder herunterkommen und die Räumlichkeiten im Erdgeschoß nutzen. Herr Mattes, gehen Sie in die Bibliothek, dort haben Sie die meiste Ruhe und Getränke habe ich bereitgestellt.«

»Danke! Werden alle Räume in diesem Haus überwacht?«, fragte Mattes mit einem Blick auf die beiden verborgenen Kameras.

»Sie sind der Erste, der sie entdeckt hat. Nein, zwei sind hier, zwei im Foyer, eine in der Bibliothek. Die Videokameras sind versteckt oder getarnt worden. Dagegen sichtbar sind die fünf Kameras im Außenbereich.«

»Haben Sie die einrichten lassen?«

»Ja, aus den Vitrinen war etwas abhandengekommen, da ließ ich Kameras installieren. Sie möchten bestimmt auch die Filme. Herr Engelmann hat so was schon angedeutet. Hier auf dem USB-Stick sind die Videos der letzten drei Tage. Ich habe sie durchgesehen, aber nichts Auffälliges bemerkt.«

»Danke, Johann, danke!«, antwortete Mattes. Er steckte sich den Stick ein und wechselte in die Bibliothek. Auch dieses Zimmer sah so aus, wie er es kannte: Ein hoher Raum, der im Jugendstil gehalten war. Rechts standen Bücherregale bis unter die Decke, die Leiter, um an die oberen Bücher heranzukommen, ließ sich leicht an der vorgesehenen Schiene verschieben. An der gegenüberliegenden Seite waren die Vorhänge vor den Fenstern zugezogen. Zwischen den Fenstern standen die Vitrinen mit den schönen Jugendstilgläsern und Vasen. Der alte Schreibtisch und die kleine Sitzecke in der Raummitte, passten sich dem Flair des Zimmers an. Die Rückseite der Bibliothek bestand aus einer Spiegelwand. Es handelte sich um mehrere Spiegel, die wie eine große Fläche wirkten. Das machte den Raum länger, als er war. Eine Sitzgruppe, bestehend aus zwei gegenüberliegenden Sofas und einem Couchtisch, befand sich vor der Spiegelfläche.

FREITAG, 22.02.2019, 21:15 UHR,
BLANKENESE, BÄR-VILLA, BIBLIOTHEK

Pit Mattes setzte sich auf das Sofa, das mit der Rückenlehne in den Raum zeigte. Auf dem Tisch lag ein in Leder gebundenes Buch. Bei näherer Betrachtung erkannte

Mattes, dass es eine Sammlung loser Seiten war, die mit einem Klemmmechanismus am Buchrücken befestigt wurden. Es handelte sich um die Chronik der Familie Bär. Die Dokumentation endete mit der Hochzeit von Sabine und Parsifal. Mattes erkannte, dass die drei Aufnahmen in Genf gemacht wurden. Ein loses Foto lag zwischen den Seiten. Es zeigte Doris und Gert Bär, seine Frau Annette, Heidrun und Manfred Herta, Parsifal und Sabine. Pit drehte das Bild um. Auf der Rückseite stand: *August 2018*.

»Die Aufnahme wurde hier im Garten gemacht. Ich habe die Chronik auf den Tisch gelegt. Ist schon interessant, wie sich die Familie entwickelt hat. Jetzt mit dem Tod von Papa wird alles den Bach runtergehen. Da ist keiner, der wirklich den Schneid hat, aufzutrumpfen und reinen Tisch zu machen.«

Pit schaute Doris Bär fragend an.

»Doch, Herr Mattes – oh, entschuldige – Pit, ich bin mir sicher, du weißt, was ich meine. Da sieh doch: Mein Bruder verspielt das Vermögen. Nicht im Kasino, nö, mit Frauen, auf dem Tennisplatz oder beim Golf. Manfred ist ein schleimiger und windiger Typ. Der konzentriert sich nur auf seine eigenen Interessen. Dem traue ich nur so weit, wie ich ein Klavier schmeißen kann. Und ehrlich gesagt, ich fühle mich nicht sehr stark. Seine Mutter ist nicht besser, diese trauernde Witwe. Dass ich nicht lache. Das ist nur eine Masche. Haha, Masche, das passt sogar. Ihre Schneiderei ist ausgebrannt und die Ursache war eine Kerze. Dabei ist ihr Kerl verbrannt. Man konnte ihr nix nachweisen. Sie erkannte spät, dass der Typ nix taugte. Und sie sollte froh sein, dass er den Brand nicht überlebt hat. Auf jeden Fall scheint sie Erfahrung mit Feuer zu haben.«

»So, er ist umgekommen?«

»Ja, und ihr Getue, mit dem Taschentüchchen – Achchen …«, äffte sie herum.

»Wie soll ich das verstehen?«, fragte Pit überrascht.

»Das war sie doch selbst. Eine Kerze anstecken und dann zum Kaffeeklatsch gehen. Ihr Macker war immer so besoffen, der hätte nie und nimmer selbst 'ne Kerze anmachen können. Wie auch immer, er hat nicht gemerkt, dass die Bude über seinem Kopf abbrennt.«

»Das verstehe ich noch nicht. Wieso war er in der Werkstatt? Und wann war das?«

»Er durfte besoffen nicht zu Hause rein. Der hätte nur die Wohnung zerlegt. Also hat er im Laden gepennt. Die waren pleite, hatten aber eine gute Feuerversicherung. Oh, das war … Moment, das war im Februar 2017 – ja richtig, Ende Februar. Wir waren Anfang März zur Beerdigung.«

Pit schaute sie verwundert an.

»Jungchen! Denk mal darüber nach. Feuer – Kerzen – klingelt es? Ich muss mal raus, meinen Nikotinspiegel auffrischen. Ich wünsch dir was!«, kam es von ihr, bevor sie verschwand.

Pit saß auf dem Sofa und grübelte. Mio trat ein. »Habe ich mir doch fast gedacht, dass du hier bist«, sagte sie und setzte sich neben ihn aufs Kanapee. »Ich habe unsere Sachen ausgepackt. Im Raum ist es nicht mehr so kalt wie vorhin. Ganz angenehm und die Betten sind okay«, flüsterte sie und griff nach der Chronik. »Und …«

»Was, und?«, fragte Pit.

»Und wir sind für uns allein heute Nacht!«, grinste sie ihn an und er bekam einen Schmatz.

Zehn Minuten später legte sie das Buch zurück und kuschelte sich an Pit. Auf dem Flur wurde es laut. Es waren Gert und Annette Bär, die sich stritten. »Nun halt doch mal für einen Augenblick die Klappe! Dass, was du alles hier von dir gibst, geht keinen was an — kapiert!«

»Hört auf, hier herumzuschreien. Du kannst dich auch ruhig mal mit mir unterhalten. Du musst nicht ständig dieser Sabine schöne Augen machen. Hör endlich auf!«

Dann war es wieder ruhig. Die Tür zur Bibliothek öffnete sich und Annette und Gert Bär kamen herein. Die beiden merkten nicht, dass sie nicht allein im Raum waren. Pit und Mio beobachteten sie im Spiegel.

Gert Bär nahm seine Frau in den Arm und küsste sie. Dabei drückte er mit der rechten Hand an ihrem Busen. Das Kleid war so eng, dass der Vorbau aus dem Ausschnitt rutschte. Sie stöhnte auf, und drehte sich mit dem Rücken zu ihm. So konnte er beide Brüste fassen. Ihre Hand glitt zu seiner Hose.

Die Tür zur Bibliothek öffnete sich. Annette Bär zuckte zusammen und verstaute ihre Oberweite im Kleid. Johann betrat den Raum. Annette stürmte hinaus und Gert folgte ihr. Johann tat so, als hätte er nichts davon mitbekommen. Er ging zur Couchecke: »Frau Takahashi und Herr Mattes, darf ich den Herrschaften irgendetwas zu trinken anbieten? Einen heißen Kaffee, Tee oder etwas Schärferes?«

»Ja, gerne, ich würde mich über einen Grog freuen. Pit möchtest du auch einen?«

»Ja, Johann, wenn es keine Mühe macht, möchte ich einen.«

»Sehr wohl die Herrschaften, ich werde heißes Wasser holen und die Getränke zubereiten.«

»Habe ich den jungen Herrn Bär und seine Frau vorhin verschreckt?«

»Ich glaube nicht, sie waren nur mit sich selbst beschäftigt«, antwortete Mio und musste grinsen. Johann drehte sich um und verließ die Bibliothek.

Heidrun Herta betrat den Raum, nachdem Johann den Grog serviert hatte. Sie hielt ein Glas Rotwein in der Hand. »Darf ich mich zu euch setzen? Dies scheint heute das einzige Zimmer zu sein, das geheizt wurde.«

»Gerne«, antwortete Pit und deutete auf das gegenüberliegende Sofa. Mio kuschelte sich an Pit und war eingeschlafen.

»Störe ich?«

»Nein, Mio hatte heute nur einen langen Tag und ist eben eingeschlafen. Es liegt nicht an dir. Heidrun, wir haben uns lange nicht gesehen, wie geht es dir?«

»Na ja, vor drei Jahren ist die Schneiderei ausgebrannt, seitdem wohne ich wieder hier.«

»Das habe ich gehört. Dein Mann ist bei dem Feuer gestorben. Das tut mir leid.«

»Mir nicht! Ich habe ihn geliebt. Ja, ganz bestimmt. Er hatte sich verändert. Der Erfolg blieb aus, seine Kollektion wollte keiner mehr kaufen und er wurde nicht mehr zu den großen Galas eingeladen. Meine Entwürfe verkauften sich dagegen recht gut. Das kränkte ihn, er griff zum Alkohol und wurde unerträglich. Zweimal verließ ich ihn. Hier hatte er Hausverbot. Er war sturzbetrunken, als er die Werkstatt anzündete.«

»Und was machst du jetzt?«

»Nichts mehr. Ich bin arbeitslos und in ein paar Monaten bekomme ich meine Rente.«

»Verstehe.« Pit druckste herum: »Sag mal, Heidrun, was war mit deinem Bruder?«

»Nie und nimmer hat der sich selbst umgebracht! Eine Kerze anzünden! Das ist alles Quatsch. Parsifal war vor ein paar Wochen hier und hat sich umgeschaut. Er war total sauer. Die Villa ist heruntergekommen, in den vergangenen zehn Jahren ist nichts mehr daran gemacht worden. Sein Ableger hatte es nicht für erforderlich gehalten, sich darum zu kümmern. Nicht einmal das verabredete Geld zahlt er ein«, sagte sie empört, trank einen Schluck Wein und setzte dann fort: »… und mein Herr Sohn Manfred, der wohnt im Westflügel, hat bisher nie einen Euro eingezahlt. Und Doris, diese fürchterliche Frau, verdient sich dumm und dämlich. Sie zahlt ebenso keinen Cent.«

»Spielt sie immer noch Theater?«

»Nein, nicht mehr. Du kannst nicht wissen, was in den letzten zehn Jahren passiert ist. – Doris hat sich in einen Obermacker vom Kiez verguckt und ihn darauf geheiratet. Das dauerte nicht lange, dann sperrten sie ihn wegen Körperverletzung ein. Fünf Jahre hat er gesessen. Damit stand die liebe kleine Doris allein auf der Straße. Das Geld, das vorgezogene Erbe, das sie von Parsifal bekommen hatte, war ruckzuck weg. So muss sie die Lokalität von ihrem Mann auf Trab bringen.«

»Was für ein Laden ist das?«

»Das ist ein sogenanntes Tanzcafé in irgendeiner Nebenstraße zur Reeperbahn. Nachtlokal wäre besser. Man kommt rein, alles ist recht dunkel. Lediglich die Theke am Ende des Lokals ist beleuchtet. Da sitzen hübsche Mädels, die man zum Drink einladen darf. Zur Musik kann man mit den Girls tanzen oder mit ihnen in eines der vielen Separees verschwinden. Es gibt auch einige Zimmer in der ersten Etage, die sich stundenweise mieten lassen. Rüdiger, Doris' Mann, testet die Frauen ausgiebig, bevor sie dort arbeiten dürfen. Manche musste bei ihm sogar in die Lehre gehen. Als er dann im Knast saß, kamen nette Jungs dazu, die wählte und checkte Doris. Der Laden brummte. Nach Rüdigers Entlassung, wollte er wieder alles an sich reißen. Bei einer Auseinandersetzung mit einem Besucher gab es eine Schießerei, die er nicht überlebte. Die Steuerfahndung war im vorigen Jahr da. Doris musste eine Million nachzahlen. Das saß sie auf einer Arschbacke ab. Übrigens, ihr Bruder Gert ist einer der besten Kunden im Lokal.«

»Soso! Was hat es mit der Vereinbarung, was die Wohnungsinhaber zu bezahlen haben, auf sich?«, wollte Pit wissen.

»Ganz einfach. Jeder bezahlt dreißig Prozent von seinem Nettoeinkommen auf das Hauskonto. Das kann man Spende oder Miete oder was auch immer nennen. Von dem Geld werden die laufenden Kosten für das Haus und die Lebensmittel und so weiter bezahlt. Johann verwaltet das.«

»Und weil nicht alle genug einzahlen, kann Johann das Haus nicht in Schuss halten.«

»Ich zahle genau dreißig Prozent ein. Wie vereinbart«, konterte Heidrun.

»Ja, jetzt. Aber was war in den letzten acht Jahren?«, kam eine Stimme von hinten. Pit schaute in den Spiegel. Doris stand dort, kampfbereit, die Arme in ihre nicht vorhandenen Hüften gestützt. »Die Einzige, die hier regelmäßig einzahlt, bin ich!«

»Jaja, dreißig Prozent vom Nettoeinkommen! Das ich nicht lache!«, schrie Heidrun ihrer Nichte entgegen.

»So lange mein Bruder und dein Sohn nicht mehr zahlen, zahle ich auch nicht mehr, als ich damals mit Papa vereinbart hatte! Ich muss jetzt los, arbeiten. Schön, dass wir dich kennengelernt haben, Herr Mattes, äh, Pit. Lass dich von der Schwarzen Witwe nicht einlullen«, entgegnete sie, machte eine abwertende Handbewegung zu ihrer Tante und verschwand.

»Diese blöde Ziege, ich könnte sie umbringen!«

»Tu dir keinen Zwang an! Wenn du es nicht machst, realisiere ich es«, erklärte Gert Bär, der zusammen mit Sabine in die Bibliothek kam. Sie hatten den Streit gehört. Auch Manfred Herta folgte ihnen eine Minute später.

»Und?«, fragte Heidrun. »Springt dein Auto wieder an?«

»Das springt immer an, nur die Batterie schwächelt bei dem regennassen Wetter«, antwortete Gert Bär entrüstet.

»Was hast du für ein Auto?«, fragte darauf Sabine.

»Einen 1967er Ford-Mustang. Den habe ich in den USA gekauft. Komplett mit allem Drum und Dran. Da war sogar das Pflegemittel für die Felgen im Kofferraum.«

»Ist das ein Zweisitzer?«

»Ja, es ist ein Coupé.«

»Wow!«, staunte Sabine und verabschiedete sich, um die Bibliothek zu verlassen.

»Gert, wo hast du Annette gelassen?«, wollte Heidrun wissen.

»Die schläft schon. Ich gehe ein Bier trinken und mich aufwärmen!«, antwortete er und verschwand. Auch Herr Herta verließ die Bibliothek, nachdem er die Zeitung beiseitegelegt hatte.

»Mister Bär geht wieder in den Puff«, grummelte Heidrun.

Pit schaute zu Mio, sie schlief unruhig. Oder zumindest tat sie so. Er streichelte ihren Rücken und sie gab ein leises, zufriedenes Stöhnen von sich.

»Wer wird erben?«, fragte Pit, nicht ohne Hintergedanken, denn er wusste von der Absicht, dass Parsifal sein Testament ändern wollte.

»Sabine, seine Frau natürlich. Alle anderen haben ihren Anteil schon bekommen. Ich eingeschlossen.«

»Verstehe!« Pit überlegte, ob er tiefer nachhaken sollte. Mio bewegte sich. Sie wachte auf. »Habe ich was verpasst?«

»Nein, nichts Wesentliches.«

Manfred Herta betrat erneut den Raum. Dieses Mal hatte er eine Weinflasche in der Hand. Er schlich zum Sideboard, öffnete sie und goss sich ein Glas Rotwein ein. Dann setzte er sich zu seiner Zeitung. Mattes versuchte, ein Gespräch mit ihm anzufangen. Es gelang ihm nicht.

»Dann können wir doch eigentlich ins Bett gehen.«

»Ja, Mio, das können wir«, antwortete Pit und half ihr aufzustehen. Sie verließen die Bibliothek.

FREITAG, 22.02.2019, 23:30 UHR,
BLANKENESE, BÄR-VILLA, GÄSTEWOHNUNG ›PFEFFER‹

»Pit, was hältst du von Annette?«, fragte Mio, als sie im Bett lagen.

»Na ja, anstrengend.«

»So meinte ich die Fragen nicht. Mehr so: Wie attraktiv findest du Annette?«

»Na ja.«

»Hältst du sie für attraktiv? So figurenmäßig?«

»Auf ihre Art ist sie wohl sexy. Zumindest ist ihre Weiblichkeit ausgeprägt!«

»Magst du einen so großen Busen?«

»Mio, bist du eifersüchtig?«

»Weich meiner Frage nicht aus.«

»Mhm, das kommt doch auf die Person an. Manchen Frauen steht so ein Superbusen.«

»Soll ich meinen vergrößern?«

»Bloß nicht. Bitte bleib so, wie du bist«, flüsterte Pit und streichelte ihren Rücken.

»Was empfindest du, wenn dich eine Frau so auffällig anbaggert?«

»Was, welche Frau baggert mich an?«

»Nun tu nicht so. Annette hat dir den ganzen Abend ihren Busen entgegengestreckt. Und am Buffet hat sie dich fast aufgespießt.«

»Also doch eifersüchtig?«, schmunzelte er und gab ihr einen Kuss.

»Na, vielleicht ein bisschen.«

»Schatz, es kann keine andere Frau mit dir mithalten. Annette wollte sogar mit ihrem Bein unterm Tisch fummeln.«

»Ah, darum bist du mit deinem Stuhl so weit nach hinten gerutscht. Hatte mich schon gewundert, was das sollte.«

»Schatz, ich liebe dich.«

»Ich dich auch. Pit – du bist ein hervorragender Liebhaber. Das haben schon Petra und Gertrud von dir behauptet. Ich möchte nur nicht, dass Annette das herausfindet.«

»Keine Sorge! Aber nun komm …«

»Annette hat was mit Manfred Herta.«

»Ah, wie kommst du darauf?«

»Sie hat ihm zugeblinzelt, als sie den Speisesaal verließ. Und als sich Gert Bär um einundzwanzig Uhr dreißig aus der Villa verabschiedete, änderte Herta seinen Plan, die Zeitung zu lesen und verschwand aus der Bibliothek. Nach einer Stunde kam er erhitzt zurück und sein Hosenschlitz stand offen.«

»Wow, gut beobachtet. Dann hattest du nicht geschlafen.«

»Ich habe versucht, bewusst zuzuhören und zu beobachten. Das schaffe ich noch nicht so wie du. Aber wenn ich mich schlafend stelle, kann ich mich viel besser auf mein Umfeld konzentrieren.«

»Definitiv.«

»Pit, und jetzt möchte ich …« Weiter kam sie nicht. Pit küsste sie leidenschaftlich.

9

Um sechs Uhr klopfte es an der Appartementtür. Pit wachte auf, zog sich den Morgenmantel an und öffnete. Davor stand Johann.

»Entschuldigen Sie, Herr Mattes, dass ich Sie so früh störe. Aber es ist etwas Schlimmes passiert. Kommen Sie bitte mit und schauen sich das an.«

»Was ist passiert?«

»Frau Doris Bär ist tot.«

»Ich komme«, sagte Pit, zog den Schlüssel von der Wohnungstür ab, steckte ihn in den Mantel und wollte gerade los. Mio hielt ihn am Arm fest. »Ich will mit!«

Johann ging voran. Sie erreichten den Speisesaal. Das Licht brannte. Am Kopfende des Esstisches saß Doris Bär. Ihr Kopf lag auf dem Tisch, die Arme hingen herunter. Man könnte fast annehmen, sie wäre am Tisch eingeschlafen.

Pit ging zu ihr. Pit fühlte nach einem Puls an der Halsschlagader, sie war kalt und kein Puls zu fühlen. »Rufen Sie einen Notarzt und die Polizei!«

Mio lief zu Pit und blickte ihn fragend an.

»Nichts anfassen. Die Kripo wird feststellen, was passiert ist. Gehen wir hier raus.« Bevor Pit den Raum verließ, schaute er noch einmal zurück und prägte sich alles genau ein.

Die Polizei und der Notarzt kamen eine Viertelstunde später. Johann führte sie in den Speisesaal.

Um sieben kam Kriminalhauptkommissar Engelmann in Begleitung seiner Kollegin Frau Ilkay Aslan. Zur Begrüßung klopfte der Kommissar Pit auf die Schulter. Mio gab er die Hand. Er blieb nur zehn Minuten im Esszimmer.

»Doris Bär ist tot. Der Notarzt bestätigt das. Die Spurensicherung ist verständigt. Der Rechtsmediziner wird in einer halben Stunde hier sein. Ob sie eines natürlichen Todes gestorben ist, wird er feststellen.«

»Ja«, flüsterte Mattes und zog seine Schultern hoch.

»Herr Mattes, vermuten Sie Fremdeinwirkung?«

»Sagen wir mal so: Ich würde es nicht ausschließen.«

»Okay, können wir uns irgendwo in Ruhe unterhalten?«

»Ja, gehen wir in die Bibliothek. Da ist es auch wärmer.«

»Frau Takahashi, kommen Sie bitte mit.«

SONNABEND, 23.02.2019, 7:30 UHR,
BLANKENESE, BÄR-VILLA, BIBLIOTHEK

Bevor sie in die Bibliothek gingen, sprach Herr Engelmann mit einem Polizisten, der im Foyer stand und dort Posten bezog. Danach setzten sich die vier in der Bibliothek an den Tisch.

»Erzählen Sie mal, was haben Sie beobachtet, gesehen und welche Vermutungen haben Sie?«

Pit erklärte den Ablauf von dem Zeitpunkt, als Johann an der Wohnungstür geklopft hatte. Mio saß neben Pit und hörte aufmerksam zu.

Frau Ilkay Aslan holte im Anschluss Johann in die Bibliothek, Mio und Pit durften dabei bleiben. Es klingelte an der Haustür. Der Buttler stand auf und wollte öffnen. Mio hielt ihn zurück. »Ich gehe!«

»Das wird die Spurensicherung oder der Gerichtsmediziner sein«, erwähnte Engelmann.

»Ich kümmere mich darum«, rief Mio auf dem Weg aus der Bibliothek.

»Erzählen Sie, was passiert ist. Sie sind der Buttler?«

»Ja, Herr Kommissar. Ich stand heute Morgen wie jeden Tag um fünf Uhr auf. Um fünf Uhr dreißig kochte ich mir einen Kaffee und frühstückte in der Küche. Es war so gegen zehn Minuten vor sechs. Ich wollte die Heizung im Speisesaal hochdrehen. Und dort fand ich Frau Bär, reglos und kalt. Ich lief zur Einliegerwohnung ›Pfeffer‹, das ist die Wohnung, in der Herr Mattes und Frau Takahashi wohnen, um sie um Hilfe zu bitten.«

»Und was passierte dann?«

Johann erzählte den Rest der Geschichte und dass er die Polizei angerufen hatte.

»Die Videos aus den Überwachungskameras werde ich Ihnen gleich zur Verfügung stellen. Ich vermute, Sie wünschen, einen Blick darauf zu werfen.«

»Gerne, sehr gerne! Erzählen Sie weiter.«

»Um sieben Uhr dreißig kommt Frau Sinnlein, unsere Küchenkraft. Ich würde gleich mit ihr das Frühstücksbuffet bereitstellen. Herr Kommissar, ich habe dafür den Saal vorgesehen. Dort bekommen auch Sie einen heißen Kaffee, Tee und frische Brötchen.«

»Danke Herr, ähm, wie war noch mal Ihr Name?«

»Johann, Johann das reicht!«

»Danke, und wie ist Ihr Nachname?«

»Johann! Mein Familienname ist Johann. Der Vorname ist Cornelius. Bitte verraten Sie den nicht weiter.«

»Natürlich, das war es auch. Schicken Sie Herrn Manfred Herta in die Bibliothek.«

»Sehr gerne!«, sagte er. Dann schritt er langsam und würdevoll aus dem Zimmer.

Pit folgte ihm. Er hoffte, auf dem Flur oder im Foyer Mio zu treffen. Sie war nicht dort. Er schaute in den Saal, auch da war Mio nicht zu sehen. Langsam wurde er unruhig und ging schnellen Schrittes in den Speiseraum, wo die Polizisten von der Spurensicherung arbeiteten. »Hier können Sie nicht hinein. Kann ich was für Sie tun?«, fragte ein Mann mit tiefer Stimme und in einem weißen Overall mit Kapuze, Mundschutz und Handschuhen.

»Ich suche meine Frau – Frau Takahashi!«

»Okay, sie ist da drüben!«, antwortete der vermummte Polizist und zeigte auf eine ebenso verkleidete Person am Esstisch. »Sie unterstützt uns ein wenig.«

»Hä?«

»Sie fragte, ob sie zuschauen dürfe. Da wir nur zu dritt sind, habe ich sie fürs Protokoll abgestellt.«

»Logisch«, sagte Mattes, er bedankte sich kurz, schüttelte den Kopf und verließ den Raum.

»Herr Mattes. Wo ist Frau Takahashi?«, fragte Kriminalkommissar Engelmann, als Pit das Foyer betrat.

»Oh, sie hat sich verkleidet und schreibt Protokolle.«

»Schade, ich könnte sie jetzt gut brauchen.«

»Gehen Sie in den Speiseraum, dort finden Sie sie.«

Der Schriftsteller ging in den großen Saal und organisierte das Frühstück für Mio und für sich. Er hatte gerade den Tee eingegossen, da kam Mio mit dem Kriminalpolizisten um die Ecke. Beide genossen sie eine ausgiebige Mahlzeit. Walter Engelmann setzte sich zu ihnen und trank drei Tassen Kaffee.

»Wie, nur Kaffee?«, fragte Mio.

»Jo – ohne Kaffee funktioniert mein Gehirn nicht. – Können wir gleich weitermachen? Ich bin müde und möchte so schnell wie möglich nach Hause«, fragte er.

»Selbstverständlich!«

»Frau Takahashi, ich habe eine Bitte. Würden Sie mich bei der technischen Personenerfassung unterstützen?«

»Natürlich. Sehr gern sogar! Was soll ich machen?«

»Wenn Sie bei den Probanden die Speichelprobe für die DNA-Analyse und die Fingerabdrücke abnehmen würden, könnten wir unsere Bearbeitungszeit wesentlich verkürzen.«

»Das mache ich doch gern.«

Herr Engelmann stand auf und setzte sich an einen freien Tisch in der hintersten Ecke. Er klappte seinen Laptop auf und arbeitete. Mio und Pit verließen den Saal und gingen ins Foyer, wo Annette auf den Polizisten einredete.

Sabine kam die Treppe herunter und Mio winkte ihr zu. Als Annette sie sah, zog sie die Schultern hoch, drehte sich um und verschwand.

»Moin, Sabine! Ist alles okay bei dir?«

»Guten Morgen, Mio. Ja, ich habe geschlafen wie ein Murmeltier. Ich bin gestern Abend eingeschlafen und heute früh durch den Wecker wach geworden. Begleitest du mich nachher zum Beerdigungsunternehmen? Und dann sollten wir um elf zum Notar fahren, zur Testamentseröffnung. Soviel ich weiß, müssen du und Pit auch dorthin.«

»Natürlich, Sabine. Aber … nun – Doris ist heute Nacht gestorben. Die Kriminalpolizei ist hier und untersucht den Todesfall.«

Sabine schrie auf: »Was ist passiert?«

»Die Polizei wird das untersuchen. Es werden gerade die Familienmitglieder in der Bibliothek befragt. Komm, Sabine, gehen wir erst einmal in den Saal und trinken eine Tasse Tee.«

SONNABEND, 23.02.2019, 8:45 UHR,
BLANKENESE, BÄR-VILLA, BIBLIOTHEK

Herr Gert Bär betrat die Bibliothek. Er war sichtlich nervös.

»Bitte nehmen Sie dort Platz«, forderte Kriminalkommissarin Ilkay Aslan ihn auf.

Zuerst nahm die Beamtin die Personalien auf.

»Herr Bär, wann verließen Sie gestern das Haus?«, fragte Engelmann.

»Das muss so gegen einundzwanzig Uhr dreißig gewesen sein.«

Der Kommissar schaute zu Mattes. Er nickte nur.

»Wann kamen Sie wieder?«, setzte Frau Aslan die Befragung fort.

»Das war kurz vor vier.«

»Sind Sie direkt in Ihr Appartement gegangen?«

»Nein, ich wollte noch einen Schluck trinken. Deshalb ging ich in den Speisesaal. Dort saß Doris am Tisch.«

»Was geschah dann?«

»Ich bin gegangen.«

»Warum? Sie wollten doch was trinken!«

»Doris fing gleich an zu meckern. Da hatte ich keine Lust drauf und bin verschwunden.«

»Wo befand sich Doris Bär?«

»Sie stand am Buffet, hatte ein Glas Wein und eine Flasche in der Hand. Sie goss sich etwas ein.«

»Wie lange waren Sie im Speiseraum?«

»Vielleicht eine Minute.«

»Was machten Sie danach?«

»Ich ging ins Bett.«

Kriminalhauptkommissar Engelmann zeigte Pit sein Mobiltelefon. Pit las eine Nachricht vom Gerichtsmediziner: ›Ich nehme die Tote mit ins Institut. Verdacht: Tod durch Vergiftung!‹

Damit hatte Mattes gerechnet. Er gab das Telefon zurück.

»Geben Sie bitte bei Frau Takahashi eine Speichelprobe ab und hinterlassen Sie Ihre Fingerabdrücke«, beendete Frau Aslan die Befragung.

»Dazu können Sie mich nicht zwingen!«

»Das ist richtig, Herr Bär. Wir gehen zurzeit von einem Tötungsdelikt aus und Sie sind unser Hauptverdächtiger. Ich werde mir einen Beschluss von der Staatsanwaltschaft holen. Ab sofort stehen Sie unter Arrest. Sie dürfen nicht aus dem Haus gehen. Sie können jetzt den Raum verlassen. Und schicken Sie uns Ihre Frau herein«, wies Engelmann an, der laut und bestimmend wurde.

Gert Bär verließ die Bibliothek.

»Ich telefoniere gleich mit der Staatsanwaltschaft, wir nehmen Bär mit.«

»Ich halte ihn für den Täter. Er präparierte den Kronleuchter und löste ihn gestern mit der Garagenfernbedienung aus seinem Auto aus. Ich habe es ausprobiert, er konnte von seiner Parkposition durch die Glastür sehen, wann Frau Bär unter dem Lüster stand«, erklärte Frau Aslan. Pit Mattes registrierte dieses Detail und versank einen Augenblick in seiner Gedankenwelt.

»Dem stimme ich zu! Ich schließe mich deiner Meinung an«, kam es von Kriminalkommissar Engelmann. »Herr Mattes, was sagen Sie dazu?«

»Noch nichts, wir sollten zuerst seine Aussagen überprüfen. Die Aufnahmen aus der Videoüberwachung, Speisesaal und Foyer könnten die Angaben bestätigen«, antwortete Mattes.

»Richtig. Die beiden Filme habe ich von Herrn Johann bekommen. In dem vom Speiseraum habe ich schon kurz hereingeschaut. Leider deckt die Überwachung nicht den gesamten Raum ab, sondern hauptsächlich die Vitrine.«

»Das bedeutet, dass Gert Bär nicht auf dem Film ist?«

»Richtig, Frau Takahashi. Auch Doris Bär ist nicht immer zu sehen. Sie setzte sich an den Tisch und muss eingeschlafen sein. Dann kam Herr Johann. Wir schauen uns das noch mal genauer an.«

Herr Engelmann stand auf und telefonierte mit der Staatsanwältin, die an diesem Sonnabend Dienst hatte.

In der folgenden Stunde wurden Annette Bär, Sabine Bär und Heidrun Herta gehört. Annette Bär erzählte fünfzehn Minuten alles Mögliche, konnte aber zum Hergang nichts beitragen. Heidrun hatte noch nicht mitbekommen, dass Doris Bär tot im Speisesaal gefunden worden war. Mio nahm von allen die Fingerabdrücke, eine Speichelprobe und dokumentierte das. Pit saß die ganze Zeit auf einem Stuhl neben Walter Engelmann und hörte aufmerksam zu. Die Befragungen wurden von Kriminalkommissarin Ilkay Aslan durchgeführt. Nach der Anhörung von Frau Herta hatten sie sich eine Pause verdient. Mio verließ die Räumlichkeit, um Johann zu suchen. Sie bat ihn, Wasser, Tee und Kaffee in die Bibliothek zu bringen.

SONNABEND, 23.02.2019, 9:30 UHR,
BLANKENESE, BÄR-VILLA, FOYER

Im Foyer traf Mio auf Annette. Sie berichtete, dass man ihren Mann verhaftet habe. »Ich werde noch verrückt. Ich verstehe das alles nicht. Warum sollte er Sabine umbringen wollen? So schön ist die nicht. Nichts dran an der. Vorne flach und hinten ist auch nicht viel los. Da muss man nicht hinterherlaufen. Und Gert, ausgerechnet Gert, der doch nicht! Nun sagen Sie mal was. Frau Mio! Mein Mann bekommt genug Sex. Nein, der läuft nicht hinter anderen Frauen her. Und dann die Geschichte mit Doris. Ich habe immer gesagt, die ist auf Droge. Die hat sich selbst einen geschossen. War dieses Mal wohl ein wenig zu viel? Na ja! Frau Mio, die Polizei wird das schon richten. Haben Sie den netten Herrn gesehen? Ja, ich meine den, der vorhin gekommen ist und mit dem Polizisten gesprochen hat? Das ist ein Doktor. Ein richtiger Arzt. Gut sieht der aus …«, schwallte es aus ihr heraus.

Mio hörte schon gar nicht mehr hin. Sie suchte nach einer Gelegenheit, wegzukommen.

Pit Mattes kam aus der Bibliothek. Er erkannte sofort, in welchem Dilemma Mio steckte.

»Mio, hast du einen Augenblick Zeit für mich?«, rief er.

»Natürlich!«, antwortete sie, entschuldigte sich bei Annette und huschte zu Pit.

»Danke!«

»Da nich für!«, flüsterte er und fasste sie an die Schulter.

»Herr Mattes!«

Pit erschrak und drehte sich um. Johann stand hinter ihm. »Herr Mattes, mir ist noch was eingefallen«, wisperte er.

»Und was?«

»Gestern Abend kam Frau Bär zu mir und bat um einen Ersatzschlüssel. Sie berichtete, dass sie ihren Schlüssel verloren habe.«

»Wann war das?«

»Das muss so gegen dreiundzwanzig Uhr gewesen sein.«

»Verstehe, danke – danke für den Hinweis!«

Ilkay Aslan stand in der Tür zur Bibliothek und winkte Mio zu sich.

»Keine Ursache«, erwiderte Johann und wollte schon gehen.

»Ah, Moment. Wo und wann hat Frau Bär ihren Schlüssel verloren?«

»Sie glaubt, er ist ihr im Garten abhandengekommen. Sie ging gegen zweiundzwanzig Uhr fünfzehn auf die Terrasse und von dort in die Gartenanlage.«

»Danke, Johann, der Schlüssel wird sich bestimmt wiederfinden«, prognostizierte Mattes. Er überlegte einen Augenblick, spazierte in den Saal und schaute durch die Terrassentür in den Garten.

»Hallo, Pit«, hörte er eine Frauenstimme hinter sich. Er erschrak, denn er war in Gedanken bei Doris Bär.

»Entschuldige bitte, ich wollte dich nicht erschrecken«, sagte Sabine.

»Ist okay, ich war nur in meinen Überlegungen versunken.«

»Ich hoffe, du hast nichts dagegen, dass ich Mio in Beschlag nehme. Das sind nur noch ein paar Stunden, denn heute Abend kommt mein Bruder.«

Der Gerichtsmediziner verließ den Speiseraum. Er stand im Foyer und schaute sich um. Mattes erkannte ihn und hob seine Hand. Der Mediziner kam auf Pit zu.

»Hey, Pit! Meinst du nicht auch, dass wir uns viel zu oft beruflich treffen?«

»Jo, da könntest du recht haben.«

»Kanntest du die Frau?«

»Du meinst Doris Bär? Ja, einmal von früher und dann seit ein paar Tagen wieder.«

»Und, was meinst du?«, fragte der Doktor weiter.

»Wenn du Selbstmord meinst, das schließe ich aus.«

»Okay. Der Tod trat gegen vier Uhr ein, plus/minus einer halben Stunde. Ich vermute, sie starb an Gift. Wahrscheinlich ein Narkotikum. Das muss ich untersuchen. Heute Abend oder morgen früh kann ich mehr sagen.«

»Danke, Ortwin. Und, Freitag im Blockbräu?«

»Jo, neunzehn Uhr. Und bring diesmal Mio mit!«

»Ich werde sie fragen! Tschüss Ortwin.«

Pits Mobiltelefon klingelte, die Nummer kannte er nicht. Er sah, dass jemand aus dem Polizeipräsidium anrief. Es war Frau Raptis.

»Hallo, Herr Mattes. Walter – ah, Herr Engelmann – hat mir eben gesagt, dass ich Sie jetzt erreichen kann. Ich möchte mich bei Ihnen für gestern Vormittag entschuldigen. Den Kuss, den ich Ihnen gab, war eine Wette mit meiner Kollegin. Als Walter erzählte, dass Sie ins Präsidium kommen, war ich so aufgeregt, dass ich auf so eine blöde Wette einging.«

»Akzeptiert und verziehen.«

»Herr Mattes, wenn was ist, rufen Sie mich bei Tag oder Nacht an. Ich werde alles für Sie erledigen!«

»So ein schlechtes Gewissen?«

»Das nun nicht, aber sehr viel Zeit. Ich habe einen Heimarbeitsplatz und kann von zu Hause aus ermitteln. Herr Mattes, die Arbeit ist das Einzige, was mir geblieben ist. Bitte rufen Sie an.«

»Frau Raptis, ich verspreche es.«

»Danke!«, sagte sie und legte auf.

SONNABEND, 23.02.2019, 10:00 UHR,
BLANKENESE, BÄR-VILLA, BIBLIOTHEK

»Es war ein Mordanschlag auf Sabine Bär!«

»Warum? Wie kommen Sie darauf?«

»Herr Mattes, Gert Bär wurde von uns mit dem dringenden Tatverdacht, dass er den Kronleuchter manipuliert und mit einer Fernauslösung zum Absturz gebracht hat, festgenommen. Während der Leuchter fiel, saß er im Auto, das direkt vor der Haustür parkte. Er konnte beobachten, wie Frau Bär sich unter dem Lüster aufhielt. Die passende Fernbedienung zu dem Auslösemechanismus haben wir in seiner Schreibtischschublade im Büro der Firma *Bär* gefunden. Ich habe eben die Reichweite des Fernauslösers geprüft«, referierte Kriminalhauptkommissar Engelmann.

»Und warum gerade Gert Bär? Ich besitze auch so eine Fernbedienung«, entgegnete Mattes.

»Ich weiß, ich habe eine Liste aller Geräte von Johann bekommen. Aber Ihre Fernsteuerung hat eine andere Frequenz.«

»Verstehe.«

»Es bleibt nur Gert Bär! Und das Gerät lag in seiner Schreibtischschublade.«

»Ist das nicht zu offensichtlich?«, warf Mio ein.

»Nein, ich habe mit unseren Technikern gesprochen. Der Kronleuchter wurde mit einer fernausgelösten Sprengung zum Absturz gebracht. Der Empfänger wurde gefunden und untersucht. Die Sprengung wurde mit einem Signal, das dem aus Gert Bärs Fernbedienung entspricht, ausgelöst.«

»Vorausgesetzt es hat kein anderer so einen Sender … Und was ist mit dem Tod von Doris?«, fragte Mio.

»Die Bestätigung, dass es sich um einen nicht natürlichen Tod handelt, liegt von der Gerichtsmedizin nicht vor. Bis dahin ermitteln wir in alle Richtungen. Falls ein Fremdverschulden vorliegt, ist Herr Bär verdächtigt. Er ist der Letzte, der die Tote gesehen hat. Die Videos aus den Überwachungskameras entlasten ihn nicht und ein Motiv hat er auch.«

»Was für ein Motiv soll er denn gehabt haben, seine Schwester umzubringen? Das kann ich noch nicht nachvollziehen«, fragte Mio und schaute ungläubig den Polizisten an.

Pit Mattes saß im Sessel, hörte aufmerksam zu, sagte aber kein Wort.

Gestört wurden sie von Sabine, die in die Bibliothek kam. »Mio, ich fahre mit Heidrun, ihr braucht nicht auf mich zu warten.«

»Das ist okay, Sabine, wir fahren auch gleich.«

»Wir sind ja fast fertig. Ich möchte nur noch mit der Küchenkraft sprechen. Frau Sinnlein, hieß die, glaub ich«, erwähnte Walter Engelmann. Mio und Pit verabschiedeten sich.

SONNABEND, 23.02.2019, 11:00 UHR,
PRAXIS DES NOTARS

Mio fuhr. Pit hatte sich mittlerweile an den forschen, aber sicheren Fahrstil von ihr gewöhnt. Sie erreichten die Kanzlei um kurz vor elf Uhr. Sabine war mit Heidrun gekommen. Gert Bär war im Polizeigewahrsam, konnte deshalb nicht an der Testamentseröffnung teilnehmen. Heidruns Sohn Manfred stand am Kanzleiempfang. Annette Bär und ein älterer Herr saßen im Wartezimmer. Mio und Pit gaben der Rechtsanwaltsgehilfin ihre Personalausweise.

Doktor Michael Grundwasser bat alle in den großen Besprechungsraum. Sabine und Annette waren überrascht, als der ältere Herr aufstand und mit in den Raum ging.

»Danke, dass Sie so kurzfristig zur Testamentseröffnung kommen konnten«, begann der Notar. »Ich stelle fest, dass alle, die eingeladen wurden, bis auf Doris und Gert Bär, anwesend sind. Martin Bär wird durch seinen Großvater, Wilhelm Flater vertreten. Eine entsprechende Vollmacht liegt der Kanzlei vor.«

Pit musste grinsen, hatte er doch Herr Flater erkannt. Er hatte diesen in der Familienchronik aufgrund des Hochzeitsbildes von Gert und Annette Bär erkannt, das am 4. April 2000 vor dem Michel aufgenommen worden war. Der kurze Händedruck von Mio bestätigte, dass auch sie ihn zuordnen konnte.

»Ich habe Sie hergebeten, um Ihnen den letzten Willen von Parsifal Bär mitzuteilen.«

Der Notar öffnete eine lederne Mappe und schaute in die Runde. »Meine Sekretärin und ich besuchten den Klienten Parsifal Bär am 19. Februar, um dreizehn Uhr. Er händigte mir eine Neufassung seines Testaments aus.« Der Doktor machte eine Pause und sah in einige überraschte Gesichter. Es war auffallend ruhig in dem Raum. Die Spannung knisterte. »Wir konnten uns von seiner geistigen Zurechnungsfähigkeit überzeugen. Das Testament ist handgeschrieben, Parsifal Bär unterschrieb es in unserer Gegenwart. Kommen wir zum Text.«

Der Notar las den letzten Willen von Parsifal vor. Sabine Bär, seine liebe Ehefrau, bekam von seinem Barvermögen sieben Millionen Euro zugesprochen. Seine Kinder Doris und Gert hatten ihr Erbe bereits bekommen. Ihnen wurde ein Wohnrecht in der Villa eingeräumt und ein einmaliger Geldbetrag von jeweils fünfzigtausend Euro.

»Heidrun Herta, meine Schwester, bekommt neben dem Wohnrecht in der Bär-Villa eine einmalige Geldsumme von fünfhunderttausend Euro.«

Ein Raunen ging durch das Zimmer. Mio schaute zu Sabine rüber, ihr standen die Tränen in den Augen. *Das ist echt, das ist nicht gespielt!*, stellte sie fest.

»Manfred Herta räume ich ebenfalls ein Wohnrecht in der Villa ein. Er bekommt allerdings keinen Geldbetrag«, las der Doktor vor. »Herr Herta, Näheres dazu ist in einem gesonderten Dokument beschrieben, welches mir vorliegt. Ich händige Ihnen im Anschluss eine Kopie aus«, schob er dazwischen.

»Kommen wir zu Peter Johannes Mattes und zu Mio Takahashi«, setzte der Doktor fort und suchte etwas in seinen Akten. »Bevor ich den Text aus dem Testament weiter vorlese, möchte ich Herrn Mattes einen persönlichen Brief von dem verstorbenen Herrn Bär überreichen.« Er übergab einen verschlossenen Umschlag. Pit war etwas verwundert, wusste jedoch, dass das der Stil von Parsifal war. Er schmunzelte. *Hat mich der Knabe wieder einmal überrumpelt. Bin gespannt, was er vorhat*, waren seine Gedanken.

»Ich lese weiter im Testament«, begann der Notar. »Mio und Pit, Sabine und ich hatten vor, euch das Appartement am Kaiserkai zu eurer Hochzeit zu schenken. Wenn diese Zeilen verlesen werden, ist irgendetwas dazwischengekommen, so werde ich euch die Wohnung vererben«, las der Jurist.

»Mein Haupterbe ist mein Enkel Martin Bär. Er wird mein Nachfolger und damit das Oberhaupt der Familie Bär. Ihm vermache ich die fünfundfünfzig Prozent der Firma Bär Gewürze und meine gesamten Aktien. Das Paket hat einen Gesamtwert von einhundertfünfzig Millionen Euro und ist zweckgebunden, um die Firma Bär Gewürze zu sanieren. Ich habe dies bereits mit meinem Enkel Martin und seiner Verlobten abgestimmt.«

Pit erinnerte sich: *Ich hatte eigentlich was anderes vor. Aber die Zeit ist noch nicht reif dafür,* waren die Worte von Parsifal, als er ihn ein paar Stunden vor seinem Tod vor dem Feuerschiff getroffen hatte. Über diesen Satz hatte Pit eine Weile nachgedacht, konnte sich jedoch keinen Reim darauf machen. Jetzt erkannte er die Bedeutung. *Parsifal, du alter Fuchs.*

Der Notar setzte seine Arbeit fort. Johann, Parsifals Butler, bekam eine monatliche Rente und das Wohnrecht in der Einliegerwohnung der Blankeneser Villa. »Alle Wohnrechte sind im Grundbuch eingetragen«, bestätigte der Notar.

Anschließend folgten die üblichen Formalitäten und Unterschriften. Die Personalausweise wurden wieder ausgehändigt und sie verließen das Notariat.

»Wenn Sie den Brief von Parsifal gelesen haben, werden Sie alles begreifen«, rief Herr Flater Mattes zu.

»Verstehe – nur schade, dass er mir das nicht mehr persönlich sagen kann. Was macht Ihr Enkel Martin denn zurzeit?«, fragte Pit, obwohl er die Antwort schon wusste. Pit wollte lediglich wissen, wie der Großvater zu seinem Enkel stand.

»Martin wird im April dreiundzwanzig, er hat im Herbst sein Masterstudium für Betriebswirtschaft abgeschlossen. Gerade ist er in den Staaten und macht dort ein Praxisjahr bei einem großen Gewürzhändler. Parsifal Bär hat ihn immer unterstützt und dafür gesorgt, dass er es bei seinen Großeltern gut hatte. Herr Mattes, jetzt sind Sie dran.«

Pit stutzte, Mio grinste in sich hinein.

»Lesen Sie Ihren Brief. Dann verstehen Sie alles!«, erklärte er. Dann grüßte er, indem er den Hut hob, drehte sich um und ging zu seinem Volvo. Mio und Pit schauten ihm nach.

»Nun lies endlich den Brief!«, forderte Mio, als sie im Auto saßen. Pit holte den Umschlag aus seiner Tasche und betrachtete ihn. Mit großen schwungvollen Buchstaben stand darauf: *An meinen Freund Pit Mattes und seine charmante Mio Takahashi.* Er erkannte die Handschrift seines Freundes.

Pit öffnete den Brief und las. Er las das Schreiben ein zweites Mal. Ihm kamen die Tränen und er ließ das Schriftstück auf seinen Schoß sinken. Mio fasste Pit an die Schulter. Er schaute sie an und reichte ihr den Brief. Sie wurde bleich und ihr kamen die Tränen.

Liebe Mio und lieber Pit!

Nun ist es doch so gekommen und ich bin nicht mehr in dieser Welt. Ich weiß nicht, wie ich es Euch sagen soll. Aber es gibt zwei Sachen, die ich seit Jahren mit mir herumschleppe.

Ich habe den Fehler gemacht und den Unfall, bei dem meine Frau Gudrun ums Leben kam, von einem Experten untersuchen lassen. Er hat den gesamten Ablauf rekonstruiert und dabei festgestellt, dass nicht Gudrun gefahren ist, sondern Gert. Mein Sohn war betrunken. Ich war verzweifelt und habe deshalb sämtliche Verbindungen hier in Hamburg gekappt. Ich wollte nichts mehr von meiner

Familie hören. Ein Jahr später traf ich Gerts Schwieger-
vater, Wilhelm Flater, in Bern. Er behauptete, dass Gert
seine Tochter ermordet habe. Ich wollte das nicht glauben
und ließ den Fall durch eine Schweizer Detektei untersu-
chen. Die kamen zu derselben Erkenntnis. Wilhelm ist mit
dem Gutachten zur Staatsanwaltschaft gegangen – ohne
Erfolg.
Mio, Pit, ich habe die große Bitte an Euch: Bitte be-
schützt Sabine. Ich habe Angst, ihr könnte etwas passie-
ren. Und dann habe ich noch ein Anliegen an Euch. An-
na und Martin sind meine Hoffnung für das Unterneh-
men. Habt ein Auge auf die beiden.
Danke, Euer
Parsifal
Hamburg, 19. Februar 2019

»Jetzt wissen wir, was er durchgemacht hat.«

»Oh ja, Pit. Und das erklärt, warum er Hamburg verließ.«

Erst fünf Minuten später startete Mio den Mercedes.
Aus dem Radio war Phil Collins *You'll be in my heart* zu
hören.

SONNABEND, 23.02.2019, 13:00 UHR,
BLANKENESE, RESTAURANT MIT ELBBLICK

Die Fahrt ging durch die Stadt, durch Bahrenfeld nach
Blankenese. Das Ziel war ein kleines Restaurant, indem

sie gemeinsam Mittagessen wollten. Heidrun, Sabine, Manfred und Annette warteten bereits vor der Eingangstür. Mio merkte sofort, dass die Stimmung nicht gerade freundschaftlich war.

Sabine kam weinend auf Mio zu und fiel ihr in den Arm.

»Was ist passiert?«, fragte Mio.

»Die sind so gemein!«, schluchzte Sabine. »So niederträchtig!«

»Was ist passiert?«

»Annette hat *Erbschleicherin* zu mir -«

»Und ist das nicht so?!«, rief Manfred Herta dazwischen. »Ist das nicht so? Schnappt sich den alten Knacker, heiratet ihn und kassiert ab.«

»Hat sich für die Hure auf jeden Fall gelohnt«, fügte Annette hinzu.

»RUHE!«, schrie Pit. Abrupt waren alle still. »Jetzt ist Schluss! Eine schöne Familie ist das hier!«, flüsterte Pit sarkastisch.

»Na, *ihr* könnt euch doch nicht beklagen! Erbt eine Penthouse-Wohnung in der HafenCity!«, legte Annette nach. Die Aggressivität war aber aus ihrer Stimme heraus.

»Beruhigt euch, ihr könnt euch nachher in der Villa zerfleischen. Lasst uns jetzt wie zivilisierte Menschen ins Lokal gehen und vertragen«, sagte Mio. Sie nahm Sabine an die Hand und schritt auf die Eingangstür zu. Pit musste in sich hineingrinsen: *Mio, so selbstbewusst, eine tolle Frau!*

Der Kellner nahm die Mäntel entgegen und führte sie zu einem Tisch mit Aussicht auf die Elbe.

Mio und Pit registrierten, dass Annette Manfreds Hand nahm und sich auch neben ihn setzte. Heidrun und Sabine belegten die gegenüberliegenden Plätze, sodass Mio und Pit sich vis-à-vis niederließen. Mio streckte ihre Hände aus, die Pit nahm und leicht drückte. Sie lächelte ihn an.

»Auf jeden Fall brauche ich für die verkohlte Wohnung kein Geld mehr ausgeben«, schmiss Sabine in den Raum.

»Richtig! Damit müssen sich die beiden jetzt herumärgern«, ergänzte Manfred und nickte in Richtung Mio und Pit.

»Und das wird teuer! Herr Mattes, können Sie als Schriftsteller sich überhaupt so eine Wohnung leisten?«, fragte Annette, und ihre Stimme hatte wieder einen aggressiven Unterton angenommen.

»Die Bilder behalte aber ich«, fügte Sabine hinzu.

Pit war ganz ruhig. Er studierte die Situation, denn in Rage kommt der wahre Charakter eines Menschen hervor. Mio öffnete ihre Handtasche, holte ihr Telefon heraus, schaute auf das schwarze Display und verstaute es wieder in ihrer Tasche.

»Pit, ich muss nach Eppendorf, Geld verdienen. Es gibt ein Problem.«

»Oh! Dann lass uns gleich fahren«, verkündete er und stand auf. »Wir sehen uns heute Abend in der Bibliothek«, rief er den anderen Familienmitgliedern zu.

Der Kellner half Mio in den Mantel.

Pit drehte sich noch einmal zum Tisch um.

»Die passen nicht zu uns«, hörte er von dort. Mio und Pit verließen das Restaurant.

Vor dem Lokal nahm sie Pit in den Arm. »Ich gebe eine Runde Burger aus. Und vielleicht auch ein Getränk! Bin mir allerdings nicht sicher, ob wir uns das leisten können«, flüsterte sie grinsend in Pits Ohr.

»Komm Mio! Weg von hier!«

»Wie lange müssen wir die aushalten?«, fragte sie während der Fahrt.

»Oh Mio, noch ein paar Tage. Ich will den Mörder von Parsifal dingfest machen.«

»Und du bist dir sicher, dass der eben an dem Tisch saß?«, erkundigte sich Mio.

»Bestimmt – Gert Bär schließe ich mit ein.«

»Der ist für mich sowieso der Hauptverdächtige.«

»Ich bin mir nicht sicher. Aber die Wahrscheinlichkeit ist hoch.«

*SONNABEND, 23.02.2019, 14:00 UHR,
TIERPARK HAGENBECK*

Mio chauffierte. Das Wetter klarte auf und die Sonne kam heraus. In Bahrenfeld fuhr sie auf die Autobahn bis Stellingen. Pit genoss den wärmenden Sonnenschein. Als Mio den Wagen ausstellte, registrierte Pit, dass sie auf dem Parkplatz vor dem Tierpark Hagenbeck standen.

»Ich habe mir überlegt, wir drehen eine Runde durch den Tierpark, etwas zu essen bekommen wir hier auch.

Dazu gibt es gute Luft, die den Kopf frei macht«, erklärte sie. Lächelnd zog sie Pit aus dem Auto.

»Sag mal, Pit«, begann sie, als sie die Elefantenhalle betraten. »War Parsifal im privaten auch so ein *Elefant im Porzellanladen* wie in der Firma?«

»Nein, definitiv nicht. Er war ein Mensch, der das Private vom Geschäftlichen strikt getrennt hat.«

»So habe ich ihn auch in Erinnerung, obwohl ich ihn nur zweimal gesehen habe. Ein netter alter Herr, der nicht Nein sagen konnte.«

Im Winterrestaurant aßen sie Spaghetti Bolognese und sprachen über Johann. »Wie ist er vom Notar weggekommen?«, fragte Mio.

»Er stieg zu Herrn Flater ins Auto.«

»Gibt es da eine Verbindung?«

»Möglich«, antwortete er und grübelte darüber nach.

Bei den Bären setzten sie sich auf die Bank.

»Außer den beiden Raben ist hier kein Tier zu sehen.«

»Die Bären halten Winterschlaf. Manchmal möchte ich das auch. Ich möchte mal mit dir ein Wochenende nur im Bett verbringen. Pit, was sagst du dazu?«

»Das kommt darauf an, ob du nur schlafen willst.«

Sie nahm ihn in den Arm und gab ihn einen langen Kuss. »Nicht nur …«

SONNABEND, 23.02.2019, 17:00 UHR,
BLANKENESE, RESTAURANT MIT ELBBLICK

Auf dem Rückweg nach Blankenese hielt Mio bei dem Lokal mit Elbblick.

»Ich habe heute Mittag einen wunderschönen Apfelkuchen gesehen. Und genau darauf habe ich jetzt Appetit. Können wir uns das leisten?«, fragte Mio.

Der Kellner erkannte sie wieder und führte sie zum gleichen Tisch.

»Und, haben die sich weiterhin bekämpft?«, wollte Mio von ihm wissen.

»Ich weiß nicht, was Sie meinen«, antwortete er und verdrehte die Augen. Mio musste lachen.

SONNABEND, 23.02.2019, 19:00 UHR,
BLANKENESE, BÄR-VILLA

Kurz bevor sie zum Abendessen gehen wollten, rief Engelmann an. Pit stellte sein Telefon auf laut, damit Mio mithören konnte.

»Moin zusammen! Hier ein rascher Informationsstand meinerseits: Doris Bär wurde durch Gift getötet. Oder besser, sie vergiftete sich selbst. Alkohol spielte dabei keine Rolle, sie hatte nicht das Geringste im Blut. Johann erwähnte, dass sie bei ihrer Arbeit nicht trinkt. Er lag damit richtig«, begann er und machte eine Pause. Nach einem Augenblick setzte er fort: »Zuerst dachten wir an die Droge Gammahydroxybuttersäure, GHB, die als *Liquid Extasy* bekannt ist. Das ist ein hochprozentiges Schlafmittel, K.o.-Tropfen oder auch Partydroge. Aber in unserem Fall handelte es sich um eine Substanz mit dem Wirkstoff Gammabutyrolacton, GBL. Den findet man in einigen Reinigungsmitteln, Felgenreiniger zum Beispiel. Der Besitz von GBL unterliegt nicht dem Betäubungsmittelgesetz. GHB dagegen ist seit dreizehn

Jahren illegal, und strafbar ist der Missbrauch von GBL zur Synthese von GHB sowie der Verkauf zum Konsum.«

»Verstehe.«

»Im Esszimmer-Sideboard wurden Medikamente aufbewahrt. Wir fanden dort eine Arzneiflasche, in der das Gift war. Die Flasche gehörte Frau Sabine Bär. Johann stellte ihre Medikamente ins Sideboard. Auf der Buddel waren nur Fingerabdrücke von Doris Bär. Keine von Johann und keine von Sabine Bär.«

»Das Präparat hat Sabine am Donnerstag in unserer Eppendorfer Apotheke gekauft. Es handelt sich dabei um ein Nerventonikum. Eine braune Hundert-Milliliter-Flasche in einer weißroten Verpackung. Der Apotheker empfahl das Medikament. Ich war zugegen, als Sabine es kaufte«, erwähnte Mio.

»Passt! Frau Doris Bär war in Behandlung, weil sie Schlafstörungen hatte. Das bestätigte ihr Hausarzt. Sie bekam Arzneimittel. Eine verschriebene Packung Schlaftabletten hat die SpuSi in ihrem Auto gefunden. In der Schachtel war nur eine leere Tablettenkarte.«

»Das bedeutet, der Anschlag galt nicht ihr, sondern Sabine. Und Doris Bär nahm von dem Serum, weil ihre Tabletten verbraucht waren«, schlussfolgerte Pit.

»Möglich. Sehe ich im Moment auch so. Wir ermitteln in jede Richtung. Noch was: Vor zehn Minuten habe ich den Bericht von der Polizeitechnik bekommen. Sie bestätigt, dass die Kette, mit der der Foyer-Leuchter befestigt war, angesägt und mit einer funkgesteuerten kleinen Sprengkapsel ausgelöst wurde.«

»Wie wir vermuteten«, kam es von Mio.

»Und die Überwachungskameras zeigten, dass Gert Bär zum selben Zeitpunkt in seinem Ford-Mustang vor der Haustür saß und dort herumhantierte. Er will telefoniert haben. Das werden wir überprüfen«, ergänzte der Kriminalhauptkommissar.

»Da liegt der Verdacht nah …«

»Ja, muss ja auch mal einfach gehen! Und noch was: Das LKA 31, unsere Spurensicherung, fand in Garage drei, die gehört zu Gert Bär, zwischen den Sommerreifen, eine kleine Flasche. Das LKA 32, die toxikologische Abteilung, untersucht gerade den Inhalt. Ich vermute, dort ist das Gift *GBL* enthalten.«

»Verstehe«, meinte Pit, der einen Moment überlegen musste. »Wer weiß von dem Fund?«

»Außer uns keiner. Und so lange ich nicht genau weiß, was nun wirklich in der Buddel ist, werde ich damit nicht hausieren gehen.«

»Das ist gut – gut zu wissen.«

»Warum? Glauben Sie nicht an die Schuld von Herrn Bär?«

»Ich bin mir nicht sicher. Ich halte ihn nicht für intelligent genug, um so ein Gift herzustellen. Aber vielleicht täusche ich mich.«

»Sie verdächtigen Frau Herta, da sie sich mit Gift auskennt? Sie hat Chemie studiert, sprach oft Morddrohungen aus und ein Alibi hat sie nicht.«

»Nein, Heidrun nicht. Heidrun ist viel zu lieb!«

»Na, ich werde am Montag Gert Bär noch einmal verhören und dann sehen wir weiter. Jetzt mache ich erst mal Wochenende. Wenn was ist, rufen Sie bitte Dimitra an. Sie ist immer zu erreichen und hat Bereitschaftsdienst.«

»Sehen Sie eine Verbindung zum Mord an Parsifal?«

»Herr Mattes! Der Tod von Herrn Bär Senior war ein Unfall. Ich weiß, dass Sie das anders sehen. Aber solange wir keine weiteren Hinweise haben, ist das für die Staatsanwaltschaft und damit auch für mich ein tragisches Unglück.«

»Und was ist mit der Autobombe?«

»Die Autobombe ist ein ganz anderer Fall. Dazu fällt mir ein: Unsere Techniker haben den Sprengkörper genauestens analysiert. Es ist keine einfache Autobombe, für die man die Bauanleitung im Internet findet. Nein – das Ding, das wie ein Auspuffteil aussieht, ist hoch kompliziert. Die Bauteile stammen aus Indien. Dort wird der Sprengsatz von der Drogenmafia verwendet, um unliebsame Leute aus dem Weg zu räumen.«

»Oh!«, kam es überrascht von Mattes.

»Haben Sie eine Idee, welche Verbindung Parsifal Bär nach Indien pflegte, oder mit welchem Syndikat er Ärger hatte?«

»Nein, darüber haben wir nie gesprochen. Ich kann mir nur schwer vorstellen, dass er mit der Mafia kooperiert hat.«

»Ich eigentlich auch nicht. Aber vielleicht bekam er die Bombe, weil er nicht kooperieren wollte. Wir werden es sehen. Ich wünsche Ihnen einen schönen Abend. Wir hören uns Montag. Und Grüße an Ihre Frau.«

Nachdem Pit aufgelegt hatte, musste er über das, was er gehört hatte, erst einmal nachdenken.

Mio und Pit kamen Hand in Hand die Treppe herunter.
Sie schauten in die Bibliothek. Heidrun befand sich am
Sideboard und hatte eine Weinflasche in den Fingern und
ihr Sohn Manfred saß in einem Cocktailsessel und las im
Abendblatt. Sabine stand mit Annette vor dem Spiegel,
sie unterhielten sich. Sabine erkannte Mio und winkte ihr
über die Spiegelfläche zu. Mio erwiderte den Gruß und
zog Pit zurück in den Flur. »Was hältst du davon, wenn
wir ins Esszimmer gehen?«

»Keine schlechte Idee«, antwortete er. Die beiden
wollten über den neusten Stand der Ermittlungen diskutieren. Oben in ihrem Appartement war es kühl, denn
Mio hatte für die Nacht die Heizung heruntergedreht.

Im Speisesaal war es angenehm warm. Pit machte das
Licht an und setzte sich an den kleinen Tisch in der hin-
teren rechten Ecke. Er legte sein Notizbuch, Bleistift und
das Mobiltelefon vor sich auf den Tisch. Mio holte zwei
Gläser vom Sideboard und eine Flasche Mineralwasser.
Der Schriftsteller goss ein.

»Pit, weißt du, wie Engelmann dich nennt, wenn du
nicht dabei bist?«

»Na, da bin ich aber gespannt.«

»Sherlock!«

»Sherlock?«, fragte er und zog seine Augenbrauen
hoch, obwohl er die Bücher kannte.

»Ja, von Sherlock Holmes«, stutzte sie. »Das ist eine
Romanfigur, ein Detektiv in London, der 1886 vom briti-

schen Schriftsteller Arthur Conan Doyle geschaffen wurde«, erklärte sie, weil Pit ungläubig guckte.

»Ah, die Bibliothekarin. Und Kriminalhauptkommissar Engelmann nennt mich so?«

»Ja, und das im positiven Sinne. Das ist eine Anerkennung!«

»So, so«, brummte er und musste grinsen.

»Pit, ich bin mir nicht sicher, ob der Tod von Doris Bär, der Anschlag auf Sabine und der Tod von Parsifal in einem direkten Zusammenhang stehen. Vorausgesetzt, das Feuer in der HafenCity war kein Unfall. Ich gehe aber – wie du – davon aus, dass es kein Selbstmord war, und ich glaube nicht an einen Unglücksfall.«

»Mhm«, Pit überlegte einen Augenblick. »Wie kommst du darauf?«

»Ich bin davon überzeugt, Parsifal wurde umgebracht, um an sein Geld zu kommen. Dann sollte seine Frau ihm folgen. Der erste Anschlag mit dem Kronleuchter ging schief. Der Täter musste sich was anderes einfallen lassen. Er manipulierte Sabines Medikament, das Doris einnahm. Der Tod von Doris war nicht vorgesehen.«

»Du bist der Meinung, dass Gert Bär keine Schuld am Tod von Doris hat?«

»Richtig. Ich mag zwar diesen Schürzenjäger nicht, aber ich bin davon überzeugt, dass er mit dem Tod von Doris nichts zu tun hat.«

»Gut.«

»Jedenfalls ist Sabine immer noch in Gefahr.«

»Mio, da bin ich deiner Meinung.«

»Hier lies mal, dies ist die Liste der Tatverdächtigen im Fall Parsifal«, sagte Pit und reichte ihr sein aufgeschlagenes Notizbuch.

»Okay!«

»Jetzt blättere mal zwei Seiten weiter. Dort habe ich die vom Leuchter-Anschlag. Du wirst sehen, die beiden Listen sind identisch.«

»Definitiv! Aber kannst du Sabine nicht streichen?«

»Wahrscheinlich! Aber ihre Aussage wurde noch nicht überprüft.«

»Na ja – sie wird sich den Kronleuchter nicht selbst auf den Kopf geschmissen haben.«

»Richtig – sie wurde nicht getroffen.«

»Du meinst …«

»Nein – ich weiß es eben nicht. Aber ich glaube nicht an eine Beteiligung ihrerseits.«

»Ich vermute, sie hat Angst und versucht sie zu verbergen. Pit, hast du auch eine Liste zum Todesfall Doris?«

»Ja, schlag mal ein paar Blätter weiter.«

»Oh, die sieht ja genauso aus!«, rief Mio, während sie zwischen den Seiten hin und her blätterte.

»Ist aber unvollständig. Darum die leeren Punkte am Ende.«

»Was mich jetzt wundert, ist, bei Doris hast du ›Unfall‹ mit einem Fragezeichen reingeschrieben, bei Parsifal nicht.«

»Gut beobachtet …«

»Du bist fest davon überzeugt, dass Parsifals Tod vorsätzlich und ein Mord war?«

»Richtig, Mio! Auch wenn der Kommissar und die Staatsanwaltschaft das anders sehen. Parsifal hätte nie eine Kerze angesteckt. Nie!«

»Und schon gar nicht, solange er alleine in der Wohnung war. Nachvollziehbar.«

»Watsons, du bist gut!«

»He, du kennst ja doch die Romane!«, rief Mio und knuffte ihn. »Und – Pit, bitte nenn mich nicht Watsons, ich mag das nicht!« Ihre Stimme klang zwar verärgert, sie musste aber dabei grinsen. »Sag wie immer Mio.«

»Einverstanden. Entschuldige! Das war doch nur eine Anerkennung«, erklärte Pit. Er stand auf, nahm sie in den Arm und küsste sie.

SONNABEND, 23.02.2019, 21:30 UHR,
BLANKENESE, BÄR-VILLA, GÄSTEWOHNUNG ›PFEFFER‹

»Die Herrschaften sind vor einer halben Stunde gegangen«, erwähnte Johann, als Mio und Pit in die Bibliothek wechseln wollten. Bevor sie dann in ihre Gästewohnung verschwanden, blickten sie noch einmal vor die Haustür. Es war wieder kalt geworden. Dicke Nebelschwaden flogen aus dem Garten über den Weg zur Toreinfahrt. Es schneite.

»Sieht unheimlich aus, wie in einem Horrorfilm«, flüsterte Mio. Pit nahm sie in den Arm, weil sie zitterte.

»Komm Mio, wir gehen!« Aus dem Augenwinkel sah er, wie jemand zu den Garagen lief.

Mio weckte Pit: »Hörst du das? Das kann doch nicht wahr sein?«

»Doch, da machen zwei ausgiebig Liebe!«

»Ja, das höre ich. Aber das kommt von oben!«

»Na und, das haben wir vorhin auch gemacht!«

»Ja, nur nicht so laut. Okay – das meine ich nicht. Das kommt von oben. Und, Pit, über uns ist die Wohnung von Sabine.«

»Ach! Kann doch eigentlich nicht sein. Oder?«

»Ich bin ja sonst nicht neugierig, aber das will ich jetzt genauer wissen!«

Mio schoss aus dem Bett, zog sich den Morgenmantel an und schlich aus der Wohnung. Pit schaute auf den Wecker. *Kurz nach eins*, stellte er fest, dann drehte er sich um und schlief ein. Erst als Mio zurückkam und ins Bett stieg, wachte er wieder auf. Sie hatte eiskalte Füße.

»Mein Verdacht war bestimmt richtig. Die Geräusche kamen definitiv aus dem Appartement von Sabine. Als ich oben war, war alles ruhig. Ich habe vor ihrer Wohnung gehorcht. Daneben wohnen Gert und Annette. Die sind beide da und diskutieren. Zumindest hört man sie. Sie redet wie ein Wasserfall. Nur lauter und schneller!«

»Hattest du Gert in Verdacht? Dass er und Sabine …?«

»Na ja! Kannst du dich an den Zettel erinnern, den sie am Sonnabend geschrieben hatte?«

»Du meinst die Nachricht mit dem ›xD‹?«

»Genau, da stand: *Habe mich mit Gert Bär verabredet, wir treffen uns in Blankenese. Ich bin um Mitternacht zurück xD.* Und sie kam erst um vier. Du hattest zur Uhr geschaut. Und Bär Junior ist auf alles Weibliche scharf, was nicht bis drei auf'm Baum ist.«

»Aber er kann das eben nicht gewesen sein, denn er sitzt im Knast.«

»Oh! Das bedeutet: Die beiden Bär-Mädels haben ein paar Geheimnisse!«

»Definitiv!«, schlussfolgerte Pit.

»Dann kann es ja nur Manfred Herta sein. Pit, lass uns schlafen, wir werden die geheimen Verehrer schon kennenlernen.«

Mio schlief schnell in Pits Armen ein. Er dagegen grübelte bis weit in den Morgen.

10

Pit schaute aus dem Fenster. Draußen lag eine dünne Schneeschicht. *Wenn das Wetter so weitermacht, werden dieses Jahr die Kinder die Ostereier im Schnee suchen müssen*, überlegte er. Er erinnerte sich, dass seine Eltern beim Osterspaziergang an der Elbe hin und wieder Schokoladeneier fallen gelassen hatten. Renate und er glaubten damals, dass der Osterhase dort vorbeigehoppelt war und Eier aus seinem Korb verloren hatte. *Ostern war immer gutes Wetter.*

Dann sah Pit Fußspuren im Schnee, die quer über die Rasenfläche verliefen. Mio war im Badezimmer. Pit sagte kurz Bescheid, zog sich seinen Wintermantel an und lief ins Foyer.

»Guten Morgen, Herr Mattes. Kann ich etwas für Sie tun?«

»Ja, Johann. Haben Sie einen Zollstock?«

»Natürlich. Einen Moment«, antwortete er und holte einen aus der Kommodenschublade. Pit bedankte sich und ging damit nach draußen.

Er fand Spuren vom Haupteingang über den Hauptweg zur Toreinfahrt.

Frauenspuren, Stiefel mit hohem Absatz, interessant, ging es Pit durch den Kopf. Er schritt zu den Spuren, die er auf dem Rasen gesehen hatte.

Das sind Abdrücke von Boots oder Stiefeln. Nein Boots mit Schnürsenkel, die nicht richtig zugebunden wurden, stellte Mattes fest. Er klappte den Zollstock auf und legte ihn direkt an eine deutliche Spur. Mit seinem Mobiltelefon machte er Fotos vom linken Abdruck, dasselbe bewerkstelligte er beim rechten. Dann schritt er der Fährte nach. Sie verlief quer über den Rasen zu den Garagen und von dort zur Grundstückseinfahrt. Pit fotografierte jedes Mal. Die Person, die zu den Fußspuren gehörte, kletterte über das Tor und bog rechts auf den Bürgersteig ab. Die Fußabdrücke verloren sich auf der Straße. Auf der anderen Seite fand Pit sie wieder. Sie verliefen nach links. Drei Meter weiter, genau gegenüber der Grundstückseinfahrt hörten die Spuren auf.

Hier stand ein Fahrzeug auf dem Parkstreifen, überlegte der Hobbykriminalist. Er schoss einige Fotos, bevor er zur Villa zurückging. Dabei schaute er zum Gebäude und konnte erkennen, dass Johann die Stufen des Eingangsbereichs vom Schnee befreite. Mattes schlenderte zurück zu den Garagen. Auch hier fertigte er einige Fotos.

Ah, hier sind Spuren, von Stöckelschuhen, an Gert Bärs Garage. Die laufen weiter zu Heidruns Garage. Garage drei und acht. Die Fährten von den Boots sind später entstanden, denn sie überlagern die Stöckelschuhabdrücke. Der Bootsträger war bei Garage drei und acht. Und die Reifenspuren von einem fremden Auto führen zur Garage sieben. Der Fahrer trug Straßenschuhe ohne Profil. Sie sind später in den Schnee gedrückt worden, ermittelte Mattes. Jedes Mal kam der Zollstock zum Einsatz, um die Abdrücke zu dokumentieren. Den Bootsspuren folgte Pit bis zum Ursprung. Sie begannen am Kellereingang auf der Rückseite der Villa.

Die Frau mit den Stöckelschuhen war vor dem Bootsträger unterwegs und der Knabe mit den Straßentretern war der Letzte vor den Garagen, fasste Mattes zusammen.

SONNTAG, 24.02.2019, 9:00 UHR,
BLANKENESE, BÄR-VILLA, FOYER

Den Zollstock gab er Johann zurück und bat um die Videoaufnahmen der letzten Nacht. »Johann – ich habe zwei Fragen. Wer hat sein Auto in Garage sieben geparkt? Und von wann bis wann hat es in der vergangenen Nacht geschneit?«

»Garage sieben habe ich heute Nacht an Herrn Loch vergeben. Das ist der Bruder der gnädigen Frau. Geschneit hat es ab etwa zwanzig Uhr. Frau Sinnlein ging gestern so gegen zweiundzwanzig Uhr. Da schneite es schon nicht mehr. Und ihre Fußspuren waren deutlich auf dem Portal zu sehen, als ich eben fegte.«

Pit schaute Johann verdutzt an.

»Sie hat Stress zu Hause mit ihrem Ehemann, Geldmangel, und wir haben uns eine Weile in der Küche unterhalten. Ich gab ihr einen zweiten Job als Stubenmädchen.«

Pit nickte nur und zog seinen Mantel aus. »Ah, Johann, noch eine Frage. Wann war das? Wann kam Herr Loch?«

»Das war um dreiundzwanzig Uhr fünfzehn. Er bezog das Gästezimmer ›Salz‹ im ersten Stock.«

Pit fragte nicht nach, warum er den Zeitpunkt so genau angeben konnte. Er rief beim Seewetteramt an und erkundigte sich, von wann bis wann der Schneefall heute Nacht stattgefunden hatte. Sie bestätigten Johanns Beobachtungen. Mit einem kurzen Bericht schickte er die gemachten Fotos an Engelmann.

Mio kam ins Foyer und schaute Pit fragend an. Er berichtete von den Spuren im Schnee.

»Wir sollten jetzt zum Frühstück gehen. Die anderen sitzen bestimmt schon dort.«

»Richtig, die sind seit einer halben Stunde im Frühstücksraum. Vorher möchte ich …«

Pit schaute sie fragend an.

»Pit, ich war auch schon auf Erkundungstour, Spurensicherung.«

»Was gefunden?«, fragte Pit.

»Ich habe einige Tütchen gesammelt«, antwortete sie und holte vier Beweismitteltüten aus ihrer Umhängetasche.

»Interessant! Was hast du da?«

»Aus Sabines Appartement ist dieses Kondom. Das habe ich im Papierkorb gefunden. Ich war mir sicher, dass ich aus ihrem Zimmer die Sexgeräusche gehört habe. So und dann bin ich weitergezogen. Die Wohnungstür gegenüber zu Annettes Wohnung stand auf. Die Reinigungskraft war dort, aber nicht zu sehen.«

»Und was hast du bei Annette sichergestellt?«

»Na, was schon, Pariser natürlich!«, sie holte zwei weitere Plastiktüten aus der Tasche. »Die habe ich aus dem Abfalleimer im Badezimmer gefischt. Das sind unterschiedliche Präservative.«

»Du scheinst dich ja auf diese Dinger spezialisiert zu haben.«

»Ha, Pit!«, lachte sie und gab ihm einen Kuss.

Er schaute sich die Objekte genauer an. »Du meinst, dass sie von unterschiedlichen Personen stammen?«

»Definitiv. Der hier ist durchsichtig und sieht so aus wie der aus Sabines Wohnung. Und der Zweite hier aus Annettes Appartement hat eine ganz andere Form und ist rot eingefärbt. Eine angebrochene Schachtel mit roten Präservativen liegt übrigens in ihrer Nachttischschublade.«

»Ah, die guten Gefühlsechten«, scherzte Pit.

»Das kannst du nicht wissen«, Mio knuffte ihn. »Die sind gebraucht, die solltest du besser nicht ausprobieren«, lachte sie.

»Und was hast du da noch?«

Mio reichte ihm den Beweismittelbeutel.

»Das ist eine kleine Spritze mit einer langen Nadel.«

»Ja, aber keine Insulinspritze. Die Größe passt, aber die Nadel ist viel zu lang. Den Weinkorken habe ich übrigens auf die Spitze gesteckt, damit man sich nicht verletzen kann.«

»Wo hast du die Spritze gefunden?«

»Dieses Ding war im Abfalleimer im Werkstattkeller.«

»Ah, hochinteressant. War der Keller nicht abgeschlossen?«

»Nein, die Tür hat kein Schloss. Dementsprechend sieht es dort unordentlich und staubig aus.«

»Woher wusstest du von dem Keller?«

»Die SpuSi war unten und hat den Keller untersucht. Ich konnte nur kurz vom Kellerflur zuschauen, weil es für mehrere Personen im Raum zu eng ist.«

»Das bedeutet, dass die Spritze gestern Vormittag noch nicht dort war! Dann hätten die …«

»Das sehe ich auch so. Die Spritze muss gestern, nachdem die Werkstatt untersucht wurde, hingekommen sein.«

»Wow – lass uns zum Frühstück gehen!«

»Wo hast du eigentlich die Beweismitteltütchen her?«, fragte Pit auf dem Weg zum Speisesaal.

»Die habe ich von der Spurensicherung bekommen, als sie am Freitagabend hier waren. Unterschiedliche Tüten, einige Pinzetten, etliche Handschuhe und ein Merkblatt haben sie mir in eine Kunststofftasche gepackt.«

SONNTAG, 24.02.2019, 9:30 UHR,
BLANKENESE, BÄR-VILLA

Johann kam aus der Küche. »Wollen die Herrschaften jetzt frühstücken?«

»Ja, Johann. Wir müssen nur noch diese Beweisstücke wegschließen.«

»Sichern Sie Ihre Sachen bitte hier«, sagte er und klappte ein Bild im Foyer zur Seite. Es erschienen sechs Schließfächer. »Die Nummer vier gehört zu Ihrem Appartement.«

Pit verstaute Mios Tütchen im Schließfach, schloss ab und gab Mio den Schlüssel.

»Apropos, Herr Mattes – der Schlüssel von der gnädigen Frau ist wiedergefunden worden. Frau Sinnlein, unsere Küchenhilfe, hat ihn auf dem Weg zum Haus gefunden.«

»Wann war das?«

»Das muss vor zehn Minuten gewesen sein.«

»Danke, Johann, das ist interessant, definitiv interessant«, sprach Mattes mehr zu sich selbst.

»Johann, wer hat einen Schlüssel zur Kellertür?«

»Jeder! Oder besser: Jeder, der einen Haustürschlüssel hat. Die Schlösser sind identisch.«

»Nur das es dort keine Videoüberwachung gibt.«

»Ja, das Budget ist beschränkt. Guten Appetit, die Herrschaften.«

Schon vor dem Speiseraum konnten die beiden Annette hören. Mio schüttelte ihren Kopf und grinste. Pit zog seine Schultern hoch.

»Sie kommen spät«, sagte Manfred Herta.

»Wir wurden aufgehalten.«

»Soso, geheime Detektivarbeit?«

»Auf euch haben wir die ganze Zeit gewartet. Warum kommt ihr so spät? Johann sagte, ihr seid schon lange auf. Wart ihr unterwegs? Ich habe die Haustür gehört. Habt ihr mitbekommen, Sabines Bruder ist gestern

Abend angekommen? Das ist ein toller Mann, der zeigt was her, der ist ein ganzer Kerl«, grölte Annette vom Buffet herüber.

»Und du hast ihn gesehen?«, fragte Manfred.

»Ja, getroffen. Er lief mir über'n Weg.«

»Dann tut er mir jetzt schon leid. Du hast ihn sicher in Grund und Boden gequatscht.«

»Annette, lass meinen Bruder in Ruhe!«, befahl Sabine mit einem energischen Ton.

»Lass das meine Sorge sein. Mit Anton kann man eine ganze Menge anfangen«, rief sie vom Sideboard zurück und grinste dabei schelmisch.

»Annette, hast du schon was von Gert gehört? Wie hat er die Nacht überstanden?«, fragte Heidrun.

»Keine Ahnung. Richtig vermisst habe ich ihn nicht.«

Manfred Herta musste lachen und verschluckte sich am Kaffee.

»Was soll das heißen – nicht vermisst?«, fragte Sabine.

»Das heißt«, Manfred musste erst runterschlucken, »sie hat eine andere Beschäftigung gefunden«, beendete er seinen Satz und lachte lauthals.

»Oje! Bekommt er dort was Anständiges zu essen?«, fragte sie weiter.

»Bestimmt nicht nur abgestandenes Wasser und trocken Brot«, kommentierte Manfred. »Gert hat sicherlich ein besseres Essen bekommen als zu Hause.«

Annette holte ganz tief Luft. »Willst du damit andeuten, dass ich nicht kochen kann? Herr Herta, werd nicht unverschämt, das könntest du bereuen. Die nächsten zwei Tage brauchst du nicht bei mir aufzutauchen«, schrie sie und drückte ihren Busen zurecht. »Ich habe Hauswirtschaft gelernt. Ich kann putzen, Betten machen und kochen kann ich auch. Ich vermag alles, was eine Ehefrau können muss.«

»Und reden wie ein Wasserfall!«

Annette marschierte mit ihrem Frühstücksteller zum Tisch. Sie hatte einen hochroten Kopf. Voller Wut schmiss sie ihren Teller auf Manfred Hertas Platz. Dann drehte sie sich um und trippelte aus dem Frühstücksraum.

Eine angenehme Stille trat ein.

»War das nötig, dass du sie so auf Zinne bringst?«, fragte Sabine.

»Nein, aber ich war verdammt sauer auf sie«, antwortete Manfred, schmiss seine Serviette auf den Teller und lief ihr nach. Auch Heidrun stand auf und folgte ihrem Sohn.

»Mio! Gestern Abend ist mein Bruder angekommen. Der liegt bestimmt noch im Bett und schläft. Er ist, im Gegensatz zu mir, ein Nachtmensch und ein Langschläfer.«

»Wann wirst du ihn uns vorstellen?«

»Ich gehe davon aus, dass er zum Mittag auftaucht. Ich führe ihn euch dann vor«, lachte Sabine, stand auf und verließ den Speisesaal. Mio und Pit waren allein im Raum.

»Was hältst du von Annette?«, wollte er wissen.

»Oha! Diese Frau ist anstrengend. Sie kann zwanzig Minuten ungebremst reden!«, antwortete sie.

»Mich würde die Beziehung zwischen Manfred und Annette interessieren.«

»Wenn es je eine zwischen den beiden gab, jetzt nicht mehr!«

»Mio, zeigst du mir den Keller?«

»Aber sicher doch. Du möchtest dir den Werkstattraum anschauen, stimmt's?«

»Ja, auch. Ich will mir ein Bild vom Keller machen.«

Mio ging vor und zeigte ihm den Keller. Pit ging in den Werkstattraum und untersuchte die Regale, die Werkbank und die Abfalltonne unter dem Tisch. Es befand sich dort nichts, was seine Aufmerksamkeit beanspruchte.

»Kommen wir noch mal auf die …«, startete Mio.

»… Kondome zurück«, beendete Pit ihren Satz.

»Ja – wenn Gert nicht bei Annette war, wer denn?«

»Drei Möglichkeiten gibt es. Wobei ich mich und Johann ausschließe.«

»Hä?«

»Das sind Manfred und dieser Bruder von Sabine. Von Anton sprach Annette.«

»Und wer ist der Dritte?«

»Einer, den wir nicht kennen, der Boots trägt, vor einundzwanzig Uhr kam und nach dreiundzwanzig Uhr ging. Sein Auto parkte er auf der gegenüberliegenden Straßenseite.«

»Ah, die Spuren im Schnee.«

»Richtig. Und einen Schlüssel hatte er auch nicht, denn er kletterte über das Tor an der Straße.«

»Das bedeutet, wir haben es mit zwei männlichen Personen zu tun. Der eine bringt seine Kondome mit, der andere wird von Annette versorgt.«

»Du gehst davon aus, dass es sich bei den nichtroten Dingern um ein und dieselbe Person handelt.«

»Ja, Pit – ist naheliegend.«

»Aber nicht bewiesen.«

»Dann brauchen wir eine DNA, um das festzustellen. Wäre auch hilfreich, damit wir die Personen identifizieren können.«

»Wir müssen noch herausbekommen, wann die …«

»… Pariser in den Abfalleimer kamen?«, ergänzte Mio.

»Richtig! Zu welcher Zeit hat das Stubenmädchen den Eimer im Badezimmer das letzte Mal geleert?«

»Brauchen wir nicht. Die Kondome bei Annette lagen auf den gebrauchten Abschminkpads. Das bedeutet, sie wurden nach zwanzig Uhr benutzt und weggeworfen.«

»Das vereinfacht die Ermittlung.«

»Und bei Sabine, muss das kurz vor ein Uhr heute Morgen gewesen sein.«

»Aber was hilft uns das, wenn wir wissen, mit welchen Kerlen Annette Sex hatte?«

»Annette interessiert mich gar nicht so sehr, aber mit wem steckt oder steckte Sabine unter einer Decke? Im wahrsten Sinne.«

»Okay! Ich lasse die vier Tütchen abholen und untersuchen.«

Pit rief bei Kriminalkommissarin Raptis an. »Moin, Frau Raptis! Wir haben hier ein paar Beweismittel sichergestellt. Davon sind drei Tütchen, bei denen eine DN-Analyse gemacht werden müsste. Und dann haben wir eine Spritze gefunden, die geben Sie bitte an Ihre toxikologische Abteilung.«

»Okay, ich lasse Ihre Fundstücke abholen und leite die Untersuchung ein. Ein Polizist von Kommissariat 26 wird sie gleich abholen.«

»Sehr schön, danke!«

Zwanzig Minuten später fuhr ein Polizeifahrzeug vor und holte die Beweismittel ab.

***

Die Polizei war gerade weg. Mio und Pit waren noch im Foyer, da kam Sabine händchenhaltend die Treppe herunter. Der Typ an ihrer Hand, Mio schätzte ihn auf knapp unter fünfzig, war etwa fünf Zentimeter kleiner als Sabine, trug einen Dreitagebart, einen zu engen braunen Straßenanzug und ungeputzte Schuhe.

»Mio, Pit! Darf ich euch meinen Bruder Anton vorstellen? Er ist heute Nacht gegen elf gekommen. Wir haben gestern telefoniert und ich erzählte ihm, dass ich nur knapp von einem Leuchter erschlagen wurde. Da ist er gleich ins Auto gestiegen und hierhergekommen. Er will mich beschützen.«

»Hallo! Mein Name ist Mio Takahashi«, sagte Mio und reichte ihm die Hand. Er hatte einen festen Händedruck.

Pit hatte ein komisches Gefühl, als er dem neuen Gast die Hand gab. Herr Loch war nervös. Er konnte Mattes nicht in die Augen blicken. Die Geschwister gingen in die Bibliothek. Mattes schaute ihnen nach.

»Der Bruder der gnädigen Frau hat wenig Ähnlichkeit mit ihr. Er kam mit einer weißen BMW M550i xDrive Limousine. Ich gab ihm die Gästewohnung ›Salz‹ im ersten Obergeschoss«, erklärte Johann, der plötzlich aus dem Nichts auftauchte.

Das waren die Abdrücke im Schnee von den Straßenschuhen, überlegte Pit.

SONNTAG, 24.02.2019, 12:30 UHR,
EPPENDORF, MIOS UND MATTES' WOHNUNG

Susanne hatte Pit eine SMS geschickt: *Für einen Herrn Parsifal Bär ist gestern bei uns ein Brief abgegeben worden.* Und Mio wollte ein paar wärmere Kleidungsstücke mitnehmen. Ihr war es in der Villa zu kalt.

Susanne und Thomas erreichten sie im *Bücher&Lese-Café*. Sie saßen mit Harald und Gertrud zusammen und unterhielten sich. Mio und Pit setzten sich für eine halbe Stunde dazu, bevor sie in ihre Wohnung hinaufstiegen.

Die Anziehsachen waren schnell zusammengesucht. Susanne hatte die Post im Flur auf das Sideboard gelegt.

Pit steckte sie ein und übernahm den kleinen Koffer, den Mio gepackt hatte. Sie schloss die Wohnungstür ab und die beiden verabschiedeten sich von ihren Freunden im Café. Zum Auto mussten sie ein paar hundert Meter gehen, da sie an der Eppendorfer Landstraße keinen Parkplatz gefunden hatten.

SONNTAG, 24.02.2019, 15:00 UHR,
IM AUTO UNTERWEGS NACH BLANKENESE

Mio setzte sich ans Steuer und sie starteten. Der Sonntagsverkehr war nicht so ausgeprägt, sodass sie gut vorankamen.

»Pit, ich vermisse unsere Wohnung und die Gesellschaft von Thomas und Susanne. Wir sollten das Thema Blankenese so schnell wie möglich abschließen.«

»Gewiss! Ich gebe dir recht. Auch mir gefällt es in der Villa nicht. Aber ich tappe völlig im Dunkeln, was dort vorgeht. Und die Vermutungen von Engelmann teile ich überhaupt nicht.«

»Was bedrückt dich?«, fragte Mio und schaute nur kurz auf Pit.

Pit druckste herum: »Na ja, ich weiß nicht so recht.«

»Komm, hau es raus. Hast du schon was geschrieben? Kann ich dein Script lesen?«

»Nein, ich überlege die ganze Zeit. Da passt was nicht.«

»Nun aber raus damit, um wen geht es?«

»Sabine.«

»Was Sabine?«

»Ja, Sabine, irgendetwas stimmt mit ihr nicht. Ich glaube nicht, dass sie mit Manfred ein Verhältnis hat. Seit gestern im Restaurant habe ich den Eindruck, sie ist nicht immer ganz aufrichtig.«

Mio hielt rechts am Parkstreifen.

»Pit, ich weiß, dass du sehr feinfühlig bist. Und deine Instinkte täuschen dich fast nie. Aber Sabine ist eine gute Freundin, ich kann mir nicht vorstellen, dass sie was Böses oder Schlechtes macht.«

»Tut mir leid, ich will nicht behaupten, dass sie was mit den Todesfällen zu tun hat. Aber ich bin mir sicher, dass sie uns was verheimlicht«, flüsterte Pit.

»Ja, natürlich – ihren Liebhaber, den haben wir heute Nacht gehört. Ich glaube, das ist Manfred Herta.« Sie war über Pit verärgert, startete den Mercedes und reihte sich in den Verkehr ein. Es entstand eine längere Pause. Erst hinter Bahrenfeld fuhr sie auf einen Parkplatz und hielt.

»Pit, auf deiner Verdächtigenliste steht hinter Sabine nichts. Ich will das jetzt genau wissen! Ich würde gerne nach Genf fahren und dort recherchieren. Ich möchte mir im Klaren darüber sein, woran ich bei Sabine bin. Und dieser Anton Loch kommt mir auch suspekt vor. Kann ich morgen dein Auto haben?«

»Mhm, warte mal!« Pit holte sein Mobiltelefon aus seiner Manteltasche. »Es gibt morgen einen Flug um acht Uhr zehn nach Genf, du kommst um fünf Minuten nach neun dort an«, brummte er.

»Kann ich nachmittags wieder zurück?«

»Ja, vierzehn Uhr fünfzehn. Dann bist du kurz vor vier in Hamburg. Oder am Dienstagvormittag.«

»Morgen retour, das reicht. Hört sich perfekt an. Ist auch noch ein Platz für mich frei?«

»Moment – ja, soll ich buchen?«

»Ja, bitte!«

»Erledigt. Du fliegst mit Eurowings. Ich bringe dich zum Flugplatz.«

»Danke, mein Schatz«, sagte sie und startete das Auto zur Weiterfahrt.

»Wenn wir weiter so gut durchkommen, sind wir noch zum Kaffee oder Tee in Blankenese. Passend zum Fünfuhrtee.«

»Langsam bekomme ich Hunger. Wir hatten kein Mittag! Und das roch so gut bei Susanne und Thomas. Ich hätte beinahe ihr Angebot, ein Stückchen Torte mitzuessen, angenommen.«

»Pit, ich hatte damit gerechnet.«

Mio hielt vor der Toreinfahrt. Sie griff nach der Fernbedienung für das Tor.

»Halt!«, rief Pit. »Mir fällt was ein.« Er stieg aus und schaute sich um. Er lief um das Auto herum und blickte zur Villa. Das dauerte nur eine Minute, dann stieg er wieder ein. Mio schaute ihn erwartungsvoll an.

»Als wir am Freitagabend und gestern Vormittag kamen, stand dort an dieser Stelle ein Wohnmobil. Beige mit blauen Streifen«, erklärte Pit und zeigte auf die gegenüberliegende Straßenseite. »Die Fußspuren vom Rasen endeten hier. Die Person, die in der Nacht auf dem Grundstück war, ist mit dem Wohnmobil weggefahren.«

»Wann?«, fragte sie.

»Das muss nach zweiundzwanzig Uhr gewesen sein.«

»Ach, verstehe! Die Zeitangabe von Johann!«

Mio parkte den Mercedes in Garage vier. Als sie sich zur Villa aufmachten, kam ihnen Frau Herta entgegen.

»Moin, Heidrun«, begann Pit.

»Hallo, Mio und Pit! Ich habe euch schon vermisst. Ich fahr kurz zum Briefkasten, bin gleich wieder zurück.«

»Heidrun, warst du gestern Abend, nachdem wir gegangen waren, noch einmal draußen?«

»Ja, so gegen zehn, es hatte schon aufgehört zu schneien. Ich hab was in der Garage gesucht.«

»Verstehe. Dann bis gleich!«

»Waren es ihre Spuren an der Garage?«, flüsterte Mio.

»Definitiv! Sie war die Erste«, antwortete Pit und hakte sich bei Mio ein.

»Die Stöckelschuhe«, bestätigte Mio. Sie bewies damit, dass sie ihn verstanden hatte.

SONNTAG, 24.02.2019, 15:45 UHR,
BLANKENESE, BÄR-VILLA, BIBLIOTHEK

Mio und Pit schlenderten in die Bibliothek. Sie setzten sich an den Couchtisch. Im Raum hielt sich Manfred Herta auf, der das *Abendblatt* vom Sonnabend las. Mio holte ihr Buch aus der Tasche und Pit studierte die Dokumente, die er von Petra bekommen hatte.

Plötzlich hörten sie einen Schrei im Flur.

Mio schreckte auf und lief sofort los. Pit legte die Dokumente auf den Tisch und folgte ihr. Auf dem Flur stand Annette und schrie lauthals. Pit konnte nicht ermitteln, aus welchem Grund sie so laut brüllte. Mio versetzte ihr eine kräftige Ohrfeige. Ihr Gegröle verstummte und ging in ein Schluchzen über. Mio nahm sie in den Arm und verschwand mit ihr in der Küche.

Pit ging zurück in die Bibliothek. Er sah sofort, dass jemand an seinen Papieren gewesen war, die er auf den Couchtisch gelegt hatte. Ein Foto guckte aus dem Stapel hervor. Es war das Bild von der geheimen Klappe in dem Container der Firma *Gewürzimport Herta GmbH*. Pit ärgerte sich. Manfred Herta saß immer noch dort und las in der Zeitung. Auf dem Foto war ein frischer Fingerabdruck. »War jemand hier?«, fragte Pit.

»Nicht, dass ich wüsste«, antwortete Herta, legte die Zeitung zusammen, trank seinen Wein aus und verschwand. Pit steckte das Foto in einen Briefumschlag, verstaute die Dokumente in seiner Tasche und nahm ganz vorsichtig mit einer Serviette das Weinglas von Manfred Herta und verließ die Bibliothek. Auf dem Flur traf er Mio. Er hob das Glas und den Umschlag hoch. Sie deutete den Hinweis richtig. »Hilfst du mir, den Tee zuzubereiten?«, fragte sie.

»Natürlich! Ich bringe nur die Sachen in unsere Wohnung«, antwortete Pit.

»Annette hatte vorhin Stress mit Frau Herta. Heidrun behauptete, dass Doris von Gert vergiftet wurde«, berichtete Mio, als Pit die Küche betrat.

»Ah, da ist sie nicht die Einzige, die Bär Junior in Verdacht hat.«

»Du auch?«

»Alle Indizien sprechen dafür. Vielleicht weiß Heidrun mehr. Wir werden mit ihr reden.«

»Tee und Gebäck werden in der Bibliothek gereicht«, sagte Johann, der die Kerze anzündete. Frau Sinnlein schenkte Tee ein und stellte die Teekanne auf das Stövchen. Die gefüllten Tassen reichte sie mit englischen Teeplätzchen auf einem Tablett herum. Pit hatte Hunger und nahm sich gleich zwei Teile von dem Gebäck.

»Das ist ja was für'n hohlen Zahn!«, flüsterte Mio ihm ins Ohr. »Ich besorge mal was Ordentliches.«

»Frau Sinnlein, ich habe eine Bitte«, rief sie, als die Servierfrau den Raum verlassen wollte. Mio stand auf und folgte ihr.

Zehn Minuten später kam sie mit einem großen Teller Obst und Brothappen mit Käse und Schinken zurück.

»Lächelst du mich an oder den Teller«, fragte sie Pit, als sie sich neben ihm auf die Couch setzte. Dabei musste sie grinsen, denn die anderen schauten gierig auf den Teller.

Heidrun betrat die Bibliothek und setzte sich gegenüber von Pit und Mio.

»Hast du deinen Brief einstecken können?«, fragte Mio, um ein Gespräch zu beginnen.

»Ja, der Briefkasten am Blankeneser Markt wird um achtzehn Uhr geleert.«

»Du hast vorhin Gert beschuldigt, Doris ermordet zu haben. Welchen Verdacht hast du?«

»Ich hatte eben schon mit Annette Stress. Lass mich bitte damit in Ruhe. Die Polizei sieht das so wie ich und hat ihn verhaftet.«

SONNTAG, 24.02.2019, 19:00 UHR,
BLANKENESE, BÄR-VILLA, SPEISESAAL

Zum Abendbrot gab es eine Tomatensuppe vorweg. Anschließend Brot, Butter, Wurst, Käse und Schinken auf dem Buffet. Mio musste wieder grinsen, als sie die Auswahl in Augenschein nahm: »Übersichtlich! Das Obst habe ich vorhin schon stibitzt«, flüsterte sie, als Pit sie fragend anschaute.

SONNTAG, 24.02.2019, 20:30 UHR,
BLANKENESE, BÄR-VILLA, BIBLIOTHEK

Mio und Pit nahmen wieder auf dem Sofa, mit dem Rücken zur Eingangstür, Platz. Ihnen gegenüber setzte sich Sabine. Johann verteilte Getränke.

»Sabine, ehe ich es vergesse. Bei uns zu Hause ist ein Brief für Parsifal angekommen«, sagte Pit und überreichte ihr den Brief. Sie bedankte sich und öffnete ihn.

»Wo ist denn dein Bruder? Ich hatte gehofft, dass wir ihn heute Abend näher kennenlernen«, fragte Mio.

»Der muss in der Stadt was erledigen. Irgendetwas ist mit seinem Auto. Er wird aber noch kommen.«

»Was ist er für ein Mensch?«, erkundigte sie sich weiter.

»Er ist ein fantastischer Mann. Er weiß zu jeder Frage eine Antwort und hat zu sämtlichen Problemen eine Lösung parat. Er ist mehr als nur ein Bruder.« Sie legte den Brief beiseite und schaute auf ihr Mobiltelefon. »Er kommt in einer halben Stunde. Ich habe gerade eine SMS bekommen.«

»Das ist schön«, flüsterte Mio.

»Pit, den Brief verstehe ich nicht. Ist vielleicht besser, wenn du dich darum kümmern könntest. Machst du das?«

»Zeig mal her! Ich schau mir das an«, verkündete er, als sie ihm den Brief und den Umschlag reichte.

Es war eine Expertise über den finanziellen Zustand der Firma Bär Gewürze, von einem Herrn Grebnennak aus Eidelstedt. Er hatte das Geschäftsergebnis untersucht. Pit las:

›Hallo, Parsifal! Deinen Verdacht kann ich bestätigen. Und muss dir leider mitteilen, dass es schlimmer ist, als es im ersten Augenblick aussah. Wie gestern Abend telefonisch besprochen, führe ich anliegend die Punkte genauer aus.‹

Pit schaute auf den Briefkopf. ›Hamburg, 19. Februar 2019‹, las er. *Also hat der Experte am Montag mit Parsifal telefoniert,* er las weiter: ›Ein Doppel des Schreibens schicke ich wunschgemäß an Doktor Grundwasser.‹

Weiter kam der Schriftsteller nicht, denn Anton Loch betrat den Raum. Sabine stand auf und begrüßte ihn mit einer sanften Berührung am Arm. Pit Mattes faltete den Brief zusammen und steckte ihn in seine Jackentasche. Manfred Herta saß ungerührt in dem Cocktailsessel und las jetzt die *Welt am Sonntag*. Sabine stellte allen ihren Bruder vor.

»Moin, Herr Loch. Ich freue mich, sie kennenzulernen«, begrüßte Heidrun ihn. Mio war aufgestanden und führte ihn und Sabine zum Tisch. Manfred Herta ignorierte ihn, Annette dagegen stand auf und umarmte ihn. Sie schauten sich eine Zeit lang in die Augen.

Sabine berichtete ihrem Bruder, was mit Doris vorgefallen war. Er war sichtlich verwundert. Um seine Überraschung zu verbergen, tänzelte er zum Getränkefach und goss sich einen Whiskey ein. Pit und Mio hatten sich inzwischen wieder gesetzt und beobachteten ihn im Spiegel. Nach einer Weile setzte er sich zu Sabine.

»Sie sind gestern aus Genf gekommen? Wie lange waren Sie denn unterwegs?«

»Nein, ich kam aus Bern, ich habe eine kleine Wohnung dort in der Nähe der Französischen Kirche. Mein Arbeitgeber hat seinen Hauptsitz in Bern, deshalb wohne ich dort. Hin und wieder besuchte ich am Wochenende meine Schwester in Genf.«

»Was machen Sie beruflich?«, fragte Mio.

»Ich bin Techniker und arbeite im technischen Service für Laborgeräte.«

»Ihre Schwester hat erzählt, dass Sie in Budapest aufgewachsen sind.«

»Ja, unsere Eltern arbeiteten in der Schweizer Botschaft in Ungarn. So verbrachten wir die Kindheit in Budapest und lediglich in den Ferien lebten wir in der

Schweiz. Ich war beeindruckt, und bin Ihnen dankbar, dass Sie sich so herzlich um meine Schwester gekümmert haben.«

»Da nich für!«, sagte Mio und sie schaute dabei Pit an.

Herr Loch musste lachen. »Das ist auch so ein typischer Ausdruck hier in Hamburg. Ich liebe das! Ich mag die Gegend, die Menschen, die Sprache und den Hafen.«

»Sie sprechen ein hervorragendes Hochdeutsch, genau wie Ihre Schwester, kein bisschen schweizerisch.«

»Danke. Bei uns zu Hause wurde nur Deutsch gesprochen, unsere Mutter kam aus Hannover.«

»Ah, das erklärt Ihre norddeutsche Aussprache«, kam es von Pit Mattes.

»Ja, wir besuchten das Thomas-Mann-Gymnasium in Ungarn«, sagte Sabine.

»Und ich mag Hamburg, mich faszinieren die Schiffe und die Technik, mit der sie gegen die Naturgewalten antreten. Ich mag es, wenn Menschen, so wie Parsifal, zu dieser traditionellen Schifffahrt stehen.«

»Da kommt der Techniker durch!«, sagte Mio, während Pit verdutzt schaute, als der Name Parsifal fiel.

»Ja, Parsifal war doch ein großer Fan von Feuerschiffen. Ich habe das Bild in Sabines und seiner Wohnung gesehen.«

»Wir waren heute Nachmittag kurz in der Wohnung. Ich habe Anton den Feuerschaden gezeigt.«

»Dann sollten Sie sich unbedingt das Original im Hafen anschauen«, sagte Pit und musste grinsen.

»Mal sehen, wie viel Zeit wir haben. Denn ich muss Mittwoch wieder in Bern sein.«

»Und ich möchte für ein paar Tage nach Genf reisen. Mio, dann würde ich dir nicht mehr zur Last fallen.«

»Keine Ursache, wann wollt ihr denn los?«, fragte Mio. Pit stand auf, er musste nachdenken.

»Am Mittwoch fahren wir! Aber was ist mit Herr Mattes passiert?«, wollte Anton Loch wissen.

»Das hat er manchmal, er ist Schriftsteller, wenn ihm eine Idee kommt oder ihm eine Formulierung einfällt, muss er das erst einmal verarbeiten. Das ist nichts Schlimmes. Er ist einfach so«, erklärte Mio.

»Sabine erzählte mir, dass er für die Polizei arbeitet.«

»Ja, das ist richtig, wir beide ermitteln gemeinsam. Da fällt mir ein, ich brauche von Ihnen noch eine Speichelprobe und Ihre Fingerabdrücke.«

»Mio, aber Anton ist erst heute Nacht angekommen, der steht nicht unter Verdacht. Die Polizei hat doch schon Gert verhaftet.«

»Schwesterchen, wenn die hübsche Lady was für ihre Sammlung möchte, kann ich nicht Nein sagen! Kommen Sie, Frau Takahashi, was muss ich dafür tun? Wo gehen wir hin?«

»Wir brauchen nicht weg. Ich habe alles dabei.«

Während Mio die Fingerabdrücke von Herrn Loch abnahm und die Speichelprobe einsammelte, stand Mattes am Fenster, schaute hinaus in die Dunkelheit. Er grübelte.

»Sie sind Japanerin? Wie kommen Sie nach Deutschland?«, fragte Herr Loch.

Mio zuckte zusammen: »Nein, ich bin hier geboren und war lediglich vierzehn Tage in Tokio, bei meinen Großeltern.«

Sabine beobachtete Pit. Mio nahm das wahr und sagte: »Es ist wohl besser, wenn ich mal nach ihm schaue.« Sie stand auf, verstaute ihre Utensilien in ihrer Tasche und berührte Pit. »Wann müssen wir morgen los, damit ich rechtzeitig am Flugplatz bin?«

Pit erschrak. »Wir werden um halb sieben in Blankenese abfahren. Dann bleibt Zeit für einen Tee am Airport.«

»Habe ich dich bei deinen Überlegungen gestört?«

»Ich weiß nicht. Ich hatte eben das Gefühl, dass es einen Zusammenhang der Todesfälle gibt. Aber dann war alles weg. Ich hoffe, mir fällt es wieder ein.«

»Schatz, lass uns nach oben gehen, mir wird kalt.«

Die beiden verabschiedeten sich und schlenderten die Treppe hoch in ihr Appartement.

Sie sprachen im Bett lange über Parsifal, über Sabine und den Rest der Familie, bevor Mio einschlief. Pit war noch stundenlang wach. Er musste an Parsifal und Doris denken.

Wir suchen an der falschen Stelle oder in die falsche Richtung. Wer mit wem eine sexuelle Beziehung hat oder wer in der Nacht durch den Garten latscht, lenken nur vom Kernproblem, den Mordfällen, ab. Wir brauchen einen anderen Ansatz. Ich muss mit Mio morgen darüber reden. Er fühlte, dass er etwas übersehen hatte.

Um halb drei Uhr hielt er es im Bett nicht mehr aus. Er stand auf, setzte sich an den Schreibtisch und holte seinen Laptop heraus. Diverse Mails von Petra, Dimitra und von Engelmann hatten ihn erreicht. Darunter zusammengesuchte Notizen und Aktenvermerke zu Erich und Manfred Herta. Eine Zusammenfassung schrieb er in sein schwarzes Notizbuch. Gegen halb fünf schlich er ins Bett zurück. Er fror, schlief aber ein.

11

Der Wecker im Appartement ›Pfeffer‹ klingelte um Viertel nach fünf. Bereits um sechs erreichten die beiden die Küche. Johann hatte den Küchentisch gedeckt, Kaffee und Tee waren fertig. Zu dritt nahmen sie das Frühstück ein. »Frau Takahashi, das ist jetzt das erste Mal, dass Gäste in der Küche essen. Herr Bär Senior hätte das nicht gutgeheißen.«

»Aber, Johann, das ist alles okay so. Wir frühstücken in Eppendorf immer in der Küche«, entgegnete Mio.

Um sechs Uhr dreißig verließen sie die Villa. Pit brachte Mio zum Flugplatz. Unterwegs las Mio Pits Notizen von der Nacht. Trotz Berufsverkehr kamen sie um kurz nach sieben am Helmut-Schmidt-Airport an. Mio gab Pit einen dicken Kuss und er wünschte ihr viel Erfolg. Dann war sie schon durch die Drehtür verschwunden. Er schaute ihr eine Weile hinterher.

Der Schriftsteller startete den GLK und fuhr nach Eppendorf. Einen Parkplatz fand er am Bezirksamt. Von unterwegs rief er bei Kriminalkommissarin Dimitra Raptis an. Er bat sie, sich bei den Hamburger Caravanvermietern nach dem Wohnmobil, das er am Eingangstor der Villa gesehen hat, zu erkundigen.

Zuerst begrüßte er Susanne und Thomas im *Bücher&Lese-Café*. Maren, die Mio in dieser Woche vertrat, kam zwischen den Bücherregalen hervor und gab Pit zur Begrüßung einen flüchtigen Kuss auf die Wange. Sie hatte Max, ihren Sohn, auf dem Arm. »Ich bin schon früher gekommen und habe mit Thomas und Susanne gefrühstückt. Das ist so toll, wie ihr alle zusammenhaltet. Ich fühle mich so wohl hier!«

MONTAG, 25.02.2019, 8:00 UHR,
EPPENDORF, MIOS UND MATTES' WOHNUNG

Mattes war nur kurz im *Bücher&Lese-Café* und stieg die Treppen zu seiner Wohnung hinauf. Er hatte eine Nachricht von Petra bekommen. Der Schriftsteller setzte sich an seinen Schreibtisch und rief Petra zurück.

»Du wirst es nicht glauben. Wir haben in Bremerhaven einen Container von Herta abgefangen.«

»Und was war im Geheimfach?«

»Einige eingeschweißte Plastikbeutel. Zusammen zirka dreißig Kilogramm Amphetamine.«

»Also Speed.«

»Richtig. Und Fingerabdrücke gibt es auch. Die Kollegen in Bremerhaven informierten mich gestern Abend. Ich bin gleich mit Torben dorthin gerauscht. Und weil ich wusste, wo sich das Geheimfach befindet, brauchten wir nicht lange suchen.«

»Das hört sich gut an, dann könnt ihr ja gegen Manfred Herta vorgehen.«

»Die Kollegen liegen auf der Lauer und warten auf den Empfänger des Containers. Ein Spediteur holt die Kiste ab. Wir werden ihn im Auge behalten.«

»Verstehe, was ist mit den Fingerabdrücken?«

»Die haben wir mitgebracht. Torben kümmert sich darum.«

Im Hintergrund hörte Pit ein Klingelgeräusch.

»Du, Pit, da ist jemand an der Tür. Ich muss Schluss machen. Ich melde mich! Tschüss!« Und schon hatte sie aufgelegt. Pit steckte das Mobiltelefon ein, stand auf und verließ die Wohnung.

MONTAG, 25.02.2019, 8:45 UHR,
EPPENDORF, EPPENDORFER LANDSTRAßE

Es war unter null Grad und der aufkommende Ostwind sorgte dafür, dass sich die Kälte noch frostklirrender anfühlte. Pit wollte zum Judotraining, war auf dem Weg zu seinem Auto. Hundert Meter von der Haustür entfernt, nahm er unmittelbar hinter sich ein Geräusch wahr. Während er sich umdrehte, spürte er einen Strick, der sich um seinen Hals zusammenzog.

»So, du Arsch! Jetzt habe ich dich!«, schrie der Angreifer ihm ins Ohr. Kraftvoll wurde Pit nach hinten gerissen. Der Strick um seinen Hals verengte sich. *Gleich wird die große Dunkelheit einsetzen. Ich muss ...*, überlegte er sich. Fast automatisch bückte sich Pit, fasste über seinen Kopf hinter sich und bekam die Jacke von seinem Angreifer an dessen Schulter zu fassen. Mattes griff fest zu, ihm wurde langsam schwarz vor den Augen. Pit ließ sich nach vorne fallen, indem er in die Knie ging. Den kampfesfreudigen Typen zog er dabei über seinen Rücken. Damit hatte der Gegner nicht gerechnet. Plötzlich lag er wie ein Maikäfer auf dem Rücken. Mattes löste die Schlinge um seinen Hals und musste erst einmal Luft schnappen. Dann band er mit dem Strick die Hände seines Kontrahenten auf den Rücken zusammen und befestigte das andere Ende an dessen Füßen.

»Verpackt! Herr Luitpold, was sollte diese Aktion? Haben Sie noch nicht genug?«

Eine Passantin kam angerannt, sie hatte die Attacke aus dem Auto mitbekommen, dieses mitten auf der Straße stehenlassen und war losgerannt. Als sie sah, dass Mattes mit der Situation klarkam, holte sie ihr Mobiltelefon heraus und rief die Polizei an. Ein Fotograf vom *Wochenblatt* schoss ungefähr dreißig Bilder von dem Frierenden auf dem Bürgersteig, bevor man eine Polizeisirene hörte. Der Delinquent lag fünf Minuten gefesselt auf der Straße. Ein Polizeibeamter kam und nahm ihn in Gewahrsam.

Das wäre bestimmt anders verlaufen, wenn ich nicht den Wintermantel mit dem dicken Wollschal angehabt hätte, überlegte Pit, als er in den Polizeibus stieg. Seine Aussage und das anschließende Protokoll dauerten fast eine Stunde. Mattes war durchgefroren. Er schlich in die Wohnung. Erst nach dem dritten Becher Tee wurde ihm warm. Er musste nachdenken und zog sich zurück.

MONTAG, 25.02.2019, 11:00 UHR,
EPPENDORF, MIOS UND MATTES' WOHNUNG

Pits Telefon klingelte.

»Hallo, Schatz! Bist du gut angekommen?«

»Ja, alles okay. Die Leute in der Schweiz können Takahashi nicht aussprechen. Dabei kommt immer was mit ›Kacka‹ raus, hört sich lustig an. Ich war schon bei der Wohnung von Sabine und habe mit ihrer Nachbarin gesprochen. Anton Loch, ihren großen Bruder kennen sie hier auch. Er besucht sie immer am Wochenende. Sie meinte, dass die beiden sich gut verstehen. Ihr Vater arbeitete im diplomatischen Dienst in Ungarn. Da müsste man doch was finden können. Gleich um elf treffe ich mich mit Sabines Freundin.«

»Ist das nicht zu offensichtlich?«

»Nein, Schatz. Ich schreibe ein Buch über traditionelle japanische Kochkunst und möchte mich bei einer Köchin, die in Tokio auf der TSA, das ist die *Tokyo Sushi Academy* war, erkundigen, was sie dort gelernt hat. Ich habe mit ihr telefoniert. Sie war total begeistert und hat mich für elf Uhr in die Restauration eingeladen, in der sie arbeitet. Es ist das Restaurant *Japonais Miyako*. Als ich ihr meinen Namen nannte, war das Eis gebrochen.«

»Sei bitte vorsichtig!«

»Logisch! Anschließend fahr ich bei Sabines altem Arbeitgeber, dem physiotherapeutischen Zentrum, vorbei. Das muss ein größeres Unternehmen sein. Der Taxifahrer kannte es unter dem Namen *Medivice*. Jedenfalls ist das in der Nähe vom Genève Aéroport. So bekomme ich den Flug nach Hamburg rechtzeitig.«

»Gut!«

»Schatz ich will los, es ist jetzt elf und ich stehe vor der Tür. Tschüss!«

Pit steckte das Telefon in seine Tasche und überlegte. Dann zog er es wieder heraus und telefonierte mit einem ehemaligen Wohngemeinschaftsgenossen, der nach Budapest gezogen war.

Mattes ging zurück ins Büro und setzte sich an den Schreibtisch. Er grübelte. Das dauerte aber nicht lange, denn sein Telefon klingelte.

MONTAG, 25.02.2019, 11:30 UHR,
EPPENDORF, MIOS UND MATTES' WOHNUNG

Engelmann rief an: »Hallo, Herr Mattes. Danke für die Bilder, die Sie mir gestern übermittelt haben. Wir, damit meine ich die Spurensicherung, haben daraufhin alle Garagen in Augenschein genommen. In der Garage Nummer fünf fanden wir ein komplett eingerichtetes Labor. Die SpuSi ist sich sicher, dass dort das Gift hergestellt wurde. Wir entdeckten zwei Flaschen Felgenreiniger eines amerikanischen Herstellers, in dem GHB vorhanden ist. Und wir fanden jede Menge Fingerabdrücke von Heidrun Herta. Der Toxikologe bestätigte mir, dass das Gift, an dem Doris Bär gestorben ist, hier hergestellt wurde. Ich habe eben Frau Herta festgenommen. Der entsprechende Haftbefehl von der Staatsanwaltschaft liegt bereits vor.«

»Verstehe!«

»Herr Mattes, damit haben wir den Gift-Fall schnell lösen können. Ob sie für das Attentat mit dem Kronleuchter verantwortlich ist, müssen wir ermitteln. Wir durchsuchen gerade ihre Wohnung. Ich werde sie heute Nachmittag verhören und danach mit der Staatsanwaltschaft reden. Vermutlich können wir Gert Bär dann freilassen. Wir haben übrigens seine Aussagen überprüft. Die Filme aus den Überwachungskameras bestätigen seine Zeitangaben.«

»Bitte halten Sie mich auf dem Laufenden.«

»Natürlich! Apropos Deckenleuchter. Ich habe den Bericht der Spurensicherung bekommen. Es wurden Fußspuren auf dem Dachboden gefunden. Wir wissen jetzt definitiv, dass die Aufhängung manipuliert wurde. Allerdings sind die Fußstapfen schon mehrere Wochen alt. Im Bericht steht, dass die Spuren zwischen drei und sechs Wochen alt sind. Na! Was sagen Sie? – Aus Ihrer Reaktion entnehme ich, Sie sind nicht von einer Verfehlung seitens Frau Herta überzeugt?«

»Nein, nicht dass ich ihr das nicht zutraue, aber ich glaube nicht an ihre Schuld.«

»Wir werden sehen!«

»Noch etwas, Herr Engelmann. Da fällt mir was ein. Der Ehemann von Frau Herta kam bei einem Feuer ums Leben. Das muss im Januar oder Februar 2017 gewesen sein. Würden Sie mir bitte die Unterlagen zu dem Sachverhalt bereitstellen?«

»Denken Sie an ein Fremdverschulden? Ach, Sie sehen einen parallelen Fall zu Parsifal Bär? Interessanter Aspekt. Ich lasse nach den Unterlagen suchen.«

Pit legte auf, zog sich seinen Mantel an und verließ die Wohnung.

Der Schriftsteller war mit Wilhelm Flater verabredet. Er erreichte seine Wohnung um zwölf Uhr.

»Kommen Sie herein, Herr Mattes. Meine Frau und ich erwarten Sie.«

»Tut mir leid, dass es so kurzfristig war. Aber …«

»Ist schon gut, wir haben mit Ihrem Anruf gerechnet. Bitte nehmen Sie Platz. Hier ist das Dokument, das die Schweizer Detektei an Parsifal geschickt hat. Ich habe Ihnen eine Kopie angefertigt.«

»Danke!«, sagte Mattes und merkte, dass Frau Flater im Sessel eingeschlafen war.

»Ja, so ist das. Wir sind schon über neunzig. Meine Frau ist schwach, ihr geht es nicht so gut. Sie braucht viel Schlaf.«

»Ich glaube, ich habe Sie verstanden.«

»Herr Mattes. Parsifal war vorige Woche am Montag hier und beruhigte uns, dass er sich darum kümmern werde, dass Martin und Anna die Firma erben würde.«

»Ja.«

»Außerdem erzählte er uns, dass er mit Ihnen Kontakt aufgenommen hat und Sie ihn unterstützen werden.«

»Er hat mit Mio und mir gesprochen. Ich habe ihn am Dienstagvormittag getroffen.«

»Meine Frau und ich sind alte Leute und können nicht mehr viel ausrichten. Bitte übernehmen Sie das.«

»Verstanden! Versprochen.«

»Danke. Vielen Dank, Sie nehmen uns eine große Sorge! Es wäre gut, wenn Sie uns jetzt alleine lassen würden«, sagte er mit Blick auf seine Frau.

MONTAG, 25.02.2019, 12:20 UHR,
HAMBURG-TONNDORF

Pit verabschiedete sich, stieg in sein Auto und las sich erst einmal das Schreiben durch, das er bekommen hatte. Während er bei Familie Flater war, hatte Kriminalkommissar Engelmann angerufen. Pit holte sein Telefon heraus und rief zurück. Engelmann erklärte, dass er auf die Akte *Erich Herta, Februar 2017* nicht zugreifen durfte. »Herr Mattes, das hatte ich noch nie. Die Akte ist gesperrt.«

»Wissen Sie, wer den Zugriff versperrt?«

»Ich sehe nur die Aktennummer, mehr nicht. Ich werde gleich mal mit meinem Chef Biestmann sprechen.«

»Okay«, sagte Mattes, startete das Fahrzeug und fuhr nach Eimsbüttel.

MONTAG, 25.02.2019, 13:00 UHR,
KANZLEI DES NOTARS

»Herr Doktor Grundwasser hat nur einen Augenblick Zeit für Sie. Gehen Sie bitte gleich durch in Raum III«, sagte die Empfangsdame, als der Schriftsteller die Notarkanzlei betrat.

»Hallo, Herr Mattes. Ich kann mir schon denken, was Sie von mir wollen. Die Kriminalpolizei, ein Herr Engelmann, rief mich an.«

»Ja, Sie sprachen bei der Testamentseröffnung von einem Dokument, das Ihnen vorliegt und das Sie Herrn Herta aushändigten. Um was geht es in diesem Schreiben?«

»Ich weiß, welches Sie meinen. Und Herr Bär hatte verfügt, dass Sie und seine Frau die Expertise auch bekommen. Das Original ist auf dem Postweg und wird Sie bestimmt heute erreichen. Es geht um ein Eigentumsdelikt, Unterschlagung. Manfred Herta hat zwei Millionen Euro veruntreut. Das Schriftstück ist eine Expertise von einem Herrn Grebnennak aus Hamburg-Eidelstedt.«

»Danke! Ich glaube, das Dokument hat mir Frau Bär schon ausgehändigt. Ich wurde abgelenkt und habe es nicht zu Ende gelesen.« Pit ärgerte sich darüber.

»Ich habe noch eine Information, die vielleicht für Sie interessant ist: Herr Bär beauftragte mich, den Firmeneintrag der Bär Gewürze GmbH zu ändern. Die Geschäftsführer sind ab 1. April 2019 Herr Martin Bär und Frau Anna Schmidt. Manfred Herta und Gert Bär sind raus.«

»Gut, sehr gut. Recht herzlichen Dank. Sie haben mir weitergeholfen.«

MONTAG, 25.02.2019, 13:30 UHR,
IM AUTO

Nachdem Pit die Kanzlei verlassen hatte, rief er bei Frau Raptis an.

»Haben Sie schon was erreichen können?«

»Ja, die Fingerabdrücke auf dem Foto und dem Weinglas sind identisch. Sie stammen von Manfred Herta.«

»Was ist mit den Präservativen?«

»Die sind beim LKA 35, Fachbereich forensische DNA-Analytik. Das dauert etwas länger.«

»Klar. Und die Spritze?«

»Noch nichts Genaues. Auf jeden Fall sind die Fingerabdrücke von Gert Bär darauf. Die Spritze ist bei den Toxikologen. Mal sehen, ob sie was zu dem Inhalt sagen können.«

»Okay, danke!«

»Beim Wohnmobil hatte ich mehr Erfolg. Bei einem Vermieter am Flugplatz wurde das Fahrzeug gechartert. Wie du es vermutet hattest, der Caravan wurde von einem Herrn Anton Loch telefonisch geordert. Das war am Donnerstag, den 21. Februar. Zurückgegeben wurde das Wohnmobil in der Nacht von Sonntag auf Montag. Da der Vermieter das Fahrzeug noch nicht gereinigt hatte, habe ich die Spurensicherung darauf angesetzt.«

»Prima! Sehr gute Arbeit«, lobte Pit.

»Danke, Herr Mattes, ich habe eine etwas private Frage an Sie.«

»Und welche?«

»Das, was ich in Ihren Büchern lese, stimmt das alles?«

»Ja, das sind mehr oder weniger Erlebnisberichte.«

»Dann gibt es tatsächlich diese Mio Takahashi?«

»Natürlich!«

»Wow – wollen wir uns nicht duzen?«

»Einverstanden, zumal du mich schon geküsst hast!«

»Danke, Pit. Ich werde dich benachrichtigen, wenn etwas von den Fünfunddreißigern kommt.«

»Danke, Dimitra.«

Er legte auf. Und wollte sein Fahrzeug starten.

MONTAG, 25.02.2019, 13:45 UHR,
IM AUTO

Pits Mobiltelefon klingelte. Kriminalrat Biestmann war am anderen Ende.

»Hallo, Herr Mattes. KHK Engelmann hat mich angesprochen. Ich kann Ihnen versichern, dass es zum Fall Erich Herta keine Parallelen zum Tod von Parsifal Bär gibt.«

»Wenn Sie das sagen.« Mattes musste überlegen: »Was ist damals passiert? Und warum ist die Akte gesperrt? Und wer blockiert die Dokumente?«

»Das werden Sie sich doch denken können.«

»Der Geheimdienst?«

»Ja, der Bundesnachrichtendienst. Viel mehr kann und darf ich Ihnen nicht sagen. Uns wurde der Fall entzogen.«

»Was ist damals in der Schneiderei passiert?«

»Sie sind aber hartnäckig. Ja, es gab ein Feuer in der Schneiderwerkstatt. Es wurde von einer brennenden Kerze ausgelöst. Die Feuerwehr wurde von einem Feuermelder alarmiert und war schon nach acht Minuten vor Ort. Das Feuer wurde gelöscht. Man fand einen Toten. So wurde die Kriminalpolizei hinzugezogen. Es wurde

Brandstiftung festgestellt. Der Leichnam wurde zur Überprüfung in die Rechtsmedizin gebracht. Dann wurde mir der Fall vom BND entzogen und die übernahmen die weiteren Ermittlungen. Ich bekam drei Wochen später eine Mitteilung, dass der Sachverhalt abgeschlossen wurde. Nach Brandstiftung wurde nicht weiter ermittelt. Das Verfahren wurde im Dezember 2017 eingestellt.«

»Danke!«

»Jetzt habe ich Ihnen mehr erzählt, als ich durfte.«

»Danke!«

MONTAG, 25.02.2019, 14:15 UHR,
IM AUTO

Damit war das Gespräch beendet. Mattes überlegte einen Augenblick und rief bei seinem Freund Doktor Ortwin Schietzler in der Rechtsmedizin an.

»Hey, Pit! Alles okay bei dir?«

»Moin, Ortwin. Jo, alles klar. Ich brauche mal wieder deine Unterstützung in einem Fall.«

»Ich habe nicht viel Zeit. Aber schieß mal los.«

»Kannst du dich an einen Fall Erich Herta aus dem Februar 2017 erinnern?«

»Oh, ja! – an den kann ich mich noch ganz genau erinnern. Da kamen vier Leute vom BND hier herein und nahmen eine Leiche mit. Auch unsere Untersuchungsergebnisse beschlagnahmten sie.«

»Na, Ortwin, dann gab es Untersuchungsergebnisse. Und wenn es so ein spektakulärer Fall war, kannst du dich bestimmt noch erinnern, wie Erich Herta ums Leben kam.«

»Das ist wahr. Aber ein Untersuchungsergebnis oder eine Expertise kann ich dir nicht liefern, wir hatten erstens die Untersuchung nicht abgeschlossen und zweitens habe ich nichts Schriftliches mehr.«

»Woran ist er gestorben?«

»Er wurde mit Verdacht auf eine Kohlenmonoxidvergiftung hier eingeliefert. Dementsprechend untersuchten wir ihn. Der Befund war negativ, also keine Rauchvergiftung. Er war vorher gestorben.«

»Alkohol?«

»Ja, Alkohol war im Blut, aber nicht so viel, dass er nicht wusste, was er tat. Nein er wurde vergiftet. Ich hatte damals Rizin gefunden.«

»Rizin? Ortwin, du weißt doch, ich bin kein Chemiker oder Toxikologe.«

»Rizin ist ein sehr giftiges Protein aus dem Samen des Wunderbaums. Das Zeug ist ein Nebenprodukt aus der Rizinusölherstellung.«

»Hört sich nicht besonders giftig an.«

»Na, du bist gut, nicht besonders giftig. Null Komma drei Milligramm je Kilogramm Körpergewicht reichen für eine lebensgefährliche Vergiftung. Und ich kann mich gut erinnern, dass ich mindestens zwanzig bis fünfundzwanzig Milligramm errechnet hatte.«

»Und wie wurde das Gift verabreicht?«

»Ich fand zufällig einen Einstich in der Schulter. Ich vermutete, dass er an dieser Stelle attackiert wurde.«

»Attackiert?«

»Zwanzig Milligramm, das ist nicht einmal ein Tropfen, das ist …«

»Na gut.«

»Ich hatte nicht mehr die Zeit, den Einstich näher zu untersuchen. Deshalb auch nur die Vermutung.«

»Okay! Wer mordet mit Rizin?«

»Wie du dir vorstellen kannst, wirst du das Zeug nicht in der Apotheke kaufen können. Auch die Herstellung ist nicht ganz einfach. Und noch was – es gibt kein Gegenmittel. Also eine totsichere Sache.«

»Oh, verstehe.«

»Geh mal davon aus, dass entweder ein Geheimdienst oder ein Syndikat dahintersteckt.«

»Aha!«

»Pit, meine Kolleginnen stehen in der Tür. Ich muss jetzt los, Kundschaft wartet. Tschüss, Pit.« Schon hatte er aufgelegt.

Mannomann, das wird immer verrückter!, überlegte Pit, während er sein Auto startete.

Bevor er sich Richtung Flugplatz aufmachte, lieferte er den Brief, den er von Wilhelm Flater bekommen hatte, im Polizeipräsidium ab.

MONTAG, 25.02.2019, 15:00 UHR,
HELMUT-SCHMIDT-AIRPORT

Pit parkte auf dem Parkdeck P4 gegenüber vom Lufthansa-Check-in. Er war zu früh, bummelte eine Etage tiefer zur Ankunft. In einem Bistro kaufte er sich einen Cappuccino und ein Franzbrötchen. Damit setzte er sich im

Wartebereich auf eine Bank. Nachdem er aufgegessen und -getrunken hatte, las er den Brief an Parsifal, den er in der Bibliothek begonnen hatte. Anschließend versuchte er, über das Verhältnis zwischen Manfred Herta zu Parsifal nachzudenken.

Seine Gedanken wechselten von Parsifal zu Gudrun, dessen ersten Frau: *Ich war davon ausgegangen, dass sie selbst das Unfallfahrzeug fuhr. In Wirklichkeit war es aber ihr zwanzigjähriger Sohn Gert. Der steuerte mit reichlich Alkohol den Mini und raste gegen den Brückenpfeiler. Da beide Körper aus dem Cabrio herausgeschleudert wurden, konnte im Nachhinein nicht festgestellt werden, wer das Fahrzeug fuhr. Aber der Unfallexperte, den Parsifal beauftragte, rekonstruierte den tatsächlichen Hergang. Parsifal, armer Parsifal ...*

»Ist Ihnen nicht gut?«, fragte eine Passantin, die Pit aus seinem Gedanken riss.

»Danke, mir geht es gut«, antwortete er, und sah Mio, wie sie gerade durch die Schiebetür trat.

»Endlich habe ich dich wieder«, begrüßte er sie und umarmte sie. Sie küssten sich. Dann wischte sie ihm die Träne von der Wange. Er nahm ihre Tasche und sie verließen den Flugplatz.

»Was hast du erlebt?«

»Eigentlich gar nix. Ich habe nichts Spektakuläres herausbekommen und bin etwas gefrustet. Den ganzen Tag unterwegs gewesen, aber noch immer keine Klarheit.«

»Mio, sei nicht enttäuscht. Das ist so im Detektivleben. Einfach ist das nicht.«

»Ich weiß, einfach kann jeder!«, schmunzelte sie und begann zu erzählen: »Sabine kam am Montagvormittag bei ihrer Freundin an. Sie übernachtete auch dort. Am Dienstag, so gegen vierzehn Uhr fuhr sie zu ihrer Wohnung. Sie blieb über Nacht in ihrem alten Appartement. Aber am Mittwochmorgen trafen sie sich wieder. Der Anruf von der Polizei erreichte sie übrigens auch dort. Ihrer Freundin ging es inzwischen besser. Sie brachte Sabine zum Flugplatz.«

»Hat dir das alles diese Frau erzählt?«

»Ja, dabei habe ich lediglich gefragt, ob sie eine Freundin hat.«

»Glaubst du, sie hat dir die Wahrheit erzählt?«

»Oh, mhm, ich denke schon. Du meinst, ob sie die Angaben für Sabine gemacht hat? Um ihr ein Alibi zu geben?«

»Richtig kombiniert!«

»Danke! Ihre Freundin kennt übrigens Sabines Bruder nicht. Sie ist nebenbei bemerkt die Frau, die auf dem Hochzeitsfoto ganz rechts steht.«

»Ach! Das bedeutet, das Anton Loch überhaupt nicht auf der Hochzeit war.«

»Richtig, Schatz!«

»Sabine arbeitet für ein Unternehmen mit dem Namen *Medivice*. Das ist eine Zusammensetzung von Medizin und Service. Es ist eine Gesellschaft mit fast dreitausend Mitarbeitern im medizinischen Bereich. Dazu gehören Labore, Apotheken, mehre Ärztehäuser, ein Pflegedienst und zwei Seniorenheime. Sabine war im privaten Pflegedienst und betreute Parsifal Bär, der nach einem Skiunfall den Dienst in Anspruch nahm. Übrigens, sie hat nicht gekündigt, sondern sich für ein halbes Jahr beurlauben lassen. Ihre Beurlaubung endet im April.«

»Oh, das ist aber interessant. Dann hatte sie nicht vor, in Hamburg zu bleiben?«

»Und ich habe noch was. Anton Loch hat sich bei *Medivice* beworben, und zwar als Laborleiter. Er ist studierter Chemiker.«

»Das ist doch eine ganze Menge. Und wirft ein anderes Bild auf die Geschwister. Und du sagst: nichts Spektakuläres. Das sehe ich anders.«

»Danke, Schatz, jetzt bin ich ein wenig stolz auf mich!«

Sie fuhren nach Eppendorf, da Pit den Brief von Doktor Grundwasser abholen wollte. Unterwegs berichtete Pit, was er erlebt hatte.

»Da bin ich nur ganz kurz weg und du wirst überfallen. Sag mal Pit, kannst du nicht auf dich selbst aufpassen?«, grinste sie ihn an.

»Ist alles gut gegangen.«

»Diesen Martin Bär möchte ich kennenlernen.«

»Dazu werden wir beide Gelegenheit haben.«

Pits Telefon klingelte.

»Hallo, hier ist Petra. Pit, bist du es?«

»Nein, hier ist Mio, hallo Petra. Pit sitzt am Steuer und fährt. Wir sind auf dem Weg nach Eppendorf.«

»Er kann mithören?«

»Ja, ich höre. Was können wir für dich tun?«, fragte Pit aufmerksam.

»Nichts. Aber ich für euch. Du erinnerst dich: Container, Klappe zum Geheimfach, Fingerabdrücke?«

»Ja! Habt ihr eine Person dazu gefunden?«

»Ha – ja – und die kennst du auch.«

»Nun mach's nicht so spannend«, kam es von Mio.

»Die Vergleichsabdrücke sind ganz frisch. Die sind sozusagen noch nicht einmal trocken!«

»Na, nun los. Ich habe keine Ahnung, wen du meinst.«

»Pit, du wurdest heute Morgen von einem Bernd Luitpold attackiert. Im Kommissariat wurden seine Prints genommen. Und, dieser Kerl hatte die Klappe bedient.«

»Oh, das bedeutet …«

»Du könntest recht haben. Herr Luitpold arbeitet für die Firma *ConFerSe*. Er ist gelernter Autoschlosser und macht Reparaturen und Sonderanfertigungen für eine Container-Fabrik in Segeberg. Jetzt kommt der Hammer! Weißt du, wem die Firma gehört?«

»Nee«, kamen von Mio und Pit gleichzeitig.

»Manfred Herta! Was sagt ihr dazu? Da seid ihr platt!«

»Jo, das gibt's doch nicht!«

»Hallo, Pit, hier ist Torben. Wir haben Luitpold zur Fahndung ausgeschrieben. Ich schicke dir eine Nachricht, wenn wir ihn haben und mehr wissen!«

»Fein! Gut, sehr gut! Das passt zusammen. Danke, dafür gebe ich das nächste Mal ein Bier aus.«

»Oh, das merken wir uns, da ist sowieso noch was offen! Tschüss, Mio und tschüss, Pit.«

»Tschüss«, antworteten Mio und Pit gleichzeitig.

Pit bekam einen Parkplatz unmittelbar vor ihrem Haus in der Eppendorfer Landstraße.

Im *Bücher&Lese-Café* begrüßten sie zuerst Susanne und dann Thomas, der aus der Backstube kam, als er die beiden hörte.

»Pit, für dich ist Post gekommen und für Mio ist ein Paket abgegeben worden«, sagte Susanne und zeigte auf die Tür zur Backstube.

»Auf den Brief habe ich gewartet«, entgegnete Pit. Mio marschierte in das Hinterzimmer.

»Pit oder Mio, wollt ihr beiden mit uns zu Abend essen?«

»Gerne, aber in Blankenese erwartet man uns«, antwortete Mio und übergab Pit den Brief.

»Danke. Willst du noch nach oben in die Wohnung?«, wollte Pit von Mio wissen.

»Gewiss«, antwortete sie und umfasste ihr Paket. »Nimmst du meine Tasche?«

Sie verabschiedeten sich und gingen die Stufen hinauf.

»Pit, ich habe was für dich!«, sagte Mio, als sie ihr Appartement erreichten und übergab ihm das in Packpapier gewickelte Paket. Er schaute sie fragend an. Sie musste lachen. »Da schaff ich es doch auch einmal, dich zu überraschen. Pack schon aus!«, forderte sie ihn auf.

Er zerriss das Papier und zum Vorschein kam das Bild mit dem Feuerschiff – die Aufnahme, die in Parsifals Wohnung hing. Mio hatte das Glas ersetzen und den Aluminiumrahmen säubern lassen. Pit betrachtete das Foto lange, dann kamen ihm die Tränen. Mio umarmte ihn.

»Danke! Danke, Mio. Wo hast du denn das her?«

»Ich habe Sabine gefragt, ob ich das Bild haben kann. Sie mochte das Foto sowieso nicht und drückte es mir gleich in die Hand.«

»Kapitän Wulf Hoffmann. Mein Vater kannte ihn. Er hat oft Geschichten vom Käpt'n erzählt. Danke, Mio.«

Pit stellte den Rahmen auf einen Stuhl in seinem Büro. Er stand bestimmt drei oder vier Minuten vor dem Bild, bis Mio kam, ihn küsste und umarmte. »Pit, wir müssen los!«

»Ich weiß, Mio. Das Feuerschiff, ich weiß jetzt …«

MONTAG, 25.02.2019, 18:00 UHR,
IM AUTO

Dieses Mal fuhr Mio. Pits Telefon klingelte. Es war Kriminalhauptkommissar Engelmann. Er nahm das Gespräch entgegen und stellte auf Laut, damit Mio mithören konnte.

»Hallo, Herr Mattes und ich vermute, hallo, Frau Takahashi.«

»Richtig, moin, Herr Hauptkommissar.«

»Ich möchte mich melden und Ihnen den aktuellen Ermittlungsstand mitteilen.

Erstens: Herrn Bär mussten wir eben gehen lassen. Das Telefonat, das er vor der Haustür gemacht haben wollte, fand statt. Dann habe ich den Einwand von Johann überprüft. Er hat recht: Man kann die Fernbedingung relativ schnell auf eine andere Frequenz umschalten. Damit hätte jeder den Fall des Kronleuchters auslösen können. Es gibt insgesamt zwölf Fernbedienungen. Die Fußspuren im Staub auf dem Dachboden über dem Kronleuchter brachten uns nicht weiter. Wir haben alle Schuhe und Stiefel der Hausbewohner überprüft. Der Schuhabdruck wurde auf Größe vierzig bemessen. Gert Bär hat die Schuhgröße dreiundvierzig.«

»Verstehe! Damit sind alle Indizien, die zu Gert Bär führten, haltlos.«

»Stimmt! Und alle anderen, außer Doris Bär, haben ein Alibi. Wobei Doris Bär die Schuhgröße achtunddreißig hatte.«

»Ich bin davon überzeugt, dass jemand aus der Familie der Täter ist«, warf Mio ein.

»In achtzig Prozent der Fälle ist das auch so«, bestätigte Walter Engelmann.

»Und zweitens?«, fragte Pit.

»Ja, zweitens. Ach ja, zweitens: Heidrun Herta wird beschuldigt, Doris Bär getötet zu haben. Ich habe mehrere Aussagen, die bestätigen, dass sie das schon ein paarmal ausgesprochen hatte. Außerdem wurde das Gift in ihrer Garage hergestellt und sowohl an den Felgenreinigerflaschen als auch an den Reagenzgläsern waren nur ihre Fingerabdrücke. Wir haben des Weiteren ihre Prints in Gert Bärs Garage gefunden. Sie holte sich den Felgenreiniger aus seiner Garage. Die Abdrücke der Sprühflaschen konnte man deutlich im Staub erkennen.«

»Verstehe!«

»Ich merke, Sie glauben nicht an ihre Schuld.«

»Sagen wir mal, ich kann es mir nicht recht vorstellen. Hunde, die bellen, beißen nicht!«

»Haha! Ich habe da andere Erfahrung gemacht!«

»Beide Fälle hängen irgendwie zusammen«, sagte Mio.

»Herr Mattes und Frau Takahashi, Sie wissen, was das bedeutet. Passen Sie auf sich und Sabine Bär auf!«

»Sabine hat ja jetzt ihren tollen Bruder, der auf sie aufpassen will.«

»Was, dann wohnen sie nicht mehr in Blankenese?«, fragte der Kriminalist.

»Wir fahren gerade dorthin. Pit möchte vor Ort den Fall lösen. Und wenn ich mir seinen Blick ansehe, ist er ein Stück weitergekommen. Ich war übrigens heute in Genf, um zu recherchieren«, sagte Mio.

»Ah, haben Sie neue Erkenntnisse mitgebracht?«

»Nur Enttäuschungen! Und die Bestätigung, dass Sabine Bär am Montag und am Mittwoch bei ihrer Freundin in Genf war.«

»Okay – das bestätigt ihre Aussage. Frau Takahashi, bitte machen Sie mir darüber eine Kurznotiz. Um noch einmal auf die Fußspuren zurückzukommen. Die Abdrücke auf dem Dachboden und die, die Sie, Herr Mattes, im Schnee fotografierten, sind vom selben Schuh.«

»Das habe ich mir schon gedacht. Übrigens, Manfred Herta ist in einen Medikamentenschmuggel verwickelt.«

»Ich habe eine Mail vom Zoll, von einer Petra Burgstaller bekommen. Ist das die Ermittlung dazu? Dann lese ich mir das gleich durch.«

»Ja, ich habe Petra gebeten, Ihnen das zu schicken.«

»Moment, ich werde gerade vom Einsatzplatz angerufen. Ich lege mein Handy kurz daneben.«

Pit hörte, wie im Hintergrund gesprochen wurde.

»Pit, hat Manfred Herta dann nicht auch einen Grund gehabt, Parsifal zu töten?«, fragte Mio.

»Das wäre durchaus ein Motiv.«

»Hallo! Hallo, Herr Mattes!«

»Ich höre!«

»Ich habe eben vom Einsatzplatz gehört, dass es in Blankenese im Kaufmannshaus eine Schwerverletzte gibt. Ich fahre sofort hin. Wir sehen uns dort!«

»Oh!«, rief Mattes erschrocken. »Wer? Was ist passiert?«

»Annette Bär, Verdacht auf Vergiftung, mehr weiß ich nicht«, antwortete der Kriminalbeamte und legte auf.

»Scheiße! Was ist da los?!«, rief Mio und gab Gas.

Im Radio wurde berichtet, dass Peter Tschentscher zum neuen Bürgermeister in Hamburg gewählt worden war.

MONTAG, 25.02.2019, 18:30 UHR,
BLANKENESE, BÄR-VILLA, SPEISESAAL

Sie erreichten die Villa in einem rasanten Tempo. Pit nahm sich vor, Mio zu fragen, wo sie so Autofahren gelernt hatte.

Sie bogen auf die Auffahrt zur Villa ab. Ein Rettungswagen mit Blaulicht kam ihnen entgegen. Mio stoppte vor dem Hausportal, wo Johann vor der Tür stand. Er hatte Tränen in den Augen. Mio rannte zu ihm. Er ließ sich in ihren Arm fallen. Pit war sofort bei der Stelle. Gemeinsam brachten sie Johann ins Haus.

Sie schleppten ihn in die Bibliothek. Mio öffnete eine Flasche Wasser aus dem Getränkekühlschrank und reichte ihm ein Glas. Er trank ein paar Schlucke.

»Ich habe sie hier in der Bibliothek gefunden. Es sah aus, als würde sie schlafen. Sie hatte ihr Glas Wein fallenlassen. Dort drüben. Ich muss den Fleck entfernen«, sagte er und wollte aufstehen.

»Bleiben Sie sitzen, das wird die Spurensicherung erst untersuchen«, entgegnete Pit.

»Ich glaube, da kommt die Polizei. Ich öffne die Eingangstür«, rief Mio.

Ein Polizeiauto kam mit Blaulicht und Sirene die Auffahrt hochgefahren. Mio verließ den Raum und öffnete den Polizisten die Haustür. Dann gab sie ihnen einen kurzen Bericht. Gemeinsam kamen sie zu Johann und Pit in die Bibliothek.

Nach der Begrüßung telefonierte die Polizeibeamtin. Fünf Minuten später kam Walter Engelmann mit seiner Kollegin. Zuerst sprach er mit der Polizistin in Uniform, dann begrüßte er Mio, Johann und Pit.

»Ich verständigte die Spurensicherung, wir verlassen besser die Bibliothek«, ordnete Engelmann an.

»Wer war noch im Haus?«, fragte er Johann dann im Speisesaal.

»Wir, die in diesem Raum sind und die Küchen- und Servierfrau«, antwortete Johann.

»Ist Gert Bär nicht da?«, fragte er weiter.

»Doch er kam gerade, als der Rettungswagen fahren wollte, mit einem Taxi. Er ist im Ambulanzfahrzeug mitgefahren.«

»Verständlich.«

»Was ist heute Nachmittag passiert?«, fragte Pit.

»Frau Bär kam um Viertel nach vier zurück. Sie wurde in einem Bentley gebracht. Sie war fröhlich und ausnahmsweise höflich.«

»Was passierte dann?«

»Sie ging in ihre Wohnung«, berichtete er weiter. »Nach einer Stunde kam sie herunter und erzählte mir, dass ihr Mann zurückkommt. Er hatte angerufen. Ihre Fröhlichkeit war verflogen. Sie schritt in die Bibliothek. Ich brachte ihr Kuchen, sie hatte nicht zu Mittag gegessen. Sie ging an den Schrank und holte sich ihre Flasche Wein heraus, die ich öffnete. Kurz vor achtzehn Uhr fand ich sie zusammengesunken im Sessel. Das Glas war ihr aus der Hand gefallen. Erst dachte ich, sie wäre eingeschlafen, aber irgendwie kam mir das komisch vor. Darum versuchte ich, sie zu wecken. Sie hatte nur einen schwachen Puls. Ich rief die 112 an.«

»Danke, Johann. Ich habe noch eine indiskrete Frage. Hat sie einen Liebhaber?«

»Der Mann, der sie brachte, war schätzungsweise zehn Jahre älter als sie. Er stieg aus, öffnete die Beifahrertür, nahm sie in den Arm und küsste sie.«

»Gut. Wann war das?«

»Oh, genau weiß ich das nicht. Das muss so zwischen sechzehn und sechzehn Uhr dreißig gewesen sein. Die Außenkamera müsste es erfasst haben. Soll ich nachschauen?«

»Ja, aber später. Was machte Frau Bär dann?«

»Sie bestellte heißes Wasser für ihren Früchtetee und lief in ihre Wohnung.«

»Herr Johann, die Spurensicherung kommt gleich. Lassen sie die Damen und Herren bitte herein.«

»Selbstverständlich!«

»Johann, ich habe noch eine Frage an Sie. Sie sagten eben: Frau Bär ging an den Schrank und holte sich ihre Flasche Wein heraus. Hat jeder seine eigene Buddel im Schapp?«, wollte Pit wissen.

»Ja, Annette Bär trank immer einen lieblichen jungen und fruchtigen Rotwein. Alle anderen trinken lieber einen Trockenen. Der Schrank ist eine Spezialanfertigung vom früheren Familienoberhaupt. Er temperiert die Weine auf sechzehn Grad.«

»Wo ist Sabine?«, fragte Mio.

»Frau Bär ist gegen vierzehn Uhr mit ihrem Bruder zum Einkaufen gefahren. Sie war der Meinung, er sei nicht ordentlich genug gekleidet.«

Die weiteren Untersuchungen, die der Kriminalhauptkommissar und seine Kollegin anstellten, brachten keine neuen Erkenntnisse. Sowohl Mio als auch Pit waren bei den Befragungen im Speiseraum dabei. Nachdem die Spurensicherung und die Kriminalpolizei gegangen waren, begannen Johann und die Servierfrau das Abendbrot aufzutischen. Sabine kam mit einem Taxi. Mio berichtete ihr, was geschehen war. Ihr Bruder war zum Essen nicht anwesend. Nach dem Dinner gingen alle in die Bibliothek.

Gegen zwanzig Uhr erreichte ein Taxi die Villa. Gert Bär kam zurück. Mio war zuerst an der Tür. »Wie geht es Ihrer Frau?«

»Nicht gut. Sie ist bisher nicht aufgewacht. Ich durfte nicht zu ihr. Sie hat Gift geschluckt. Der Stationsarzt hat mich nach Hause geschickt. Ich kann nichts für sie tun und stehe bloß im Wege.«

»Haben Sie etwas gegessen?«, fragte Frau Takahashi.

»Ja, in der Krankenhauskantine.«

»Herr Bär«, begann Mattes, »auch wenn es vielleicht nicht passend ist, ich muss mit Ihnen einige offene Punkte durchgehen.«

»Kein Problem. Ich ziehe mich nur um. Wir können uns in zehn Minuten im Speisesaal treffen.«

Herr Bär ging die Treppe zu den Appartements hoch. In dem Augenblick kam Johann aus der Küche. »Oh, war das der junge Herr Bär?«

»Richtig«, antwortete Mio.

»Hat er berichtet, wie es seiner Frau geht?«

»Ja, leider nicht so gut.«

»Ich befürchte, dass der Wein mit Gift versetzt wurde. Die Flasche habe ich heute Mittag aus dem Keller geholt und für Frau Bär geöffnet. Herr Mattes, ich habe die gnädige Frau aber nicht vergiftet.«

»Johann, wann genau haben Sie die Buddel aufge-macht?«

»Das war, als Frau Bär aus ihrer Wohnung kam und mir erzählte, dass ihr Mann aus dem Gefängnis entlassen worden ist. Das war Viertel nach fünf.«

Mattes holte sein Notizbuch hervor und schrieb sich die Uhrzeit auf. »Danke, Johann, das hilft uns weiter.«

»Darf ich Ihnen irgendetwas zu trinken bringen?«

»Gerne, Tee für Pit und ich hätte nichts gegen einen Espresso«, antwortete Mio.

»Sehr wohl!«

Mio und Pit gingen in den Speisesaal.

MONTAG, 25.02.2019, 20:40 UHR,
BLANKENESE, BÄR-VILLA, SPEISESAAL

»Was hältst du von dem, was Johann gesagt hat?«

»Mio, ich weiß es nicht. Sie wurde vergiftet. Das habe ich schon vermutet und das im Wein Gift war, ist nahe-liegend. Frau Bär hatte ihr Glas noch in der Hand. Jo-hann hat uns eben einen wichtigen Hinweis gegeben.«

»Das mit der Weinflasche?«

»Korrekt, und der Zeitpunkt.«

»Gert Bär? Dann verdächtigst du ihn, obwohl er nicht hier war.«

»Ja, Mio, denk an die Spritze.«

»Du vermutest, er hat mit der Spritze durch den Kor-ken Gift in den Wein gespritzt. Und das hat er gemacht, nachdem die SpuSi Sonnabend den Keller untersucht hat und bevor er verhaftet wurde.«

Pit nickte zustimmend.

»Okay, das kann ich nachvollziehen. Willst du ihn gleich darauf ansprechen?«

»Nein, erst dann, wenn ich Genaueres weiß.«

Johann betrat den Raum und nickte nur kurz zu Pit und Mio hinüber. Er marschierte direkt zum Sideboard und steckte die Kerze im Stövchen an. »Espresso und Tee kommen sofort. Der Tee muss noch einen Augenblick ziehen.«

Aus dem Schrank holte er die Zuckerdose, Teelöffel und eine Tasse mit Untertasse und stellte sie auf den Tisch.

Der Schriftsteller nahm dort Platz, wo Johann die Tasse hingestellt hatte, Mio setzte sich daneben. Johann holte die Teekanne, goss ein und stellte die Kanne auf das Stövchen. Dann servierte er den Espresso.

Gert Bär betrat den Raum. Er hatte ein Glas Rotwein in der Hand. Er setzte sich den beiden gegenüber an den Tisch. »Herr Mattes, was kann ich für Sie tun? Die Kriminalpolizei hat mich in den letzten paar Tagen durch die Mangel genommen, da werde ich Ihre Befragung auch überstehen.«

»Danke, Herr Bär, dass Sie sich für uns Zeit nehmen. Ihre Aussagen, die Sie bei der Polizei gemacht haben, haben wir zugeschickt bekommen. Ich werde nicht dasselbe noch einmal fragen. Fangen wir mit dem Felgenreiniger an. Wo haben Sie den her?«

»Ach, ich glaube, das habe ich schon tausendmal erzählt. Mein Auto ist ein 1967er Ford Mustang Coupé. Ich habe ihn in der USA gekauft. Als ich den Schlitten hier in Hamburg aus dem Container fuhr, war das Pflegematerial im Kofferraum. Ich habe es nie gebraucht. Ich wasche das Auto nie selbst.«

»Oh!« Pit stutzte einen Augenblick. »Ich möchte mich mit Ihnen über Ihre Vergangenheit unterhalten.«

»Kein Problem!«

»Herr Bär – Ihre erste Frau, Veronika Bär, ist am 12. Februar 2003 in der Schweiz ums Leben gekommen. Die Behörden konnten Ihnen nicht beweisen, dass Sie Ihre damalige Frau den Abhang hinuntergeschubst haben. Aber der Verdacht steht nach wie vor im Raum. Zumal sich Ihre Frau von Ihnen trennen wollte.«

»Das ist doch Quatsch. Woher wollen Sie das wissen?«, rief er und stand hastig auf.

»Ihre Frau schrieb ein paar Tage vor Ihrem Urlaub einen Brief an ihren Vater. In dem sprach sie von der bevorstehenden Trennung. Außerdem wird im Schreiben ihr Ehevertrag erwähnt. Danach hätte Ihre Frau bei einer Scheidung zwei Millionen Euro von Ihnen bekommen«, sagte Mattes ganz ruhig und stand langsam auf. Herr Bär ging zum Fenster, zog die Gardine ein Stück zur Seite und schaute in die Dunkelheit.

»Na, wenn das kein Motiv ist!«, flüsterte Mio. Sie war inzwischen aufgestanden und stellte sich neben Pit.

»Ach, das meinen Sie! Der Brief ist nicht echt. Der ist eine Erfindung von den Flaters, Ex-Schwiegereltern.«

»Wilhelm Flater hat mir den Brief ausgehändigt.«

»Na und, den kenne ich! Ich hatte auch schon eine Kopie dieser Fälschung«, antwortete Gert Bär darauf mit kratzender Stimme. Unruhig wechselte er sein Standbein von rechts nach links.

»Kriminalhauptkommissar Engelmann hat einen Schriftsachverständigen bemüht. Der Brief ist echt«, pokerte Mattes, denn das Ergebnis der Untersuchung besaß er noch nicht.

»Herr Mattes, das Verfahren ist lange abgeschlossen«, entgegnete darauf Parsifals Sohn ohne seine Nervosität zu verbergen.

»Richtig. Kommen wir zu meinem letzten Punkt. Am 4. Mai 2003 starb Ihre Mutter bei einem Autounfall. Gudrun holte Sie von einer Feier ab. Sie steuerten den Mini auf dem Rückweg und rasten an den Brückenpfeiler. Sie hatten zwei Komma eins Promille Alkohol im Blut. Sie waren absolut nicht fahrtüchtig. Sie verursachten den Unfall, bei dem Ihre Mutter starb.« Die Vorwürfe, die Mattes aussprach, waren bestimmend und provokativ. Mio schaute Pit fragend an und fasste ihn vorsichtig an die Schulter. Mio kannte diese Form einer Kommunikation von Pit nicht und war verunsichert.

»Parsifal hat den Unfall rekonstruieren lassen. Er wusste das die ganzen Jahre. Er verließ aus diesem Grund Hamburg«, fügte er seinen Anschuldigungen hinzu und ließ den anderen Mann nicht eine Sekunde aus den Augen. Eine Pause entstand.

Gert Bär drehte sich langsam um, er schaute zitternd in Mattes Gesicht. »Pah«, war seine Reaktion, dann schluckte er und drehte sich wieder zum Fenster.

Pit holte tief Luft, streichelte Mio sanft über ihren Rücken und setzte sich wieder. Er nahm seine Tasse und trank den Tee aus.

»Ich habe ganz andere Sorgen als diesen Kram aus der Vergangenheit. Wenn Sie unbedingt herumschnüffeln müssen, dann finden Sie heraus, wer Doris umgebracht hat oder meine Frau vergiften wollte«, rief er, während er sich umdrehte und Mattes vorwurfsvoll anschaute. Gert Bär zog die Arme an den Körper, die Hände ballte er zu Fäusten.

»Da machen Sie sich keine Sorgen, das werden wir. Entschuldigen Sie die grobe Ansprache, ich wollte nur von Ihnen wissen, wie Sie zu den Vorwürfen stehen.«

»Und?«, er hatte seine Beherrschung wiedergefunden, richtete seinen Blick auf Mattes und lächelte. »Ich gehe davon aus, dass Sie neue Erkenntnisse gewonnen haben«, giftete er Mattes entgegen und zeigte ihm den Mittelfinger.

Ohne ein weiteres Wort und ohne eine Geste verließ er den Speisesaal.

»Ja – ja, die habe ich«, flüsterte Mattes.

»Pit – was für Ergebnisse oder Erkenntnisse hast du gewonnen? Ich habe aus dem Gespräch nichts mitgenommen«, fragte Mio, als die Tür zuknallte.

»Gert Bär hat eben bestätigt, dass er seine erste Frau umgebracht hat und dass er damals den Mini fuhr, in dem seine Mutter starb.«

»Das hat er aber nicht gesagt.«

»Richtig, seine Körperhaltung und seine Gestik haben es verraten.«

»Darüber habe ich schon mal etwas gelesen. Das musst du mir unbedingt beibringen!«

»Gerne, komm …«

Mio guckte Pit fragend an: »Ich habe noch eine Frage. Wann hat dir Parsifal das Dokument von der Untersuchung gegeben?«, fragte sie im Flüsterton.

»Das Schriftstück bekam ich zweimal. Einmal vom Notar -«

»Ja, okay, das weiß ich!«

»Und dann fand ich es in Parsifals Wohnung. Im Regal. Er hatte es in meinen ersten Krimi gelegt. Das Buch habe ich ihm vor etlichen Jahren geschenkt«, erklärte Pit.

»Das ist das Schreiben, das du … Ah, ich weiß schon. Ich merke, ich muss noch einiges lernen. Bring mir das bei, wie du das machst, wie du die Zusammenhänge entdeckst, wie du die Gestik interpretierst und so weiter.«

»Gerne, sehr gerne. Aber jetzt komm, wir gehen einen Augenblick in die Bibliothek«, sagte Pit, während er Mios Espresso- und seine Teetasse auf das Sideboard stellte. Er blies das Teelicht im Stövchen aus.

MONTAG, 25.02.2019, 21:30 UHR,
BLANKENESE, BÄR-VILLA, BIBLIOTHEK

In der Bibliothek trafen sie wieder auf Gert Bär. Er hatte sich etwas beruhigt und goss sich ein Glas Wein ein, als Mio und Pit den Raum betraten.

»Da fällt mir eine Frage ein. Wann haben Sie Ihre Stiefmutter am vorigen Donnerstag in Eppendorf abgeholt?«, fragte Mattes.

»Donnerstag? – Nein, ich bin mir sicher, dass ich Sabine am Donnerstag nicht getroffen habe. Gesprochen haben wir bei der Feier im Hafen und dann am Freitag.«

»Danke, Herr Bär.«

Mio und Pit setzten sich an den Couchtisch. Pit nahm das Familienalbum noch einmal in die Hand und schaute sich die Bilder an. Mio zeigte auf dem Hochzeitsfoto auf Sabines Freundin. Pit betrachtete anschließend die Fotografie, die im August im Garten der Villa aufgenommen worden war.

Gert Bär stellte sein leeres Glas auf den Schreibtisch und verließ den Raum.

»Willst du das Familienfoto auswendig lernen?«, lästerte Mio.

»Nein, das nicht. Schau mal, zwischen den Personen auf dem Bild herrscht eine Anspannung, die man aus der Körperhaltung erkennen kann. Nur bei Parsifal und Sabine nicht. Dieses Foto zeigt die soziale Situation dieser Familie.«

»Ja – verstehe ich!«, begann Mio. »Annette Bär steht näher an Manfred Herta als an ihrem Mann.«

»Sie haben sich vorher gestritten«, kam eine Stimme von der Tür. Pit schaute auf und sah Johann. Die beiden hatten nicht mitbekommen, dass er die Bibliothek betreten hatte.

»Richtig, das kann man sehen und im Kopf höre ich auch ihre Stimme, wie sie laut kreischt«, kam es von Mio.

»Entschuldigen Sie, Frau Takahashi, Herr Mattes, das ich mich eingemischt habe.«

»Johann, Sie bekommen doch hier mehr mit, als wir alle vermuten. Wie ist das Verhältnis zwischen Herrn Herta und Annette Bär?«, fragte Mio.

»Ich möchte nicht indiskret sein. Das geht mich nichts an.«

»Aber, aber, Johann, wir wünschen doch nur einen Hinweis«, schmeichelte Mio.

»Sehr wohl!«, vermeldete Johann. Er stellte Gert Bärs Glas auf sein Tablett und schaute zuerst Mio, dann Pit lange an. »Ja, man kann sagen, sie hatten ein Verhältnis. Zumindest zeitweise, oder besser immer mal wieder.«

»Na bitte!«

»Kann ich den Herrschaften noch etwas anbieten?«

»Nein danke, Johann«, bedankte sich der Schriftsteller.

»Wo sind eigentlich Sabine und ihr Bruder?«, wollte Mio wissen.

»Frau Bär ging gegen einundzwanzig Uhr in ihr Appartement. Herr Loch verließ die Bibliothek eine Viertelstunde später.«

»Dann sind wir die Letzten?«

»Frau Sinnlein ist noch in der Küche. Sie wird heute im Gästezimmer ›Vanille‹ nächtigen. Sie hatte eine Auseinandersetzung mit ihrem Mann. Herr Herta ist im Keller und holt sich eine neue Flasche Wein.«

»Okay, Johann, dann gute Nacht.«

»Gute Nacht, die Herrschaften«, erwiderte er und verließ die Bibliothek.

Mio blätterte im Fotoalbum. Sie kam aber immer wieder auf das Familienbild zurück, das im Garten aufgenommen worden war. Die beiden betrachteten gemeinsam die Fotografie. Person für Person gingen sie die Familienmitglieder, mit dem Blickpunkt auf Motiv und Tatumstände, durch.

»Je länger ich darüber nachdenke, desto mehr glaube ich, dass Sabine in großer Gefahr ist. Schatz, wie siehst du das?«

»Ich befürchte, du hast recht. Mit Engelmann habe ich darüber gesprochen. Er hat sich bereit erklärt, Sabine in Schutzhaft zu nehmen. Sie lehnte aber ab.«

»Und wer ist deiner Meinung nach der Täter?«

»Wir haben vier Tatbestände zu betrachten. Ich bin mir sicher, dass es mehrere Straffällige gibt.«

»Vier?«

»Parsifal, das Attentat auf Sabine, Vergiftung Doris Bär und der Vergiftungsversuch von Annette Bär.«

»Okay, nachvollziehbar – und da hast du vier Verdächtige?«

»Ich habe mehrere Verdächtige. Gert Bär, Manfred Herta, Heidrun Herta, auch Doris wäre möglich, obwohl sie jetzt tot ist. Und da ist noch dieser ominöse Anton Loch, aber – ich finde beim besten Willen kein Motiv.«

»Anton Loch … Loch, wieso ist der weder auf diesem Foto noch auf dem Hochzeitsfoto, das in Genf aufgenommen wurde?«

»Angeblich hatte er keine Zeit.«

»Aber hallo! Wenn meine Schwester heiratet … und anscheinend stehen sie sich doch recht nahe? Verstehe ich nicht! Oder war er neidisch?«

»Mio! Mio, das ist es. Warum bin ich nicht gleich darauf gekommen?«

»Was? Worauf bist du …?«

Weiter kam sie nicht, denn Manfred Herta betrat die Bibliothek. Er hatte eine Flasche Wein geholt, die er in der Hand hielt. »Na? Noch Detektiv spielen? Und was soll dieser Termin morgen um fünfzehn Uhr werden? Sie sitzen da wie …«

»Oh, Herr Herta, das trifft sich gut, wir haben da noch ein paar Fragen an Sie«, unterbrach Mattes ihn.

»Nur zu! Wird bestimmt amüsant«, kommentierte er, schenkte sich Wein ein und setzte sich auf den Sessel, auf dem seine Zeitung lag.

»Es geht um Ihren Vater Erich.«

Herta stand auf, nahm die Zeitung, legte sie zusammen und setzte sich wieder. »Mein Vater ist tot.«

»Offiziell ist Erich vor zwei Jahren bei einem Feuer ums Leben gekommen.«

»Stimmt, aber warum reden wir jetzt darüber?«, fragte Herta. »Vor zwei Jahren brannten die Schneiderei und das Ladengeschäft aus. Erich kam dabei ums Leben. Es wurde Brandstiftung festgestellt. Der Täter konnte nicht ermittelt werden. Das Verfahren wurde im Dezember 2017 eingestellt«, maulte Herta.

»Alles richtig! Zumindest ist das die offizielle Version«, flüsterte Pit, um die Spannung zu verstärken. Dabei beobachtete er sein Gegenüber akribisch.

»Erich Herta war in den Achtziger- und Neunzigerjahren ein erfolgreicher Modeschöpfer oder Designer und auf vielen Veranstaltungen in der ganzen Welt präsent.

Aber er arbeitete nicht nur für sein Label, sondern auch für den Bundesnachrichtendienst. Für den war er besonders interessant, weil er oft im damaligen Ostblock unterwegs war. Nebenbei verdiente er sich ein ansehnliches Taschengeld, indem er Drogen aus dem Ausland mitbrachte.«

»Was? Sie haben eine blühende Fantasie.«

»Wie Sie meinen, Herr Herta. Er wurde dreimal festgenommen. Man fand Marihuana in größeren Mengen bei ihm. Der BND sorgte dafür, dass er ungeschoren davonkam.«

»Okay, verhaften können Sie ihn heute nicht mehr«, grinste Herta.

»Das funktionierte so lange, wie er erfolgreich war. Jahre später war Erich so gut wie aus dem Geschäft. Er nahm Drogen und fing an zu trinken«, Pit machte eine Pause. »Herr Herta, Ihre Mutter hatte die Schneiderei und ihren Laden aufrecht halten können. Ihr Vater war ihr keine Hilfe dabei. Er war Alkoholiker. Die Entziehungskuren waren erfolglos. Er verprasste das gesamte Vermögen.«

»Und, wen interessiert das?«, rief Herta.

»Ihr Vater besuchte Sie öfter im Unternehmen. Und er erpresste Sie.«

»Woher wollen Sie das wissen?«, fragte er und wurde laut dabei.

»Entsprechende Termineintragungen wurden in Ihren Kalendern gefunden. Der Zoll und die Polizei stellten übrigens Ihre Terminplaner der letzten zehn Jahre aus dem Bücherregal in Ihrem Büro sicher. Und ein Finanzexperte fand Ihre Zahlungen auf Erichs Geheimkonto.

Kapitel 11

Herr Herta, Ihr Vater wurde für Sie zu einem Risiko. Ihr Syndikat gab Ihnen Rizin. Den Ladenschlüssel entwendeten Sie Ihrem alten Herrn bei einem Besuch. Der Schlüssel liegt übrigens noch in Ihrer Schreibtischschublade. Sie töteten Ihren Vater mit einer vergifteten Nadel und steckten die Schneiderei mithilfe einer Kerze an.«

»Das können Sie mir nicht beweisen.«

»Richtig, das vermögen wir nicht, leider nicht.«

»Und außerdem ist der einzige Mensch, der noch was dazu sagen könnte tot«, schrie er. Dann stellte er sein Weinglas auf den Couchtisch und rannte aus dem Zimmer.

»Ich glaube, das fand er jetzt nicht so amüsant«, begann Mio. »Ist er der Mörder von Parsifal?«

»Ich vermute, er hat die Autobombe besorgt. Aber beweisen kann ich ihm das nicht.«

Mio schloss das Fotoalbum. »Du hast ihn ganz schön nervös gemacht.«

»Er ist sich sicher, dass wir ihm nichts nachweisen können. Und damit hat er recht. Hoffentlich findet Petra noch was.«

»Komm, Pit, lass uns schlafen gehen – war ein langer Tag.«

MONTAG, 25.02.2019, 22:30 UHR,
BLANKENESE, BÄR-VILLA, APPARTEMENT ›PFEFFER‹

Mio und Pit schritten in ihr Appartement. Pit schaute noch einmal aus dem Fenster. Draußen war es wieder neblig geworden. Mio stand hinter Pit und umfasste ihn.

»Was meinst du? Was geht oder ging hier vor? Und was hältst du von Sabine? Sie hat nicht die Wahrheit gesagt.«

»Oder Gert Bär hat gelogen. Das kann ich mir genauso vorstellen.«

»Oh ja, Pit«, bestätigte sie. »Vor nicht einmal zehn Tagen habe ich Parsifal kennengelernt. Er war ein sympathischer Mensch und seine Frau Sabine mochte ich vom ersten Augenblick. Dann starb Parsifal und ich freundete mich mit Sabine an. Ich bin mir sicher, sie kann eine gute Freundin sein. Das ist alles nur ein paar Tage her. Seit Sonntag habe ich so ein komisches Gespür, wenn es um Sabine geht. Ich war heute in Genf, um mir Klarheit über sie zu verschaffen. Ich hatte die ganze Zeit das Gefühl, ich hintergehe sie. Ist ja auch so. Und so richtig Gewissheit habe ich nicht aus der Schweiz mitgebracht. Aber da ist etwas, was ich nicht beschreiben kann, was mich verunsichert und mich zur Vorsicht mahnt. Pit, verstehst du, wie ich mich fühle?«

»Mio«, begann Pit. Er drehte sie um und nahm sie in den Arm. »Mio, ich kann das nachvollziehen. Parsifal war total in Sabine verliebt und ich habe den Eindruck, Sabine liebte ihn genauso. Schon bei der Feier im Hafen … hatte ich das Gefühl.«

»Und wenn sie von ihm erzählte. Du hast recht. Sie war in Parsifal verliebt. Aber seit dieser Anton Loch hier aufgetaucht ist, ist alles anders.«

»Ja, da liegst du richtig. Zumal er früher hier war, als er uns weismachen will.«

»Du meinst die Geschichte mit dem Caravan. Brüder können aber auch so blöd sein. Ich hatte mal eine ganz liebe Klassenkameradin, die hatte einen Zwillingsbruder,

der war total unsympathisch und machte immer nur sein Ding. – Glaubst du, dass Sabine was mit Gert hatte?«

»Nein, unwahrscheinlich.«

»Ah, Moment, nicht mit Gert Bär. Ich weiß es, es ist Manfred Herta. Du erinnerst dich. Die Kondome, der Durchsichtige bei Annette und bei Sabine. Die kommen von Manfred Herta, denn Gert Bär war im Gefängnis. Na klar, so muss das gewesen sein.«

»Klingt, logisch! Aber so richtig glaube ich nicht daran.«

Im Bett diskutierten sie noch über eine Stunde weiter. Dann schlief Mio in Pits Armen ein.

12

Eigentlich wollten Mio und Pit an diesem Tag etwas länger schlafen. Mio war aber schon um sechs Uhr wach und kuschelte sich an Pit. Dabei merkte sie, dass er gar nicht schlief, sondern im Bett grübelte.

»Pit, was ist?«

»Mir lässt der Fall keine Ruhe! Ich weiß nicht warum, aber irgendwie passt das alles noch nicht zusammen«, grummelte er.

»Wie wollen wir uns gegenüber Sabine verhalten? Wir wissen, dass sie uns was vormacht.«

»Wie immer, zumindest im Moment.«

»Jo, okay!«

»Ich will den Fall heute lösen. Den morgigen Abend möchte ich gerne mit dir, Susanne und Thomas in Eppendorf verbringen.«

»Du meinst den Fünfzehn-Uhr-Termin?«

Pit nickte. »Engelmann hat mir versprochen, dass er dafür sorgen will, dass alle zu unserer Veranstaltung kommen werden.«

»Ach – das wäre schön. Ich bin froh, wenn wir hier wieder raus sind«, schwärmte sie. »Schatz, wo liegt dein Problem? Kann ich dir helfen?«

»Ich erwarte eine Nachricht aus Budapest, die verschafft mir hoffentlich Klarheit. Im Großen und Ganzen bin ich mir jetzt sicher, wie alles ablief, kann es aber nicht beweisen. Und es wird schwer sein, Engelmann davon zu überzeugen.«

»Was hast du vor?«

»Ich habe mit dem Kriminalhauptkommissar verabredet, dass wir uns heute Nachmittag alle in der Bibliothek treffen. Er wird Heidrun mitbringen.«

»Ah, die Giftmischerin!«

»Komm, Schatz, lass uns aufstehen und frühstücken.«

»Moment! Pit, kann es sein, dass dieser Loch was mit unserem Fall zu tun hat?«

»Möglich, den Gedanken habe ich schon länger. Ich erkenne bloß kein Motiv. Warum sollte er hier herummorden?«

»Denkst du, es war Gert? Dem traue ich übrigens alles zu«, flüsterte Mio.

»Der Bursche hat einiges auf dem Kerbholz. Aber ob er … Nein, das passt alles nicht zusammen.«

»Wenn ich mir das recht überlege, könnte jeder ein Motiv haben! Ja, jeder außer Johann und Sabine. Warum wurde Doris bloß umgebracht?«, fragte sie mehr zu sich selbst.

»Ich vermute, das war …« Weiter kam Pit nicht, sein Telefon klingelte. Kriminalhauptkommissar Engelmann rief an und berichtete, dass Annette Bär in der Nacht gestorben war. Die Leiche wurde zum gerichtsmedizinischen Institut gebracht und dort untersucht. Sie war mit dem Alkaloid Aconitin vergiftet worden.

»Was ist das für ein Gift?«, fragte Pit.

»Das ist Eisenhut. Das Gift kommt in allen Teilen der Pflanze vor, besonders aber in den Wurzelknollen. Schon ein paar Milligramm Aconitin können einen Menschen töten«, antwortete Mio. »Das habe ich gerade gelesen!«

»Und das Gift war im Wein?«

»Das vermuten wir. Die Flasche Wein und das Glas wurden sichergestellt. Unser toxikologischer Fachbereich checkt das.«

»Ah, noch was!«, fiel Pit ein. »Untersucht die Spritze nach diesem Alkaloid.«

»Aconitin! Ja – warum?«

»Wenn dort das Zeug drin war, haben wir einen Täter«, sagte Pit.

»Die Nadel der Spritze ist lang genug, um das Gift durch den Korken in den Wein zu mischen«, fügte Mio dazu.

»Dann ist Gert Bär der Täter. Seine Fingerabdrücke sind auf der Spritze«, ergänzte Engelmann.

»Richtig!«

»Ich werde das sofort in die Wege leiten. Bleibt es heute Nachmittag bei dem Termin?«

»Ja, um drei Uhr. Bis dahin habe ich noch einiges auf dem Zettel.«

Bevor sie zum Frühstück gingen, notierte sich Pit einige Fakten in seinem schwarzen Notizbuch:

Vergiftung Annette Bär (Alkaloid Aconitin/Eisenhut):

16:00-16:30 Frau Annette Bär kam (Bentley/Liebhaber)
zurück (Appartement).
16:40 Johann brachte heißes Wasser für Früchtetee.
17:00 Frau Annette Bär kam in die Bibliothek.
17:00 Johann öffnete eine Weinflasche für sie.
17:50 Johann findet Annette Bär in Bibliothek.
18:00 Johann informiert 112 und Polizei.
18:15 Rettungswagen erreicht Villa.
18:20 Gert Bär erreicht Villa.
18:30 Mio und Pit erreichen die Villa.
18:30 Rettungswagen verlässt Villa mit A. & G. Bär.
18:45 Polizei erreicht die Villa.
22:30 Annette stirbt im Krankenhaus.
23:45 Überführung der Leiche in die Gerichtsmedizin.

DIENSTAG, 26.02.2019, 8:00 UHR,
BLANKENESE, BÄR-VILLA, SPEISESAAL

Inzwischen war es acht Uhr geworden. Im Speisesaal war noch keiner. Johann kam und übergab Pit ein Foto. Mio blickte auf das Bild, das ihr Pit hinhielt.

»Oh, na so was! Da hatte Annette wohl noch einen Schmuseknaben.«

»Ja, die Aufnahme wurde gestern um sechzehn Uhr dreiundzwanzig gemacht«, las Pit vom Bild ab.

Er holte sein Telefon aus der Tasche und rief im Präsidium an.

»Moin, Dimitra! Bitte versuche etwas zum Kennzeichen: ›S KK-7999‹ herauszubekommen.«

Pit und Mio hörten, wie sie auf der Tastatur klopfte.

»Moment. Der Halter ist ein gewisser Rainer, mit ›ai‹, Kohlmann, wohnhaft in Stuttgart. Mehr kommt in einer Viertelstunde.«

»Okay! Sehr gut! Danke.«

Mio und Pit frühstückten.

»Pit, wer steht jetzt noch auf deiner Verdächtigenliste?«, fragte Mio.

Pit und reichte ihr sein Notizbuch.

»Okay! Vier Listen! Und alle Opfer heißen mit Nachnamen Bär! Wenn ich mir die hier anschaue, sind die Aufstellungen alle gleich. Mhm … fast gleich. Bei Doris hast du zwei offene Punkte ohne Namen und bei Annette musst du noch Rainer Kohlmann aufnehmen. Sind die Listen dann vollständig?«

»Bin ich mir nicht sicher«, entgegnete er.

»Dann bedeutet das, dass …«

Das Telefon klingelte.

*DIENSTAG, 26.02.2019, 8:30 UHR,
BLANKENESE BÄR-VILLA*

Kriminalhauptkommissar Engelmann rief an. »Hallo, Frau Takahashi und hallo, Herr Mattes. Ich habe eine schlechte Nachricht. Weder im Weinglas noch in der Weinflasche war Gift. Damit zerplatzt Ihre Theorie. Aber in der Spritze befand sich Aconitin.«

»Scheint so. Danke, Herr Engelmann ich muss jetzt erst einmal darüber nachdenken«, brummte Pit und legte auf.

»Sie wurde mit Aconitin vergiftet. Und in der Spritze war dieses Gift. Das muss doch zusammenhängen«, bemerkte Mio. »Damit scheidet Gert Bär als Täter aus.«

»Ja, irgendwie schon … irgendwie schon«, grummelte Pit, denn er war inzwischen in seinen Gedanken versunken. »Wie passt die Spritze mit dem Giftstoff und den Fingerabdrücken von Gert Bär in unser Puzzle?«

»Wie hat Annette das Zeug bekommen? Durch eine Injektion oder hat sie das Gift geschluckt?«

»Keine Ahnung, das hat Engelmann nicht gesagt. Und weil wir immer davon ausgegangen sind, dass das Gift im Wein war …«

»Die Spritze habe ich am Sonntag gefunden. Annette wurde am Montag vergiftet. Pit, die Spritze war eine Ablenkung, sie hat mit dem Tod von Annette nichts zu tun.«

»Richtig, ich rufe jetzt in der Gerichtsmedizin an und frage nach«, überlegte Pit und holte sein Mobiltelefon heraus.

Mio schob den Salzstreuer, die Pfeffermühle, den Zuckertopf und das Marmeladengefäß hin und her. Sie verwarf einige Konstellationen und baute sie neu auf, bis Pit auflegte.

»Und?«, fragte sie.

»Annette hat das Gift geschluckt. Der Gerichtsmediziner geht davon aus, dass sie das Zeug eine halbe Stunde bevor sie das Bewusstsein verlor zu sich genommen hat.«

»Okay, schau mal hier. Im Haus hielten sich nur Annette, Johann und vielleicht Manfred Herta auf. Gert Bär, der Pfeffer, war kurz vorher aus dem Knast entlassen worden, Heidrun, der Zuckertopf, saß noch dort und Sabine war mit ihrem Schönling ausgeflogen«, erklärte Mio. Sie zeigte auf die Position des Salzbehälters. »Ach ja, dieser Kohlmann, hier die Marmelade, kommt auch noch infrage.«

»Johann? Kannst du dir das vorstellen?«

»Warum nicht? He – den hast du nicht in deiner Liste!«

»Da sehe ich kein Motiv«, grummelte Pit. Er überlegte, ob er Johann aufnehmen sollte.

»Kommen wir doch mal auf die Spritze zu sprechen. Was hat Gert Bär damit vergiftet?«

»Du bist immer noch bei Bär Junior?«

»Ja, der hatte einen Grund …«

Eine Nachricht auf seinem Telefon unterbrach Pit. Sie war von Dimitra.

»Rainer Kohlmann ist zurzeit im Hotel *Atlantik*. Er will heute Mittag abreisen«, las Pit vor.

»Da müssen wir hin und ihn befragen. Mich interessiert schon, in welchem Verhältnis er zu Annette stand«, flüsterte Mio, nachdem Pit ihr das Mobiltelefon hinhielt.

»In Ordnung, fahren wir hin. Wir nehmen den HVV.«

»Am *Atlantik* bekommen wir sowieso keinen Parkplatz. Vielleicht solltest du für Kohlmann eine Nachricht an der Rezeption hinterlegen.«

»Gute Idee!«

Bevor sie in den Bus stiegen, holte sich Mattes die Videoaufzeichnung von Sonnabendvormittag von Johann.

Mattes war noch kurz in einer Apotheke und kaufte eine Spritze und eine lange, dünne Nadel.

Um neun Uhr dreißig erreichten sie das *Atlantik-Hotel* an der Außenalster. Sie waren mit Herrn Rainer Kohlmann am Hotelempfang verabredet. Er wartete bereits im Foyer. Die drei nahmen in einer Sitzgruppe Platz. Herr Kohlmann erfuhr von Mattes, dass Annette tot war. Er war sichtlich schockiert und brauchte eine ganze Weile, bis er sich auf seine Besucher konzentrieren konnte.

»Ich habe ihr einen Heiratsantrag gemacht – gestern.«

»Und, hat sie eingewilligt?«, fragte Mio schnell.

»Ja und nein. Sie ist verheiratet. Allerdings betrügt ihr Ehemann sie laufend. Sie wollte sich mit ihrem Rechtsanwalt beraten, wie sie sich am günstigsten scheiden lassen kann. Das heißt, ich habe ihr zu diesem Schritt geraten.«

»Verstehe! Seit wann sind Sie mit Frau Bär befreundet?«

»Na, wir kennen uns seit über zwanzig Jahren. Ich hab bis heute nicht verstanden, warum sie diesen Gert Bär geheiratet hat.«

»Interessierten Sie sich damals auch für Annette?«, fragte Mio.

»Ja, ich war nur zu feige …«

»Herr Kohlmann, seit wann hatten Sie ein Verhältnis mit Frau Bär?«, erkundigte sich Mattes.

»Sie wissen davon? Okay! Na ja, das muss so vor einem Jahr angefangen haben. Wir trafen uns zufällig bei einer Vernissage hier im *Atlantik*. Damals ist es dann auch passiert. Ich war darauf im August für ein Vierteljahr hier in Hamburg und jetzt seit Anfang Januar. Wir trafen uns fast jeden zweiten Tag, entweder hier im Hotel oder ich bin nachts in die Villa geschlichen.«

»Verstehe! Dann stand die Trennung Annettes von ihrem Ehemann schon längere Zeit im Raum?«

»Korrekt, wir haben oft darüber diskutiert und Annette hatte das mit ihrem Mann besprochen.«

»Erstaunlich! Wann war das?«

»Das muss in der vergangenen Woche gewesen sein. Ich hatte den Eindruck, sie wollte sich auf jeden Fall von ihm trennen.«

»Danke für Ihre Offenheit. Sie haben uns weitergeholfen«, bedankte sich Mattes. »Ach, noch was – waren Sie essen? Oder besser gefragt, hat Frau Bär etwas zu sich genommen, bevor Sie sie ablieferten?«

»Wir besuchten das Elb-Restaurant *Teufelsbrück*, und hatten dort Kaffee und Kuchen. Sonst nichts.«

»Danke! Kann ich Ihre Visitenkarte haben, falls mir noch eine Frage einfällt?«

»Wie sind Sie auf mich gekommen? Ich habe mich bemüht, nicht in Erscheinung zu treten.« Er überreichte die Karte.

»Sie fahren einen Bentley mit dem Kennzeichen: ›S KK-7999‹?«

»Ja, warum?«

»Wir haben ein Foto von der Überwachungskamera an der Kaufmannsvilla Bär in Blankenese.«

»Natürlich, ich war von Anfang an dagegen, bis vor die Tür zu fahren!«

Sie verabschiedeten sich. Mio und Pit wollten gerade aus dem Hotel gehen.

»Herr Mattes, bitte nehmen Sie den Schlüssel zum Haus an sich, den mir Annette gegeben hat. Ich brauche ihn jetzt nicht mehr.«

»Danke! Da fällt mir noch was ein. Welche Schuhgröße haben Sie?«, fragte der Schriftsteller.

»Warum? Ich habe Schuhgröße dreiundvierzig.«

»Danke!«

»Benachrichtigen Sie mich, wann die Beerdigung ist?«

»Selbstverständlich, das machen wir!«, entgegnete Mio.

DIENSTAG, 26.02.2019, 10:15 UHR,
KANZLEI DES NOTARS

Nach nur zehn Minuten Fußmarsch erreichten sie die Kanzlei des Notars.

»Hallo, Frau Takahashi und Herr Mattes. Ich glaube, ich weiß, was ich für Sie tun kann. Und eigentlich habe ich Sie schon gestern erwartet. Gehen Sie bitte in den Konferenzraum VI. Ich komme gleich nach.«

»Danke!«

Mio und Pit gingen in einen holzvertäfelten Raum. An der gesamten rechten Seite befand sich ein Regal mit juristischer Literatur. In der Mitte stand ein runder Tisch mit sechs Sessel.

»Entschuldigen Sie, ich musste nur die Akten holen. Wie ich schon andeutete, habe ich mit Ihrem Besuch gerechnet. Sie kommen im Todesfall Doris Bär.«

»Ja, das auch. Uns interessiert, wer von Ihrem Nachlass profitiert.«

»Das kann ich nachvollziehen. Aber zuerst muss ich Ihnen eine Geschichte erzählen. Dann können wir über das Testament sprechen.«

»Einverstanden.«

»Ich glaube, nicht so richtig. Denn generell dürfte ich Ihnen über den Nachlass von Frau Bär keine Auskunft geben. Die Polizei hat übrigens auch schon nachgefragt. Aber bei Ihnen liegt der Sachverhalt etwas anders.«

»Aha?«

»Meine Geschichte: Am vergangenen Freitag war Frau Doris Bär eine Stunde hier in meiner Kanzlei. Sie bestätigte mir ihr, doch etwas außergewöhnliches, Testament. Wir haben lediglich einen Zusatz aufgenommen und der betrifft Sie. Ja, Sie hören richtig, Sie Frau Takahashi und Sie Herr Mattes.«

»Was?«

»Warten Sie es ab, ich werde Ihnen das Dokument aushändigen. Danach kommen wir zum Testament.«

»Verstehe!«

»Frau Doris Bär fühlte sich nach dem Tod von Parsifal Bär bedroht. Und sie traute der Polizei in Hamburg nicht. Aber lesen Sie selbst«, sagte er und überreichte Mattes einen Umschlag.

Pit öffnete den Brief und las vor:

»Sehr geehrte Frau Takahashi und lieber Herr Mattes!

Wir kennen uns erst seit Parsifals Rückkehrfeier. Parsifal hielt sehr viel von Ihnen und hat Ihnen bedingungslos vertraut. Er sprach oft von seinem Freund Pit Mattes. Das nur am Rande.

Mein Anliegen ist, dass ich mich bedroht fühle. Gert, mein Bruder, macht seit einer Woche Andeutungen wie: ›Auch deine Hütte könnte brennen‹ oder ›pass auf, was du isst oder trinkst‹. Seit Parsifal wieder da war, bezahlte er keine Rechnungen und er ist ein sehr aufwendiger und anspruchsvoller Kunde oder Gast in meinem Etablissement – meinem *Paradiesgarten*. Ich kann mir zwar einen solchen Bruder leisten, aber wer seine Geschichte kennt – also ich habe Angst vor ihm.

Der Polizei traue ich nicht, da habe ich schlechte Erfahrung gemacht, damals nach dem Tod von meinem Mann. Deshalb meine Bitte an Sie:

Falls ich nicht eines natürlichen Todes sterbe, klären Sie bitte mein Ableben auf. Ich gewähre Ihnen hiermit Einblick in alle Dokumente, Geschäftspapiere und so weiter. Doktor Grundwasser wird ein entsprechendes Papier bereitstellen. Alle Kosten, die Ihnen dabei entstehen, sowie ein angemessenes Honorar, das ich mit Doktor Grundwasser besprochen habe, werden bezahlt. Ich wünsche Ihnen, Frau Takahashi und Ihnen, Herr Mattes alles Gute und viel Erfolg.

Mit freundlichen Grüßen

Doris Bär.«

»Ich glaube, Frau Bär hat mehr von Gert Bär gewusst, als ihm lieb war«, kam es von Mio.

»Sieht so aus. Der Polizei habe ich mitgeteilt, dass Frau Doris Bär sich von ihrem Bruder bedroht fühlte. Und hier haben Sie das Dokument. Es ist eine Vollmacht. Sie ist auf drei Monate begrenzt und ist auf Sie, Frau Takahashi und Sie, Herr Mattes ausgestellt. Und jetzt können wir zum Testament kommen. Ich möchte Ihnen und mir ersparen, die fünfzehn Seiten, die mir Frau Bär überreicht hat vorzulesen. Ich werde auf die wesentlichen Punkte eingehen. Eine Kopie des Schriftstückes überlasse ich Ihnen.«

»Verstanden!«

»Herr Klarmann, er ist ein Freund der Verstorbenen, bekommt eine Million Euro. Fünf Millionen Euro gehen auf das Konto der Villa-Blankenese. Der Korps der Hamburger Heilsarmee, erhält den *Paradiesgarten*, das Etablissement von Doris Bär auf Sankt Pauli. Der Rest ist für laufende Kosten, Beerdigung und so weiter gedacht. Dazu gehört dann auch Ihr Honorar.«

»Okay!«

»Das passt zu Doris Bär«, schmunzelte Mio und musste dabei grinsen. »Die Heilsarmee erbt den *Paradiesgarten*.«

»Kennen Sie Herrn Klarmann?«, fragte Mattes.

»Ja, er war am 20. Juni 2017 mit dabei, als Frau Bär das Testament unterschrieb. Herr Ingmar Klarmann ist der Lebensgefährte von Doris Bär und Geschäftsführer im *Paradiesgarten*.«

»Verstehe! Haben Sie seine Adresse?«

»Natürlich, ich schreibe sie Ihnen auf.«

»Danke, Doktor Grundwasser. Sagen Sie mal, vertreten Sie die gesamte Familie Bär?«

»Ja. Schon immer!«

»Können Sie mir was zum Ehevertrag von Gert und Annette Bär sagen? Gibt es diesen Vertrag überhaupt?«

»Es existiert ein Ehevertrag. Sie werden verstehen, wenn ich Ihnen eine Auskunft über den Inhalt verweigere.«

»Annette Bär ist in der vergangenen Nacht gestorben, sie wurde vergiftet.«

»Annette Bär hat kein Testament bei mir hinterlegt. Sie und Gert Bär haben einen Ehevertrag mit Gütertrennung geschlossen. Den Inhalt darf ich Ihnen nicht mitteilen. Aber ich gebe Ihnen ein Muster mit, an dem Sie sich orientieren können. Außerdem würde ich es schätzen, wenn ich Sie, gnädige Frau und Sie, Herrn Mattes als meine Klienten begrüßen dürfte.«

»Frau Bär wollte sich von Ihrem Mann trennen, sie wollte dafür einen Rechtsanwalt konsultieren. War sie bei Ihnen?«, fragte der Schriftsteller.

»Nein! Von einer Trennung ist mir nichts bekannt. Ich muss Sie jetzt leider verabschieden, da ich in fünf Minuten einen Termin habe. Den Musterehevertrag bekommen Sie am Empfang von meiner Mitarbeiterin. Auf Wiedersehen, Frau Takahashi und Herr Mattes.«

Doktor Grundwasser reichte ihnen die Hand und verließ den Raum. Mio und Pit zogen ihre Mäntel an und bekamen ein Musterdokument an der Rezeption. Mio steckte es ein. Draußen schlug ihnen der kalte nasse Wind in die Gesichter. Mio krempelte ihre Kapuze heraus.

In der U-Bahn-Station rief Dimitra an: »Ich habe was Neues zum Caravan. Habt ihr Interesse?«

»Aber natürlich, schieß los!«

»Das Wohnmobil wurde dreckig und unaufgeräumt hinterlassen. Sogar schmutziges Geschirr lag in der Spüle. Gut für uns! Pit, die Fotos schicke ich dir nachher, die muss ich erst noch einscannen. Es wurden Fingerabdrücke gefunden. Wie nicht anders zu erwarten, waren die meisten von Anton Loch. Aber auch die Prints von Annette und Sabine Bär hat die SpuSi im Fahrzeug sichergestellt. Und die von Gert Bär am Türgriff und auf der Fensterscheibe von außen. Im Mülleimer wurden etliche Kondome gefunden, inklusiv einer leeren Verpackung. Der Herr Loch muss recht aktiv gewesen sein«, lachte die Kommissarin durchs Telefon.

»Rot oder durchsichtig?«, wollte Mio wissen.

»Wieso? Moment.« Man hörte sie in Unterlagen blättern. »Transparent!«

»Und wie viele genau?«, fragte Pit.

»Typisch Mann, interessiert sich nur für das eine!«

Mio musste schmunzeln.

»Okay, es wurden sechs im Mülleimer gefunden. Soll ich eine DNA-Untersuchung machen lassen?«

»Ist meines Erachtens nicht erforderlich, ich glaube, wir kennen die beteiligten Personen. Aber für die Beweisführung ist eine Analyse vorteilhaft.«

»Einverstanden. Ah, noch was, am Rande. Loch hatte den Caravan in der dritten Kalenderwoche schon mal gemietet. Dann wünsche ich euch weiter viel Erfolg bei euren Recherchen!«, verabschiedete sich Dimitra.

»Sechsmal Sex! Da war Annette aber ganz schön aktiv«, lästerte Mio.

DIENSTAG, 26.02.2019, 10:50 UHR,
ST. PAULI, IM ›PARADIESGARTEN‹

»He! Wir haben geschlossen. Steht doch vorne an der Tür«, kam es von einer aufgetakelten Mittvierzigerin, die rauchend an der Theke vor einem Glas Bier saß.

»Entschuldigen Sie die Störung, wir wollen zum Geschäftsführer, zu Herrn Klarmann.«

»Der ist nicht da!«

»Wann können wir ihn erreichen?«

»Gar nicht. Der ist nicht da. Der ist auf Geschäftsreise.«

»Oh, seit wann das denn? Wir waren verabredet«, log Pit Mattes.

»Der ist schon eine Woche weg. Reden Sie mit der Chefin, die kommt immer so gegen zwei Uhr vorbei.«

»Verstehe! Dann entschuldigen Sie die Störung«, grummelte Pit, während er sich umdrehte, den Arm hob und mit Mio das Lokal verließ.

»Der scheidet wohl aus«, flüsterte Mio, als sie wieder im Bus saßen.

»Sieht so aus. Ich schreibe Engelmann gerade eine Nachricht, dass wir hier waren und das Ingmar Klarmann unterwegs auf Dienstreise ist. Er hat mehr Möglichkeiten, das zu überprüfen.«

»Fahren wir zurück?«, fragte Mio und kuschelte sich an Pit. Ihr war kalt.

»Aber sicher! Mio, wir haben noch einiges auf dem Zettel.«

DIENSTAG, 26.02.2019, 11:40 UHR,
BLANKENESE, BÄR-VILLA, KELLER

Um kurz nach elf Uhr dreißig waren Mio und Pit in Blankenese. Sie brachten ihre Mäntel ins Appartement und marschierten in den Keller zur Werkstatt. Vorher waren sie in der Küche und nahmen eine leere und durchsichtige Weinflasche, einen Korken und Rote-Bete-Saft mit. Die Flasche füllte Mio mit Wasser. Pit drückte den Stöpseln mit Gewalt in die gefüllte Buddel. Mit dem Stiel einer Feile schob er den Korken zwei Millimeter unter den Rand. Beide begutachteten ihr Werk. Mio setzte die Kanüle auf die gekaufte Spritze. Dann zog sie die Injektionsspritzer mit dem Saft auf.

»Perfekt«, erklärte sie.

Pits Mobiltelefon klingelte. Frau Raptis rief an. Er stellte sein Telefon auf laut, sodass Mio mithören konnte. »Moin, Dimitra, ich habe auf Laut gestellt. Mio hört mit.«

»Hallo, Frau Takahashi, ich kenne Sie aus Pits Büchern, leider noch nicht persönlich. Moin, Pit. Na, du großer Meister? Ich habe von eurer Aktion heute Nachmittag gehört. Engelmännchen ist nicht begeistert davon, wird aber mitmachen. Er hat mit der Staatsanwältin gesprochen. Die beiden werden dafür sorgen, dass alle pünktlich vor Ort sind. Ich glaube, ihr werdet das schon schaukeln. Du hattest versucht, mich zu erreichen. Ich war auf der Abteilungsbesprechung, einer von uns musste sich opfern und dort hingehen. Was kann ich für euch tun?«

Mio experimentierte inzwischen mit der Spritze und der Flasche herum.

»Stimmt! Kannst du bitte in deinem Computer mal nachschauen, ob du was über einen Ingmar Klarmann, eine Sabine Bär, oder Sabine Loch findest?«

»Kein Problem, ich kann aber nur auf die LKA- oder BKA-Daten zugreifen, nicht auf Interpol oder Europol.«

»Verstehe.«

»Ingmar Klarmann, kein Eintrag vorhanden. Sabine Bär, oder Sabine Loch – nein, nichts! – Hast du noch was?«

»Mhm, ja. Schau mal nach Anton Loch.«

»Moment, der denkt – Treffer. Da gibt es einen Eintrag. Nein, zwei Widmungen. Geschwindigkeitsübertretung. Beides sind Geschwindigkeitsüberschreitungen. Das ist aber interessant. Ein Schweizer Kraftfahrzeug der Marke BMW. Das Fahrzeug wurde am Dienstag, 19. und am Mittwoch, 20. Februar von der Autobahnpolizei Mannheim und Frankfurt gemessen und fotografiert.«

»Ach! Das ist wirklich interessant. Kannst du mir mehr dazu besorgen? Mich würden der Fahrer, die Fahrtrichtung und die genaue Uhrzeit interessieren.«

»Jupp, verstehe – du hättest gerne die beiden teuren Erinnerungsfotos! Eine Orts-, die Richtungs- und eine

Zeitangabe sind auf dem Foto eingeblendet. Ich besorge die Bilder und du bekommst sie per Mail.«

»Ja genau, und ich befürchte, dass es einen Beifahrer gab.«

»Mache ich. Dauert allerdings einen Augenblick. Soll ich eine Kopie an Engelmann schicken?«

»Sehr gerne! Danke, Dimitra.«

»Pit, ich soll dich von unserer Staatsanwältin Frau Doktor Selma Schmidt-Müller grüßen, sie steht gerade neben mir. Und von ihr soll ich auch deiner Geheimwaffe die besten Grüße ausrichten, wer immer das ist.«

»Dankeschön!«, rief Mio im Hintergrund.

»Danke, wir grüßen zurück«, entgegnete Pit und legte auf.

»Du vermutest, Anton Loch hat uns was Falsches aufgetischt?«

»Richtig, die Puzzleteile fügen sich langsam zu einem Bild zusammen.«

»Du, Pit, das mit der Spritze und der Weinflasche geht so nicht. Die Kanüle kommt nicht richtig durch den Korken. Ich komme mit der Spritze bis zwei Drittel in den Pfropfen, dann drücke ich den Flaschenkorken tiefer. Diese Konstellation funktioniert so nicht.«

Er nahm die Buddel in die Hand und schaute sich das genauer an. Die Spritze steckte im Korkstöpsel, der sich drei Millimeter tiefer in die Flasche gepresst hatte. »Schau mal«, begann Pit. »Du hast etwas vom Saft in den Korken gedrückt. Die Spritze ist nicht durchgegangen, aber unten am Korken bilden sich rote Tropfen.«

»Ich versuche, den Rest in die Weinflasche zu bekommen«, merkte Mio an, nahm die Buddel und drückte den Saft aus der Spritze. Das funktionierte, aber ganz langsam. Zum Schluss schüttelte sie die Flasche. Das Wasser darin färbte sich rot-rosa. »Das bedeutet doch, dass es eine vergiftete Buddel gibt«, schlussfolgerte sie.

»Du sagst es! Wir müssen damit rechnen.«

Mio zog die Spritze aus dem Korken und benutzte den Korkenzieher, um die Flasche zu öffnen. Den Inhalt schüttete sie in der Waschküche weg. Anschließend schritten die beiden ins Weinlager. Pit brauchte nicht lange zu suchen. Er fand rasch den lieblichen Wein und zog die Flasche ganz vorsichtig am Flaschenhals aus dem Regal.

»Wie hast du das so schnell herausbekommen?«, fragte Mio.

»Ganz einfach!«, begann er und musste grinsen. »Spurensicherung, es gibt auch Indizien, wenn etwas fehlt. Schau! Auf den anderen Flaschen liegt Staub, hier nicht. Diese Buddel hatte jemand vor ein paar Tagen in der Hand.«

»Pfiffig!«

»Und jetzt wirf mal einen Blick auf den Korken.«

»Wow – das bedeutet, dass ich mit meiner Vermutung richtig lag. Diese Flasche stellen wir sicher, hier gibt es bestimmt aussagekräftige Fingerabdrücke drauf. Ich kümmere mich darum«, flüsterte Mio.

»Ja, perfekt!«, kam es von Pit beiläufig. Er war bereits in seine Gedanken vertieft, als Mio ihm die Flasche vorsichtig abnahm.

Zum Mittagessen gab es eine Pilzsuppe und zum Hauptgericht ein kräftiges Bauernfrühstück. Außer Mio und
Pit waren keine weiteren Personen anwesend. Während
der Mahlzeit summte Pits Mobiltelefon. Er hatte eine
Nachricht von Petra erhalten.

Nach dem Essen las er sie und rief sie zurück. Petra
informierte die beiden, dass sie genügend Beweise hatten, um Manfred Herta festzusetzen. »Wir warten noch
auf die Papiere von der Staatsanwaltschaft. Pit, ich habe
von Engelmann gehört, dass du heute eine Veranstaltung
à la Poirot abziehst und dass Herta dabei sein soll. Richtig? Wie wollen wir vorgehen, brauchst du ihn?«

»Ja, unbedingt!«

»Der Kriminalhauptkommissar war nämlich der Meinung, Herta steht nicht unter Mordverdacht. Dann würde
ich ihn gerne abholen und festnehmen.«

»Hallo, Petra, ich bin's, Mio! Komm doch hier nach
Blankenese und wenn Pit mit ihm fertig ist, nimmst du
ihn mit!«

»Passt, hört sich gut an. Bei dem Event würde ich gerne Mäuschen spielen. Besorgst du Kaffee und Kuchen?
Dann kommen wir auch!«

Pit musste lachen. »Macht das unter euch aus«,
schmunzelte er und reichte Mio das Telefon.

»Mio, bitte entschuldige, aber ich möchte mich eine Weile mental auf das Treffen vorbereiten. Ich setze mich in die Bibliothek ab.«

»Weißt du, wie du vorgehen willst?«

»Im Großen und Ganzen schon.«

»Wohlan, Schatz. Ich werde dich, so gut es geht abschirmen.«

»Danke!«, sagte er, gab ihr einen langen Kuss und verschwand im Keller, um eine Flasche Wein zu holen. Drei Minuten später marschierte er in die Bibliothek, setzte sich im Yogasitz auf den Fußboden und meditierte.

Um halb drei schlich Mio in den Raum und stellte ihm einen Becher Friesentee auf den Tisch. Pit sah nur kurz auf und versank gleich wieder in seine Meditation.

Um zehn Minuten vor drei machte er die Augen auf. Grinste in sich hinein und ging ins Foyer.

»Und? Alles in Ordnung?«, fragte Mio.

»Ja, Schatz, danke für den Tee. Ich kenne jetzt die Zusammenhänge und weiß, wie der Tathergang ablief.«

»Alle Herrschaften von Ihrer Liste sind anwesend und warten im Speisesaal«, vermeldete Johann. »Ich habe eben wunschgemäß die Sessel in der Bibliothek kreisförmig hergerichtet.«

»Danke, Johann – dann lass uns anfangen!«

»Hallo, Herr Mattes! Ich hoffe, dass Ihre Aktion heute was bringt. Haben Sie alles zusammen? Oder können wir was für Sie erledigen?«

»Moin, Frau Aslan und moin, Herr Engelmann. Ja, Sie könnten für mich ein Auto untersuchen. Garage sieben«, erklärte Mattes, gab der Kommissarin eine Fernbedienung und ein paar Instruktionen, wonach sie Ausschau halten sollte.

»Kein Problem!«, grinste sie ihn an und rannte gleich los.

»Na, da hast du ja einen neuen Fan!«, lästerte Mio und musste grinsen. Der Kriminalhauptkommissar bat alle in die Bibliothek. Mio hakte sich bei Pit ein und sie schlenderten vorweg. »Pit, Petra ist noch nicht da. Johann weiß Bescheid.«

DIENSTAG, 26.02.2019, 15:00 UHR,
BLANKENESE, BÄR-VILLA, BIBLIOTHEK

Ein uniformierter Polizist führte Heidrun Bär in die Bibliothek und nahm ihr die Handschellen ab.

Pit begrüßte sie mit einem einfachen »Moin – Heidrun.«

Jeder Anwesende platzierte sich auf einen der im Kreis angeordneten Sessel. Mio setzte sich zu Pit. Kommissar Engelmann nahm neben Mio Platz. »Das ist ja wie im Agatha Christie Krimi«, kam es von ihm. »Glauben Sie, Herr Mattes, dass Sie so zu einem Ergebnis kommen?«

»Ich bin davon überzeugt, dass wir auf viele Fragen Antworten bekommen.«

»Kennen Sie die straffällige Person?«, fragte er weiter im Flüsterton.

»Ja, Täter – mehrere Täter! Und ich hoffe, ich kann es beweisen!«, antwortete er in gleicher Lautstärke. Dabei sah er auf sein Mobiltelefon. Er hatte eine Nachricht von Dimitra bekommen. Mattes hob kurz den Arm und las die Nachricht durch.

»Frau Takahashi, ich bin fest davon überzeugt, dass Frau Herta für die Vergiftungen verantwortlich ist«, flüsterte Engelmann weiter zu Mio.

»Pit hält sie für unschuldig. Obwohl es so aussieht und alles gegen sie spricht, neige ich dazu, Pit zu folgen.«

»Können wir jetzt endlich anfangen? Um vier bin ich verabredet. Bis dahin müssen wir fertig sein!«, rief Gert Bär in den Raum.

Mattes grinste, stand auf und ging in die Kreismitte. »Sie haben recht, Herr Bär, fangen wir an. Den ersten Part werde ich übernehmen und den zweiten Teil werden Kriminalhauptkommissar Walter Engelmann und seine Kollegin Kriminalkommissarin Ilkay Aslan gestalten oder vollziehen. Damit habe ich auch gleich die beiden Personen vorgestellt.« Engelmann schaute etwas verwirrt in Richtung seiner Kollegin und dann zu Mattes. Der nickte nur.

»Wir warten noch auf zwei Gäste. Aber – wenn Sie es so eilig haben – können wir schon mal anfangen«, begann Mattes. Er schaute in die Runde und konnte die Nervosität spüren.

»Parsifal und Sabine hatten vor, in diese Villa einzuziehen. Sabine«, Mattes schaute zu ihr hinüber, »hat bereits die Räumlichkeiten im zweiten Stockwerk entsprechend umgestaltet. Übergangsweise zogen sie und Parsifal in das Penthouse in der HafenCity, das Parsifal gekauft hat. Am Montag letzte Woche bat er uns, also Mio und mich, mit ihm für eine Weile hier einzuziehen. Er hatte Angst, dass ihn die alten Geschichten überrollen. Außerdem bekamen wir von ihm den Auftrag, dass wir uns nach seinem Ableben um Sabine kümmern sollen.«

»War er krank oder hatte er Suizidgedanken?«, fragte Kriminalkommissarin Ilkay Aslan.

»Das mit dem Umzug war meine Idee! Und Suizid, nie und nimmer!«, rief Sabine dazwischen.

»Nein, bestimmt nicht. Parsifal war total verliebt! Ich gebe Sabine recht. Es war kein Selbstmord«, meldete sich Mio.

»Richtig, aber Parsifal war vorsichtig, und er wollte Sabine im Fall eines Falles abgesichert wissen«, ergänzte Pit. Die Krebserkrankung Parsifals erwähnte er nicht.

»Was hat das jetzt mit den Todesfällen hier zu tun?«, fragte Manfred Herta.

»Warten Sie es ab, Herr Herta.«

Johann kam in die Bibliothek und reichte Mio ein Tablett mit einer Visitenkarte. Mio nahm die Karte. Pit beobachtete das aus seinem Augenwinkel. Mio nickte und er wusste Bescheid.

»Oh, da kommen wir schon darauf, Herr Herta. Fangen wir doch gleich mit oder bei Ihnen an!«

»Einverstanden, aber nur dann, wenn ich anschließend gehen kann. Ich halte nichts von so einem Theater. Wir sind hier nicht beim Fernsehen«, versuchte er die Veranstaltung ins Lächerliche zu ziehen.

»Wir werden sehen!«, entgegnete Mattes. Dann wandte er sich an die ganze Gruppe: »Aber zuvor möchte ich Ihnen zwei Personen vorstellen, die soeben eingetroffen sind.«

Mio war bereits zur Tür gegangen und ließ die beiden Gäste herein.

»Das ist Frau Petra Burgstaller, sie ist beim Zoll beschäftigt und das ist Torben Erdmann. Er arbeitet bei der Kriminalpolizei«, stellte Mattes die eintreffenden Personen vor. »Moin, Petra. Moin, Torben. Schön, dass ihr gekommen seid.«

»Keine Ursache. Wir hatten hier zu tun. Moin, die Herrschaften«, begrüßte Petra die Runde.

»Moin, moin, auch von mir. Und Pit, für dich haben wir eine Überraschung mitgebracht. Nachher«, ergänzte Torben.

Herr Engelmann schob zwei Sessel aus der hinteren Bibliotheksecke nach vorn und vergrößerte damit den Kreis. Die Neuankömmlinge setzten sich. Pit Mattes stellte sich in die Mitte.

»Beschäftigen wir uns noch einmal mit unserer Geschichte: Als Parsifal zurück nach Hamburg kam, stellte er fest, dass die Firma Bär Gewürze GmbH insolvent war. Er beschloss deshalb, als aktiver Gesellschafter wieder einzusteigen. Er brachte ad hoc zwanzig Millionen Euro in die Firma ein. Damit konnten die wichtigsten Außenstände bezahlt werden.« Mattes wandte sich an Herrn Bär. »Ihnen war es recht, dass Ihr Vater für Nachschub sorgte. Es gefiel Ihnen aber nicht, dass er seinen

Schreibtisch wiederhaben wollte. Das heißt, im Klartext, er setzte Sie als Geschäftsführer ab.«

»Na und! Was tut das hier zur Sache?«, rief Gert Bär erbost.

Der Schriftsteller machte eine Pause, bevor er darauf antwortete: »Seien Sie nicht so ungeduldig.«

Wieder ließ Mattes eine halbe Minute vergehen, dann setzte er fort: »Mit der neuen finanziellen Einlage erhöhte sich sein Geschäftsanteil auf über fünfzig Prozent. Fünfundfünfzig, um genau zu sein. Damit besaß er die Majorität und das Sagen im Unternehmen.«

»Und wie kam es zur Fast-Insolvenz?«, schrie Gert Bär in den Raum und stand dabei auf.

»Das müssten Sie, als Geschäftsführer, am besten wissen, Herr Bär. Sie entnahmen sechs Millionen Euro aus der Firma – jährlich! Und das machten Sie über zehn Jahre lang. Sie haben die Firma damit vorsätzlich in den Ruin getrieben.«

Gert Bär winkte ab und setzte sich wieder auf seinen Stuhl.

Pit wandte sich wieder Herrn Herta zu: »Manfred Herta! Sie dagegen waren anfänglich der Erfolgsmensch in Parsifals Augen. Sie hatten Ihren Job gut gemacht. Er lobte Ihren Geschäftssinn und Ihre Aufrichtigkeit. Dabei irrte er sich aber gewaltig. Sie benutzten die Firma Bär Gewürze, um Ihre dubiosen Geschäfte zu machen. Sie gründeten die Gesellschaft *Herta-Gewürz-Import* mit dem Geld, das Sie dem Unternehmen Bär Gewürze entnahmen.«

»Das können Sie nicht beweisen!«, rief Herr Herta dazwischen.

»Die illegalen Geldentnahmen, die Unterschlagungen und dass Sie die Würzstoffe überteuert an die Firma Bär Gewürze verkauft haben, können wir beweisen«, zählte Mattes auf. Er machte eine Pause, um die Reaktion von Herta abzuwarten. Dieser grinste nur.

»Sie gingen sogar so weit, dass Sie in Bad Segeberg mit veruntreutem Geld eine insolvente Containerfabrik kauften.« Pit wartete auf eine Reaktion. Herta winkte ab und lachte künstlich.

»Parsifal beauftragte einen Wirtschaftsexperten. Er wollte genau wissen, was in den letzten fünfzehn Jahren passiert war. Eine mündliche Antwort bekam er am Montagabend. Das schriftliche Dokument erreichte ihn nicht mehr.«

Mattes hielt die Expertise hoch. »Das Schreiben kennen Sie. Notar Doktor Grundwasser hat es Ihnen ausgehändigt. Sie wussten, dass Parsifal Ihnen auf die Schliche gekommen war.«

»Das sind doch alles nur graue Theorien«, rief der Beschuldigte. Dabei zappelte er herum und spielte mit seinem Kugelschreiber nervös herum.

»Das wird sich herausstellen, die Staatsanwaltschaft hat eine Prüfung veranlasst«, entgegnete Frau Burgstaller.

»Der Kauf der Firma *ConFerSe GmbH* ist eine Erfolgsstory. Können sie im *Handelsblatt* nachlesen.«

»Was ist denn *ConFerSe*?«, fragte Heidrun.

»Mama, du hast sowieso keinen Durchblick. Halt dich da raus!«, konterte Herta.

»Der Name *ConFerSe* kommt von Container-Fertigung-Segeberg«, erklärte Mattes. Dann wandte er sich wieder an Manfred Herta: »Ja! Das Geschäft mit den Containern lief gut an. Es wurden für die Erstaufnahme der Flüchtlinge 2015/16 viele Wohncontainer benötigt. Ihre neu erworbene Firma bekam auf einmal einen Aufschwung. Dann kam Ihnen ein Zufall gerade recht. Sie verkauften Laborcontainer, in denen Kokain aufbereitet wurde, zuerst an Ned Kelly, einen Drogenhändler. Und nachdem Oppenheimers Drogenlabor in die Luft flog, stellten Sie ihm ein mobiles Labor und Lager für Betäubungsmittel zur Verfügung. Der Drogenhändler Oppenheimer zog Sie bestimmt über den Tisch, wie er es mit jedem seiner Geschäftspartner gemacht hat. Sie waren aber im Geschäft und kannten inzwischen die erforderlichen Verbindungsleute. Und dann konstruierten Sie Ihren eigenen Container mit einem Geheimfach. Und jetzt möchte ich das Wort an Petra Burgstaller weiterreichen.«

Die Zollbeamtin stand auf. Sie stellte sich neben Mattes: »Danke, Pit.« Sie schaute jetzt Herrn Herta direkt an. »Ihre Firma importierte nicht nur Gewürze, sondern führte illegal Betäubungsmittel ein, vornehmlich aus dem asiatischen Raum. Es handelte sich dabei um größere Mengen Tabletten, Amphetamine. Das können wir beweisen. Wir beobachten Sie bereits seit einem Jahr. Und meine Kollegen von der Bremer Zollfahndung haben Ihren letzten Container in Bremerhaven abgefangen. Wir wissen, dass Sie seit vier Jahren Mitglied eines indischen Drogensyndikats sind. Die Gruppe ist aufgeflogen und die verantwortlichen Köpfe wurden heute Vormittag festgenommen. Sowohl in Deutschland, als auch in Mumbai. Es wurden alle Führungskräfte des Syndikats verhaftet. Das war eine langfristige Gemeinschaftsaktion mit der indischen Zollbehörde.«

»Ich kenne keine Verbindung zu einer Geheimorganisation. Und wenn Tabletten geschmuggelt wurden, dann ohne meine Kenntnis«, rief Herta heraus, sprang auf und zeigte mit dem Finger bedrohlich auf Frau Burgstaller. Fast gleichzeitig standen Kriminalhauptkommissar Engelmann und seine Kollegin auf.

Er dauerte einen Augenblick, bis sich alle beruhigt hatten und sie die Verhandlung fortsetzen konnten.

»Wir, also hauptsächlich die Spurensicherung, waren in Ihrer Wohnung. Hierfür wurde im Vorfeld ein entsprechender Beschluss von der Staatsanwaltschaft Hamburg beim Amtsgericht beantragt. In einem Versteck unter der Badewanne fanden wir, wonach wir suchten«, ergänzte Kriminalkommissar Erdmann den Sachverhalt.

Pit schaute etwas verdutzt.

»Es wurde ein Beutel mit identischen Ecstasy-Tabletten sichergestellt. Wir werden Sie, wenn Herr Mattes hier fertig ist, als Tatverdächtigen vorläufig festnehmen. Der Haftbefehl liegt bereits vor.«

Pits Mobiltelefon vibrierte. Er bekam eine erneute Nachricht von Dimitra. Der Schriftsteller las sie und musste schmunzeln. Er reichte Mio sein Telefon.

»Das können Sie nicht beweisen, die Tabletten wurden mir untergeschoben«, verteidigte sich Herta.

»Herr Herta!«, begann Pit. »Verlassen Sie sich darauf, wenn Frau Burgstaller und Herr Erdmann hierherkommen und Sie beschuldigen, dann können Sie sicher sein, dass sie ausreichend Material in der Hand haben.«

Pit machte eine Pause. Ein Grummeln ging durch den Raum. Er holte deutlich hörbar Luft. »Ich möchte wieder auf Parsifal zu sprechen kommen: Herr Herta, Sie befürchteten, wenn Parsifal die Geschäftsführung übernehmen würde, könnten Ihre Unterschlagungen zutage kommen. Während Gert Bär Parsifals Pläne recht gelassen annahm, machten Sie einen riesigen Krach im Büro, als er von seinen Plänen sprach.«

»Wieso ich? Dass er Gert die Führungsposition entzog, war schon lange fällig. Damit habe ich nichts zu tun. Mich störte nur die Art und Weise, wie der Alte auftrat. Außerdem verstand ich nicht, warum er gerade mich feuern wollte.«

Manfred Herta hatte sich mittlerweile wieder unter Kontrolle. Er saß aufrecht auf seinem Stuhl, steckte seinen Kugelschreiber in die Jackettasche und starrte Mattes an.

»Verständlich! Damals wussten Sie nicht, dass Parsifal Ihnen auf die Schliche gekommen war. Das erfuhren Sie erst bei der Testamentseröffnung. Dort bekamen Sie die Expertise des Wirtschaftsprüfers von Doktor Grundwasser ausgehändigt. Erst seit diesem Zeitpunkt wussten sie, dass Parsifal Ihre Machenschaften kannte.« Pit schaute in die Runde. Er machte eine kleine Pause, bevor er fortsetzte: »Am 19. Februar, nach dem heftigen Streit im Büro, besorgten Sie sich über Ihr Syndikat die Autobombe und ließen diese an Parsifals Jaguar montieren.«

»Sie haben aber eine blühende Fantasie!«, verteidigte Herta sich. »Ohne meinen Anwalt sage ich nichts mehr. Das können Sie …«, stotterte er vor Aufregung.

Torben Erdmann stand auf und meldete sich zu Wort: »Herr Luitpold wurde heute Morgen festgenommen und er sagte aus, dass Sie, Herr Herta, ihn beauftragt haben, dass Auto mit der Bombe zu versehen. Seine Angaben wurden überprüft. Den Fußabdruck, den wir beim Jaguar XJ fanden, passt zu den Schuhen, die er anhatte. Auch die Herkunft des Sprengstoffs kann die Polizei nachvollziehen. Eine gleiche Autobombe wurde bei der Razzia im Hafen sichergestellt. Sie gehörte dem indischen Drogensyndikat.«

Torben Erdmann machte eine Pause und wandte sich Mattes zu. »Was du noch nicht weißt, ist, dass Luitpold den Auftrag hatte, dich zu töten. Und diese Anweisung bekam er von Manfred Herta.«

»Oh«, grummelte Mattes. Er war überrascht. Mio war aufgesprungen und machte einige Schritte auf Pit zu. Er nahm ihre Hand.

»Oh, kapiere«, wiederholte er. Zwanzig lange Sekunden brauchte Pit, bis er sich gefangen hatte. »Also wurde auch ich für Sie gefährlich. Verstehe – war mein Fehler. Ich erkläre das – Herr Herta hatte die Gelegenheit, in meine Unterlagen zu blicken. Eine unverzeihliche Nachlässigkeit von mir.«

Manfred Herta grinste Mattes frech an.

»Schauen Sie nicht so. Ich hatte bemerkt, dass Sie an meinen Unterlagen waren und Ihre Fingerabdrücke fand ich auf dem Foto. Sie erfuhren, dass ich von Ihrem Drogenhandel Kenntnis habe.« Pit holte tief Luft. »Logisch – darum griff Bernd Luitpold mich gestern Vormittag an.«

»Pit! Herr Herta beauftragte Luitpold. *Ich sollte das Problem lösen!*, waren seine Worte bei der Vernehmung«, ergänzte der Kriminalkommissar.

Jetzt musste Walter Engelmann, der bisher ohne eine Mimik auf seinem Sessel gesessen hatte, lachen. Er hob seine Handschellen. Und Kriminalkommissarin Ilkay Aslan meldete sich: »Den Mord an Ihrem Vater können wir nicht beweisen. Auch nicht, dass Sie das Feuer in der Schneiderei gelegt haben, aber hier haben wir Sie. Versuchte Tötung oder Auftrag und Anstiftung zur versuchten Tötung.«

»Dazu kommt der Import und Besitz von illegalen Betäubungsmitteln«, rief Petra in den Raum.

»Was, du bist verantwortlich für Erichs Tod? Du hast ihn …?«, fragte Heidrun. »Nein, kann nicht sein. Die Schneiderei und das Ladengeschäft brannten aus. Erich kam dabei ums Leben«, versuchte Heidrun zu erklären.

»Es wurde Brandstiftung festgestellt. Ein Täter konnte nicht ermittelt werden. Das Verfahren wurde im Dezember 2017 eingestellt«, ergänzte Engelmann. Mio gab Pits Telefon an Engelmann weiter.

»Alles richtig! Zumindest ist das die offizielle Version«, flüsterte Pit, weil es im Raum laut geworden war. Sofort waren alle wieder ruhig und hörten gespannt zu. Heidrun schaute fragend in Mattes Gesicht.

»Offiziell ist Erich Herta vor zwei Jahren bei einem Feuer ums Leben gekommen. Tatsächlich wurde er mit Rizin getötet und die Schneiderei wurde vom Täter angezündet.«

Heidrun wurde weiß im Gesicht. Tränen flossen.

»Dein Sohn wurde von Erich erpresst. Das Syndikat gab ihm Rizin. Er tötete deinen Mann und steckte die Schneiderei an«, flüsterte Mattes.

Manfred Herta grinste seine Mutter an. »Das hatte er verdient!«

»Du hast Erich umgebracht? Du hast deinen eigenen Vater getötet? Es steht dir überhaupt nicht zu, ihn zu verurteilen.« Heidrun Herta war außer sich und wollte auf ihren Sohn losgehen. Mio stellte sich vor sie und nahm sie in den Arm. Eine Minute, zwei Minuten verstrichen. Heidrun beruhigte sich und heulte. Pit reichte ihr ein Papiertaschentuch.

»Ich glaube, wir machen jetzt eine Pause«, kam vom Kriminalhauptkommissar Engelmann. Er gab seiner Kollegin die Handschellen, die sie Manfred Herta verpasste.

Pit Mattes drehte sich um und setzte sich auf seinen Sessel.

***

Herr Engelmann beglückwünschte zuerst seinen Kollegen Erdmann, dann schlenderte er auf Petra zu und begrüßte sie. Sabine schritt zu Heidrun und umarmte sie. Auch sie hatte Tränen in den Augen.

Pit stützte den Kopf in seine Hände. Er war aus dem Konzept gekommen, nie im Leben hatte er damit gerechnet, dass Manfred Herta ihn aus dem Weg räumen wollte. Mio marschierte zu Pit. Sie hockte sich vor ihn.

»Wie geht es dir?«, fragte sie besorgt.

»Mio, alles ist gut. Ich habe nur einen Schreck bekommen.«

»Definitiv, ich auch! Ich hätte nie daran gedacht, dass dieser Kerl …«

»Wir haben ihn unterschätzt. Aber das haben wir überstanden«, grummelte Pit vor sich hin und küsste sie.

Johann betrat den Raum und stellte ein Stövchen auf das Sideboard. Darauf platzierte er eine Kanne Tee. Frau Aslan fragte Johann nach einem Früchtetee. »Kein Problem, ich bringe Ihnen einen Teebeutel und heißes Wasser.«

DIENSTAG, 26.02.2019, 16:30 UHR,
BLANKENESE, BÄR-VILLA, BIBLIOTHEK

Pit schaute auf, dann stutzte er einen Atemzug. »Das ist es!«, rief er. Er wandte sich an Mio und tuschelte einen Augenblick mit ihr. Sie verließ darauf den Raum. Kriminalhauptkommissar Engelmann stand nach wie vor bei Petra und hielt ihre Hand.

Mattes stellte sich hin. Torben reichte Pit einen Becher Tee. »Guck mal, da knistert es«, schmunzelte er und deutete mit dem Kopf auf Petra.

»Unbedingt!«, Pit grinste. »Torben! Da habt ihr aber einen großen Fisch an Land gezogen. Und das Geständnis von Bernd Luitpold, gute Arbeit.«

»Danke! Die Idee kam von unserer Kollegin Jessika, als sie hörte, dass Luitpold bei *ConFerSe* arbeitet. Sie hatte den richtigen Riecher. Ich soll übrigens von ihr Grüße ausrichten. Sie konnte leider nicht mitkommen, weil sie mit Biestmann und Gleis zur Pressekonferenz musste. Du weißt, die Razzia heute Morgen.«

»Dankeschön! Grüß sie von Mio und mir und herzlichen Glückwunsch zum Erfolg!«

»Mach ich. Und natürlich soll ich auch von Svenja grüßen. Und noch was Neues, wir sind seit vierzehn Tagen ein Paar. Eigentlich wollten wir euch damit auf unserem Treffen beim Iren in der Deichstraße überraschen. Aber ihr seid letzten Mittwoch nicht gekommen.«

»Ach, richtig. Torben – entschuldige! Ich war Mittwoch durch den Tod von Parsifal …«

»Ich weiß, ist schon in Ordnung. Das holen wir nach.«

Während Pit mit Torben sprach, betrat Mio den Raum. Sie hielt in Pits Richtung eine kleine Plastiktüte hoch. Pit erkannte, dass dort ein Teebeutel enthalten war. Sie steckte das Beweismitteltütchen in ihre Umhängetasche. Pit lächelte Mio an und nickte kurz mit dem Kopf.

***

»Was passiert denn jetzt?«, fragte Gert Bär lautstark in den Raum. »Können wir weitermachen? Und was ist mit dem Tod meiner Frau und was ist mit meiner Schwester Doris?«

»Herr Bär, warten Sie's ab. Herr Mattes wird bestimmt gleich darauf eingehen«, entgegnete die Kriminalkommissarin, die Manfred Herta nicht aus den Augen ließ.

Mattes schlenderte zum Sideboard. Mio folgte ihm. »Hast du jetzt alle Informationen bekommen?«, fragte sie leise.

»Nein, ich warte noch immer auf eine Mailnachricht.«

»Das mit den beiden Radarfotos ist ja ein Ding. Hätte ich nie gedacht.«

»Mio, du weißt, was das bedeutet? Tut mir leid.«

Mio atmete aus, goss Tee in Pits Becher nach und reichte ihm das Gefäß.

»Danke, Schatz«, flüsterte er. Er nahm seinen Platz ein und trank einen Schluck. Dann stellte er die Tasse vor sich auf den Fußboden, stand auf und ging wieder in die Mitte des Kreises.

»Bitte kommt in die Bibliothek und setzt euch. Wir wollen weitermachen«, sprach er die Leute im Foyer an.

Es dauerte ein paar Minuten, bis alle ihren Platz eingenommen hatten.

»Kommen wir zu Annette Bär«, begann Mattes. »Sie war eine ganz besondere und spezielle Person. Sie war äußerst kommunikativ und vielleicht ein wenig besessen. Sie betrog ihren Ehemann, wann immer sie Gelegenheit hatte. Herr Bär, Sie werden es nicht glauben, aber Ihre Frau hatte mehrere Liebschaften«, Pit schaute sich im Raum um. Sein Blick blieb kurz auf Anton Loch liegen. Und Pit nahm wahr, dass Manfred Herta zusammenzuckte.

»Jedes Mal, wenn sich ihr Ehemann aus dem Schlafzimmer schlich, um ein sogenanntes Bierchen im *Para-*

diesgarten zu trinken, wurde sie aktiv und bekam Besuch von einem Liebhaber.«

Pit sprach jetzt direkt zu Gert Bär: »Sie betrogen Annette und Annette betrog Sie. Sie ahnten von den Liebesbeziehungen Ihrer Frau, während Annette alle Ihre Abenteuer kannte.« Pit machte eine kurze Pause, weil er die Aufmerksamkeit und die Spannung fördern wollte. Außerdem interessierten ihn die Reaktionen von Bär Junior.

»Annette wurde ausführlich von Doris informiert.«

»Sind wir jetzt fertig? Haben Sie endlich genug ausgegraben? Ich habe Durst! Aber nicht auf Tee oder Kaffee. Ich will ein Glas Wein, die anderen vielleicht ja auch.«

Mattes stutzte einen Augenblick. Ein Blick in die Runde bestätigte das, denn einige nickten, wenn auch zurückhaltend.

»Na ja, ja – natürlich! Ein Gläschen Rotwein könnte nichts schaden«, bescheinigte Anton Loch. Pit wandte sich an Mio und flüsterte einen Augenblick mit ihr. Darauf drehte er sich zurück an Herrn Bär. »Entschuldigen Sie! Mir war was eingefallen!« Mio stand auf, ging zum Sideboard und hantierte dort herum. Mattes schaute sich im Kreis um.

»Okay, trinken wir was. Aber zuvor gestatten Sie mir noch drei Sätze zu Annette Bär. Sie wollte sich von ihrem Gatten scheiden lassen. Sie sprach in der vorigen Woche mit ihrem Rechtsanwalt und anschließend mit ihrem Ehemann, Herrn Bär, darüber.«

»Also doch ein Motiv!«, rief Frau Aslan in den Raum.

Pit schaute sie an, er musste grinsen.

»Wir haben da mal was vorbereitet. Ich habe vorhin die letzte Flasche von Annettes Lieblingswein aus dem Keller hochgeholt. Wir sollten sie, zum Andenken, jetzt aufmachen und ein Glas davon trinken.«

Pit ging zum Sideboard, wo er die Weinflasche positioniert hatte. Aus der Schublade holte er einen Korkenzieher und öffnete sie. Mio stand neben ihm. Sie hatte Rotweingläser aus dem Schrank geholt und sie auf ein Serviertablett gestellt. Pit schenkte in jedes Glas ein wenig ein. Dann schritt Mio mit dem Tablett herum und bot den Wein an.

»Was soll's, letzte Flasche, auch die muss weg«, sagte Manfred Herta, während er nach einem Glas griff. Mio ging zu Sabine, zu Anton Loch und zu Heidrun. Alle schnappten sich ein Weinglas vom Tablett. Gert Bär war zögerlich, griff dann doch zu einem Glas. Frau Ilkay Aslan lehnte ab. Als Herr Engelmann ein Weinglas nahm und ihr zunickte, nahm auch sie eins. Mio reichte Pit eins und das letzte behielt sie.

»Zum Andenken an Annette Bär!«, rief Mattes, hob sein Trinkgefäß und prostete den anderen zu. Alle außer Gert Bär hoben kurz das Glas.

»Was ist mit Ihnen, Herr Bär? Mögen Sie den Wein Ihrer Frau nicht?«, rief Mattes scharf.

»Ich kann nicht!«, schrie er. Schweißtropfen bildeten sich auf seiner Stirn. »Ganz bestimmt, ich kann's nicht!«

»Wie kommt's?«, hakte der Schriftsteller nach. »Haben Sie Angst, dass wir Sie vergiften?«

Man konnte deutlich wahrnehmen, dass er kurz vor dem Zusammenbruch war. Es entstand eine längere Pause. Alle schauten sie auf Gert Bär und warteten, dass er etwas von dem Wein trank. Dann endlich – er sackte in sich zusammen. »Ich geb's zu. Ich war es!«, weinte er.

»Sie brauchen keine Angst zu haben. Der Wein ist nicht vergiftet. Die Flasche, die Gert Bär präpariert hat, steht wohlbehütet im Schließfach«, sagte Mattes zu allen Anwesenden. Dann wandte er sich Herrn Bär zu. »Übrigens hat Mio Ihre Fingerabdrücke auf der Buddel sichergestellt. Wir fanden auch die Spritze mit dem Alkaloid Aconitin. Dort waren ebenfalls Ihre Fingerprints vorhanden.«

»Eisenhut!«, flüsterte Heidrun Herta. »Woher wissen Sie das? Warum wissen Sie das alles?«

»Das kann ich Ihnen sagen: Auf der Videoüberwachung ist Gert Bär am Sonnabendmorgen um acht Uhr vier kurz auf der Treppe in den Keller zu sehen, von dort kam er um acht Uhr zweiundzwanzig wieder hoch. Er marschierte schnellen Schrittes nach oben, wahrscheinlich in sein Appartement«, startete Mattes. Er sprach dann direkt zu Herrn Bär: »Um acht Uhr fünfundvierzig wurden Sie zum Tod von Doris Bär befragt und anschließend standen Sie unter Arrest. Sie wurden verhaftet und um neun Uhr dreißig abgeführt.«

»Na und?«

»Sie gingen um kurz nach acht in den Keller, um eine Flasche Wein mit Gift zu präparieren. Das war, nachdem die Spurensicherung unten war. Sie hatten fast zwanzig Minuten Zeit, um im Werkstattraum zu experimentieren. Sie füllten die Kanüle mit dem Gift und versuchten, die Spritze durch den Weinflaschenkorken zu drücken. Das funktionierte nicht. Frau Takahashi hat das ausprobiert. Der Korken drückte sich nach innen. Sie gaben Ihren

Plan *Wein vergiften* auf. Sie brauchte übrigens nur zehn Minuten für das Experiment. Die Spritze mit Ihren Fingerabdrücken haben wir im Abfalleimer entdeckt und sichergestellt. Und Ihre Experimentierflasche Wein habe ich gefunden. Der Korken war drei Millimeter tiefer als bei den anderen Flaschen. Der Einstich der Spritze ist deutlich sichtbar. Genau wie Sie gehe ich davon aus, dass vom Eisenhut etwas in die Buddel gelangt ist. Zumindest werden wir im Korken das Alkaloid Aconitin finden. Beim Zurücklegen der Flasche haben Sie Ihre Fingerabdrücke hinterlassen.«

Es entstand eine besondere Stille in der Bibliothek.

»Ich habe meine Frau nicht vergiftet! Das mit der Flasche hat nicht funktioniert.«

»Nicht mit Gift im Wein. Aber – Sie hatten einen Plan B. Sie zerkleinerten die getrockneten Blütenblätter und Knollen der Eisenhutpflanze und packten das in einen Früchteteebeutel Ihrer Frau. Meine Frau fand übrigens den vergifteten Teebeutel in Ihrem Appartement.« Frau Takahashi hielt das entsprechende Tütchen hoch.

»Der wird noch toxisch untersucht. Ich gehe davon aus, dass er Pflanzenteile vom Blauen Eisenhut enthält.«

Pit machte eine Pause, schaute in die Runde, holte sein Notizbuch heraus und setzte dann seinen Vortrag fort: »Ihre Frau kam gestern um sechzehn Uhr zwanzig hier an. Sie verlangte nach heißem Wasser für ihren Früchtetee. Johann brachte ihr das Teewasser um sechzehn Uhr vierzig. Sie goss den Tee auf und trank ihn. Gegen siebzehn Uhr kam Ihre Frau herunter und marschierte in die Bibliothek. Sie war aufgekratzt. Es ging ihr nicht gut. Sie hatte kurz vorher erfahren, dass Sie aus der Haft entlassen werden. Johann öffnete ihr eine Flasche Wein und goss ein Glas ein. Ihr wurde schlecht, sie setzte sich in den Sessel. Johann fand Ihre Frau um siebzehn Uhr fünfzig. Er rief den Rettungsdienst und die Polizei. Sie kamen mit einem Taxi um zwanzig nach sechs hier an. Der Rettungswagen stand vor der Tür. Die Sanitäter nahmen Ihre Frau mit. Sie stiegen mit ins Fahrzeug. Ihre Frau starb an einer Aconitin-Vergiftung. Das Gift war im Tee, nicht im Wein, wie wir zuerst annahmen.«

Wieder machte Mattes eine Pause.

»Herr Bär, Sie stehen unter dem dringenden Tatverdacht, Ihre Frau Annette vergiftet zu haben. Sie sind vorläufig festgenommen«, verkündete Kriminalhauptkommissar Engelmann.

»Und wo soll ich dieses Zeug, Eisenhut, nannten Sie es, herhaben?«

»Aus dem Garten. Auf dem Familienbild im Fotoalbum, das im August hier in den Grünanlagen aufgenommen wurde, ist deutlich rechts im Bild der blühende Blaue Eisenhut zu erkennen. Und ich bin davon überzeugt, dass Heidrun mehr als einmal berichtet hat, wie man das Gift anwendet. Selbst bei der Feier zu Parsifals Rückkehr war während des Essens der Blaue Eisenhut Gesprächsstoff.«

DIENSTAG, 26.02.2019, 16:45 UHR,
BLANKENESE, BÄR-VILLA, BIBLIOTHEK

Ohne zu zögern, rannte Bär Junior zur Tür. Kriminalhauptkommissar Engelmann und seine Kollegin sprangen auf und fingen ihn ab. Gert Bär wurde offiziell festgenommen. Da er sich heftig wehrte, bekam er Handschellen angelegt, die die Kommissarin aus ihrer Handtasche holte.

»Der hat auch Doris umgebracht!«, schrie Heidrun. »Das habe ich immer schon gesagt!« Sie bekam einen Schreikrampf und schlug um sich. Mio war bei ihr. Kommissarin Ilkay Aslan fixierte Heidruns Hände. »Handschellen!«, rief sie.

»Das ist nicht nötig. Das kommt nur vom Stress!«, rief Mio. Pit und Herr Engelmann standen neben Mio, um sie zu unterstützen. Es dauerte eine knappe Minute, dann lag Heidrun weinend in Mios Arm und beruhigte sich langsam. Frau Aslan gab die Handfesseln, die ihr Torben reichte, zurück.

»Was ist jetzt mit Doris Bär?«, fragte Engelmann. »Und was ist mit Heidrun Herta? Herr Mattes, ich habe den Überblick verloren. Hat Gert Bär auch seine Schwester vergiftet?«

»Nein, das war er nicht. Ich bin mir sicher, das war …«

Das Telefon von Frau Aslan klingelte. »Das ist Dimitra. Sie will wissen, wie lange wir noch hier sind?«

»Bestimmt noch zwei Stunden!«, antwortete Engelmann.

Mattes schaute laufend auf sein Telefon. Er erwartete eine Nachricht. Johann betrat die Bibliothek und ging auf Sabine zu. »Ich habe Schnittchen, Kaffee und Tee vorbereitet. Ich würde Sie gerne servieren.«

»Danke, Johann, ich kümmere mich darum«, antwortete sie. Frau Herta hatte sich inzwischen beruhigt und setzte sich auf ihren Sessel.

Ping!, Mattes bekam eine E-Mail. Er holte sein Mobiltelefon aus der Tasche und schaute auf das Display. Endlich die Nachricht aus Budapest, auf die er schon so lange gewartet hatte. Er las die Mitteilung. Bevor er den Text ein zweites Mal las, musste er sich hinsetzen. Anschließend packte er das Telefon wieder ein und grübelte. Gestört wurde er von Mio, die sich neben ihn setzte und ihm seinen Becher mit frischem Tee reichte. »Schlimm?«, fragte sie. »Ich habe dich beobachtet.«

»Ja, ich habe jetzt alle Puzzlestücke zusammen.«

»Mhm ich vermute … es kann nicht sein, dass Sabine …«

»Nein, Schatz«, unterbrach Pit sie. »Es ist noch viel schlimmer«, flüsterte er und reichte ihr sein Mobiltelefon.

Auch sie las die Nachricht zweimal. Tränen liefen ihr die Wangen hinunter. Pit stand auf und nahm sie in seine Arme. Sie verbrachten einige Minuten eng umschlungen.

»Pit, ich möchte, so schnell wie's geht, nach Hause!«

Er wischte ihre Tränen ab und gab ihr einen Kuss.

Anschließend rief der Hobbykriminalist alle zur Abschlussrunde in die Bibliothek.

»Ich möchte die letzten Fakten abarbeiten«, startete Mattes und glitt drei Schritte vorwärts, in die Kreismitte. Er machte eine Pause, da wieder getuschelt wurde.

»Ich werde mit Heidrun weitermachen. Vorweg – sie ist nicht die Mörderin von Doris Bär und sie ist nicht für den Anschlag auf Sabine verantwortlich.« Pit wandte sich direkt an Heidrun: »Ich glaube, dass du einen Verdacht hattest, wer hinter dem Attentat auf Sabine und der Ermordung von Doris steckte.«

»Ja! Natürlich. Das liegt doch auf der Hand!«

»Heidrun«, rief Pit, er versuchte sie zu beruhigen. »Warte bitte ab, wir kommen darauf zurück.«

»Jaja! Ich habe alles der Polizei erzählt. Aber keiner hört mir zu!«

»Wir haben Ihre Aussage zu Protokoll genommen und Ihre Anschuldigungen überprüft«, warf Kriminalhauptkommissar Engelmann ein.

»Bitte wartet einen Moment. Heidrun, deine Stellungnahme habe ich gelesen. Versprochen – ich komme darauf zurück.«

Mattes schritt zu seinem Platz, nahm seinen Becher in die Hand und trank einen Schluck Tee. Dabei beobachtete er die Reaktion der anderen Teilnehmer.

»Heidrun, du bist eine exzellente Chemikerin. Parsifal hat immer davon geschwärmt und war stolz auf dich. Er wollte nur nicht dein Labor im Haus. So wurde es in einer Garage untergebracht. Ich habe es mir angeschaut, es ist nicht mehr auf dem neuesten Stand. Du warst bestimmt die letzten zehn Jahre dort nicht aktiv. Als Doris vergiftet wurde, hattest du einen Verdacht, wer es getan haben könnte. Stimmt's?«

»Ja, genau. Und ich habe es der Polizei erzählt. Denn als ich in meine Garage ging, um mir sicher zu sein, habe ich die beiden Flaschen mit dem GBL-haltigen Alureiniger für Felgen gefunden. Der Aufkleber überzeugte mich dann ganz. Ich kontrollierte noch Gerts Garage und fand dort den Ort, wo die Flaschen gestanden haben.«

»Warum hast du das nicht gleich am Sonnabend der Polizei erzählt? Oder zumindest mir?«

»Warum denn, der Täter, wurde doch schon verhaftet! Er – ich konnte es nicht fassen – wurde freigelassen und ich festgenommen.«

»Verstehe. Du hattest Gert Bär in Verdacht.«

»In Verdacht – DER WAR ES – das ist doch logisch!«, schrie sie und zeigte auf Gert Bär.

»Okay, Heidrun!« Mattes atmete tief aus. Jetzt wurde auch er lauter. »Heidrun – du musstest unbedingt in dein Labor rennen. Dabei hast du deine Fingerabdrücke auf den Sprühflaschen und in der Garage von Gert Bär auf dem Lichtschalter hinterlassen. Da liegt doch der Verdacht nahe, dass eine Chemikerin wie du das Gift herstellte. Zumal deine frischen Fingerprints im Labor gefunden wurden. Oder?«

Die Frage blieb unbeantwortet.

Wieder mit normaler Stimme: »Na schön! Machen wir weiter. Der Verdacht fiel natürlich auf Heidrun. Der Übeltäter hatte nichts dagegen, er fühlte sich sogar sicher und marschierte in der Nacht vom Sonnabend auf Sonntag noch einmal, zuerst in Gert Bärs Garage und dann in das Garagenlabor von Heidrun. Was er aber nicht bedacht hatte, ist, dass es am späten Abend geschneit hatte, sodass er Fußspuren hinterließ. Es waren übrigens dieselben Schuhabdrücke, die wir auf dem Dachboden bei der Kronleuchteraufhängung fanden.«

Mattes machte wieder eine Pause. Er trank seinen Tee aus und stellte den Becher auf das Sideboard.

»Herr Herta! Welche Schuhgröße haben Sie?«

»Ich war das nicht!«

»Das war nicht meine Frage, ich fragte Sie nach Ihrer Schuhgröße.«

»Zweiundvierzig.«

»Danke. Dann waren Sie es nicht.«

Ein Grummeln ging durch den Raum.

»Ich habe Schuhgröße dreiundvierzig«, antwortete Gert Bär, als Mattes ihn anschaute.

»Das wissen wir.«

DIENSTAG, 26.02.2019, 19:40 UHR,
BLANKENESE, BÄR-VILLA, BIBLIOTHEK

»Herr Loch! Welche Schuhgröße haben Sie?«

»Oh, verdammt, das kann ich Ihnen gar nicht sagen«, antwortete er selbstsicher. Mattes tänzelte aus dem Kreis und holte eine Papiertüte die die ganze Zeit neben dem Sideboard stand. Er marschierte damit auf Herrn Loch zu und zeigte ihm die Boots, die er aus der Tüte zog. »Kennen Sie die?«

»Ja, natürlich, das sind meine. Wo haben Sie die denn her?«

»Danke! Erst einmal kann ich Ihnen sagen, Sie haben die Schuhgröße vierzig«, flüsterte der Schriftsteller, als er die Schuhe umdrehte und die Nummer auf der Sohle zeigte. »Und die Boots sind aus dem Kofferraum Ihres BMWs. Die Polizei hat sie sichergestellt. Übrigens es sind die Treter, die zu den Spuren im Schnee und auf dem Dachboden passen.« Der Schriftsteller steckte die Schuhe wieder in die Papiertüte. Kriminalkommissarin Ilkay Aslan nahm die Tüte entgegen.

»Herr Loch, Sie waren am Sonntagmorgen in der Garage, um sicherzustellen, dass Sie keine Spuren hinterlassen haben. Die Spurensicherung hat festgestellt, dass Fingerabdrücke weggewischt wurden. Nur die am Lichtschalter und auf den Sprühflaschen haben Sie nicht erwischt.«

»Den Schalter habe ich nie benutzt. Ah, Scheiße!«

»Richtig – Sie nicht – aber Heidrun.«

»Ja, ich gebe es zu. Ich war in der Garage. Ich wollte die Anschuldigung von Heidrun überprüfen.«

»Heidrun? Hast du über deinen Verdacht mit jemandem gesprochen?«

»Nein, nur mit der Polizei«, antwortete sie.

»Herr Loch, Sie sind gelernter Laborant. Sie haben in Bern Chemie studiert. Sie holten die Sprühflaschen aus Gert Bärs Garage und extrahierten in der Laborgarage das Gift. Außerdem haben Sie vor sechs Wochen auf dem Boden die Aufhängung des Leuchters manipuliert. Ausgelöst haben Sie die Sprengkapsel mit einem Sender von der gegenüberliegenden Straßenseite. Sie hielten sich dort in einem Wohnmobil auf. Von dort konnten Sie den Eingang und das Foyer durch die gläserne Eingangstür beobachten. Ich habe das geprüft. Den Caravan hat übrigens die Polizei ausfindig gemacht. Und interessant ist, dass die Spurensicherung nicht nur Ihre, sondern auch die Fingerabdrücke von Sabine und Annette Bär im Fahrzeug fand.«

Sabine zuckte in dem Moment zusammen. Mio und Pit nahmen das wahr und schauten sich an.

»Herr Bär, Sie wussten von der sexuellen Beziehung zwischen Ihrer Frau und Herrn Loch! Und Sie wussten …«

»Jaja! … und den Knaben im Bentley kannte ich auch.«

»Herr Herta, haben Sie mal Feuer? Streichhölzer oder ein Feuerzeug?«, fragte Mattes, während er sich ganz schnell zu ihm drehte. Außerdem wollte er das Thema wechseln, denn er hatte den Bericht der Spurensicherung zum Wohnmobil noch nicht bekommen.

»Nein, wozu auch? Aber Johann hat so was immer in seiner Tasche.«

»Danke, ich weiß, er hatte das Stövchen angemacht.«

Alle schauten einen Augenblick in Richtung Sideboard, auf dem die Teekanne auf dem Stövchen stand.

»Herr Loch!«, setzte Mattes fort. »Haben Sie ein Feuerzeug?«, fragte er, um das Thema in eine ganz andere Richtung zu lenkten. Ohne zu überlegen, antwortete der Gefragte: »Ja, Raucher haben so etwas gewöhnlich bei sich.« Dabei holte er ein goldenes Feuerzeug aus seiner rechten Hosentasche.

»Haben Sie damit die Kerze in Parsifals Appartement angesteckt?«

Ein Grummeln ging durch den Raum. Der Schriftsteller schaute sich um und nahm jede Bewegung jeden nervösen Wimpernschlag wahr. Dann grinste er.

»Warum zucken Sie zusammen, Herr Loch? Sind Sie nervös? Ich erkläre Ihnen meine Frage. In Parsifals Wohnung gab es weder ein Feuerzeug noch Streichhölzer. Aber irgendjemand musste die Kerze auf seinem Beistelltisch angesteckt haben.«

Pit schaute ihn eindringlich an. Er wurde sichtlich nervös, rutschte in seinem Sessel nach vorne und wollte etwas sagen. Sabine ergriff seine Hand und drückte sie. Er ließ sich daraufhin zurücksinken. Aber Pit Mattes setzte sofort nach: »Herr Loch, wann haben Sie mit Sabine den Entschluss gefasst, Parsifal umzubringen? Oder Sabine, war es deine Entscheidung?«

»Was soll denn das?«, rief Sabine in den Raum. »Was wirfst du mir und meinem Bruder vor?«

»Der Kerl da«, schrie Gert Bär und deutete mit dem Kopf auf Anton Loch, » hat nicht nur meine Frau gevögelt, sondern auch seine Schwester!«

Ruhe, Totenstille im Raum. Lediglich die heftige Atmung von Bär Junior war zu hören. Sabine verkrampfte sich. Dreißig, vierzig Sekunden vergingen.

Mattes durchbrach die Lautlosigkeit. »Wissen wir!«, flüsterte er und fing den Augenkontakt von Mio auf. Dann wandte er sich wieder an Sabine: »Erstens, das Tötungsdelikt zum Nachteil von Parsifal Bär. Zweitens, das fingierte Attentat auf dich mit dem Kronleuchter. Kommen wir zum Tod von Doris Bär. Ich vermute, dass ihr nicht die Absicht hattet, sie zu ermorden. Das sollte nur ein Ablenkungsmanöver sein wie der Leuchter im Foyer. Leider mit Todesfolge.«

»Was! Doris wurde von dieser Schlampe ermordet? Ich dachte, das war Gert. Nein, ich bin davon überzeugt, das war Gert!«, heischte Heidrun.

»Anton ist erst Sonntagnacht in Hamburg angekommen. Und ich kam am Mittwochabend zurück.«

»Sabine – das stimmt nicht. Du bist am Montagmorgen nach Genf geflogen. Ihr beide seid am Dienstag mit dem Auto von Genf nach Hamburg gefahren. Unterwegs wurdet ihr um siebzehn Uhr sieben auf der Autobahn A5 in Höhe Mannheim geblitzt. Sabine, du hast das Auto deines Bruders gefahren. Ihr habt gegen zweiundzwanzig Uhr die HafenCity erreicht. Vermutlich habt ihr euch nur eine Stunde im Appartement aufgehalten und seid danach direkt nach Genf zurückgefahren. Bei eurer Rückfahrt hattet ihr es wieder eilig. Ihr wurdet am Mittwochmorgen in Frankfurt auf der Autobahn um drei Uhr fünfunddreißig mit überhöhter Geschwindigkeit fotografiert. Anton Loch fuhr den BMW mit dem Schweizer Kennzeichen. Auf dem Beifahrersitz schliefst du, Sabine.«

»Das ist an den Haaren herbeigezogen!«

»Nein, die Polizeifotos habe ich vor einer Stunde bekommen.« Mattes sah, wie Wut in Sabine aufstieg.

»Wir wissen, du hast deine Freundin besucht und als die Nachricht von Parsifals Tod dich erreichte, bist du nach Hamburg geflogen. Sie dagegen«, Mattes wandte sich Herrn Loch zu, »sind wieder mit dem Auto nach Hamburg gefahren. Am Donnerstag waren Sie bei der

Autovermietung. Sie ließen Ihren BMW dort stehen und fuhren mit dem Wohnmobil vom Hof.«

»Wie kommst du darauf, dass Anton in unserem Appartement in der HafenCity war?«

»Wir sprachen am Sonntagabend über Seefahrttechnik und dass Parsifal diese Technik bewunderte. Da erwähnte dein Bruder das Bild vom Feuerschiff, das im Wohnzimmer hing. Da du die Aufnahme Mio gegeben hattest, konnten Sie, Herr Loch, das Feuerschiff nur vor dem Feuer gesehen haben.«

Sabine wurde ruhig. Es kam zu einer Pause. Tränen liefen über ihre Wangen. Es wurde ruhig, ein beklemmendes Gefühl lag in der Luft. Nur das Weinen und Winseln von Sabine war zu hören.

»Pit, tut mir leid. Du hast recht. Ich bin mit Anton zurückgefahren. Als wir das Appartement betraten, saß Parsifal in seinem Sessel und schlief. Die Idee mit der Kerze hatte ich. Anton gab mir das Feuerzeug. Er kannte die Wohnung nicht und schaute sich um. Das Bild mit dem Feuerschiff gefiel ihm. Er nahm es ab und dabei fiel es runter. Von dem Krach wachte Parsifal auf. Er bekam einen Schock, als er die brennende Kerze sah. Ich holte ihm ein Glas Wasser aus dem Bad und gab ihm was zu trinken. Damit er sich beruhigt, habe ich von seinem Schlafmittel, das im Badezimmer stand, einiges in die Flüssigkeit gegeben. Parsifal trank alles aus. Er hat die Medizin geschmeckt. Ich gab ihm einen Kuss, setzte mich neben ihn und nahm ihn in den Arm, bis er wieder ruhig wurde und einschlief. Als wir aufbrechen wollten, stieß ich an den Tisch, die brennende Kerze, die noch auf den Zeitschriften stand, fiel um. Ich wollte sie aufrichten, aber Anton zog mich weg.«

»War's das jetzt, sind Sie zufrieden?«, schrie Anton Loch.

»Nein, das ist nicht alles«, antwortete Pit Mattes. »Ich habe da noch einen offenen Punkt.« Er machte eine bewusste Pause. »Herr Loch, Sie und du, Sabine, ihr seid verheiratet. Ihr habt im Februar 2013 in Budapest in der Matthiaskirche im Burgviertel geheiratet. Und Polyandrie ist meines Erachtens nicht statthaft.«

»Ich habe Parsifal geliebt. Er war ein fantastischer Mann. Ich mochte ihn vom ersten Tag an. Und als er mir vor einem Jahr einen Heiratsantrag machte, lehnte ich ab. Anton hatte mich für verrückt erklärt, so einen Antrag abzulehnen. Parsifal wiederholte den Heiratsantrag am Pfingstmontag. Wir waren in Paris. Da habe ich zugesagt. Dass ich mit Anton verheiratet war, wusste keiner. Er war schon immer mein großer Bruder. Und wir hatten beide den gleichen Nachnamen, da er von meinen Eltern adoptiert wurde.«

»Und du hast siebzig Millionen Euro geheiratet«, warf Herr Loch ein. »Das bedeutete ein Leben im Wohlstand.«

»Dann kam Parsifals Ankündigung, dass er in die Firma *Bär GmbH* investieren wolle. Das ist ihm zum Verhängnis geworden«, ergänzte Mattes.

»Parsifal hatte Krebs, er wäre in drei oder vier Jahren gestorben«, flüsterte Sabine.

»Und du, du hast auf seinen Tod spekuliert. Und als er dir sagte, er will seinem Enkel die Firma vererben, habt ihr seinen Tod vorgezogen!«, schrie Mio Sabine an.

»Eine schöne Freundin habe ich mir da ausgesucht!« Sie war aufgesprungen. Pit stellte sich ihr entgegen und nahm sie in den Arm. Ihr liefen die Tränen über die Wangen. Er wischte sie mit seinen Fingern ab und umarmte sie.

Damit war die Veranstaltung in der Bibliothek beendet. Kriminalhauptkommissar Engelmann und seine Kollegin standen auf. Die beiden Geschwister wurden vorläufig festgenommen und zum Polizeikommissariat 38 gebracht.

DIENSTAG, 26.02.2019, 21:30 UHR,
BLANKENESE, BÄR-VILLA

Bis kurz vor halb zehn wurden die Aussagen aufgenommen und Protokolle unterschrieben. Petra Burgstaller und Torben Erdmann vernahmen Manfred Herta. Er wurde anschließend in Handschellen weggebracht.

Hauptkommissar Engelmann hatte Verstärkung angefordert. Es kamen vier Kriminalpolizisten vom Kriminaldauerdienst, die Aussagen aufnahmen und Protokolle fertigten. Auch Gert Bär wurde abgeführt und der Staatsanwaltschaft übergeben.

Mio und Pit unterhielten sich noch eine Weile mit Heidrun, bis sie um einundzwanzig Uhr fünfundvierzig die Villa verließen. Heidrun und Johann blieben allein zurück.

Auf der Rückfahrt nach Eppendorf fragte Mio: »Pit, warum wolltest du nicht wissen, wer letztendlich für Parsifals Tod verantwortlich ist?«

»Damit sollen sich die Gerichte beschäftigen. Und, ist es nicht egal? Die beiden haben doch gemeinsam die Tat beschlossen und sind zusammen von Genf nach Hamburg gefahren, um Parsifal zu töten.«

»Wie bist du nur auf Anton Loch gekommen? Der war doch außen vor?«

»Ja, am Anfang schon. Aber kannst du dich an den Sonntagabend erinnern, als er das Bild vom Feuerschiff in Parsifals Wohnzimmer erwähnte? Das kann er nur vor dem Feuer gesehen haben, denn danach hattest du es mitgenommen.«

»Richtig, ich erinnere mich. Du wurdest nachdenklich und wusstest nicht, warum.«

»Ja, Mio – ich hatte das Gefühl, dass ich einer Lösung nahe bin. Wusste in dem Augenblick aber nicht mehr, weshalb. Vielleicht lag es daran, dass er so bereitwillig seine Fingerabdrücke und die Speichelprobe abgegeben hat.«

»Wann ist Anton Loch in den näheren Kreis der Tatverdächtigen gerückt?«

»Als du mir das Bild vom Feuerschiff überreicht hast, wurde mir das klar. Ich wollte es nur nicht wahrhaben.«

»Und verheiratet sind die beiden. Das ist der Hammer schlechthin«, ergänzte Mio.

»Definitiv. Sie heirateten 2013 und trennten sich zwei Jahre später. Sabine zog nach Genf. Er folgte ihr 2015.«

»Dann müssen sie sich wieder vertragen haben. Sie haben nicht nur Händchen gehalten im Wohnmobil und im Appartement über uns«, kommentierte Mio.

»Bestimmt nicht.«

»Pit, ich bin froh, dass das jetzt alles vorbei ist und dass wir wieder nach Hause fahren.«

»Aber ohne deine Hilfe hätte ich das nicht geschafft. Danke, Mio!«

»Oh, danke! Pit, werde jetzt nicht sentimental.«

Im Autoradio spielten sie *Sailing* von Rod Stewart.

DIENSTAG, 26.02.2019, 22:30 UHR,
EPPENDORF, MIOS UND MATTES' WOHNUNG

Gegen zweiundzwanzig Uhr dreißig erreichten sie ihre Wohnung in Eppendorf. Pit atmete ganz tief durch. Er sah müde und erschöpft aus.

»Pit, lass uns ins Bett gehen. Ich bin kaputt.«

Er nahm sie in den Arm. »Mio ich bin stolz auf dich. Du bist eine gute Kriminalistin geworden.«

»Oh, danke! Ich habe viel von dir gelernt. Und es macht Spaß, mit dir zusammenzuarbeiten. Wenn mir jemand vor zwei Jahren erzählt hätte, was ich heute mache, den hätte ich für verrückt erklärt«, flüsterte sie und schmiegte sich an Pit.

»So viel wie an diesen Tagen habe ich das gesamte letzte Jahr nicht geredet«, brummte Pit.

»Stimmt! Aber jetzt kannst du ruhig sein und mit mir kuscheln.«

»Noch nicht ganz. Eine wichtige Frage ist bis heute offen. Was hältst du von einer Verlobungsfeier?«

13

Epilog

SECHS WOCHEN SPÄTER.

»Wo willst du das Foto aufhängen?«, fragte Mio, als sie in Pits Büro das Bild auf dem Stuhl betrachteten. Pit hatte inzwischen sein Script zum neuen Buch *Pit Mattes – das Feuerschiff* fertiggeschrieben. Mio war dabei, es zu lektorieren.

»Ich glaube, das gehört in die Wohnung am Kaiserkai.«

»Dann nehmen wir es gleich mit, wenn wir hinüberfahren.«

***

Die Wohnung am Kaiserkai war hergerichtet worden. Mio und Pit hatten Möbel, Teppiche und Gardinen ausgesucht. Nur Parsifals alten Schreibtisch mit der Nehalennia-Bronzefigur darauf erinnerte Pit an den Freund. Er hängte das Feuerschiffbild an seinen ursprünglichen Platz. Dann schaute er sich um. Es war hell und gemütlich in dieser Wohnung. Ihm gefiel, was er sah. Mio kam auf ihn zu. Er merkte, dass sie etwas bedrückte. Er hatte ein ähnliches Gefühl bei sich gespürt. Eine Stimmung von Freude und Abschied. Pit nahm sie in den Arm. Sie schmiegte sich an ihn.

»Na, Mio – was ist?«

»Ich weiß nicht so recht.«

»Was hältst du davon, wenn wir in Eppendorf wohnen bleiben und diese Wohnung vermieten?«

»Ist das dein Ernst?«

»Ja, ich liebe den Stadtteil, das Haus, die Umgebung, die Menschen, das *Bücher&Lese-Café* und Susanne und Thomas! Ich möchte das nicht missen.«

Mio umarmte Pit und gab ihm einen langen Kuss. »Ich auch nicht!«

»Und was machen wir jetzt? Wir brauchen einen neuen Fall!«

»Nee, Biestmann fragt an, ob ich Gabi unterstützen könnte.«

»Und, was hast du geantwortet?«

»Nur dann, wenn du auch einen Beratervertrag bekommst.«

»Was sagte Kriminalrat Biestmann darauf?«

»Noch nichts, aber er wird zustimmen!«

***

Schon auf der Beerdigung von Parsifal hatten sie Martin Bär und Anna Schmidt getroffen. Beide waren in die Villa in Blankenese gezogen. Martin übernahm die Leitung der Bär Gewürze GmbH. Im Sommer würden sie heiraten.

Die nicht rechtmäßige Ehe zwischen Sabine und Parsifal Bär wurde annulliert.

<<<< Ende >>>>